拈华微笑

当释迦拈花、迦叶微笑的瞬间，奠定了禅宗修持"微妙法门，不立文字"的宗旨。此后大德高僧不断弘扬"自见本性""心外无佛"的大义，"得大自在"成为佛门大德的最高境界。

和大悲菩萨比较，她虽不具他那悲天悯人的气度，却表现出了对人类的亲近，她那十足的女相，那被人格化了的仪表，一扫佛教殿堂的外在威严，因而使殿堂弥漫起温馨的人性精神。她那微微俯视的身姿，双手扶膝、一脚踏莲、一脚踞起、端庄中又含几分活泼的体态，她那安然、聪慧的目光，生动、秀丽的脸庞，无不令人感受着母性光辉的照耀。

夜深深，在寺内缓缓散步。看风中低语的古树，看树叶滑落潭水，看青苔暗侵石阶，看夜鸟梦呓巢穴，看回廊结构出种种复杂的故事，看老藤椅凝思深夜的含蓄，看时间失去滴答滴答的声音，看僧人们的睡眠呈现一种寺庙独有的静寂。

南无阿弥陀佛引阿弥陀佛

丁丑新初晨起焚香绘梦禅

密宗称雕刻绘画的佛菩萨为"大曼荼罗",佛像显现大智慧,"譬如明镜,光映万物"。而佛自身不迁不动,"寂而恒照,照而恒寂",永固不坏,如金刚,故称"金刚界曼荼罗"。同时又有一种内在的微妙的生命隐隐脉动,有出水芙蓉的脆弱与灵气,如母胎之藏婴儿,故又称"胎藏界曼荼罗"。最高的大曼荼罗当同时兼备金刚的硬度和胎儿的柔软。

文化名家系列

我的禅
文化名家话佛缘

马明博 肖瑶 选编

中国青年出版社

目录

人间佛话

莲影禅心

谛观有情

襟怀云水

艺海慈航

生活禅语

人间佛话

我的第一个师父

鲁迅

不记得是那一部旧书上看来的了，大意说是有一位道学先生，自然是名人，一生拼命辟佛，却名自己的小儿子为"和尚"。有一天，有人拿这件事来质问他。他回答道："这正是表示轻贱呀！"那人无话可说而退去。

其实，这位道学先生是诡辩。名孩子为"和尚"，其中是含有迷信的。中国有许多妖魔鬼怪，专喜欢杀害有出息的人，尤其是孩子；要下贱，他们才放手，安心。和尚这一种人，从和尚的立场看来，会成佛——但也不一定——固然高超得很，而从读书人的立场一看，他们无家无室，不会做官，却是下贱之流。读书人意中的鬼怪，那意见当然和读书人相同，所以也就不来搅扰了。这和名孩子为阿猫阿狗，完全是一样的意思：容易养大。

还有一个避鬼的法子，是拜和尚为师，也就是舍给寺院了的意思，然而并不放在寺院里。我生在周氏是长男，"物以稀为贵"，父亲怕我有出息，因此养不大，不到一岁，便领到长庆寺里去，拜了一个和尚为师了。拜师是否要贽见礼，或者布施什么的呢，我完全不知道。只知道我却由此得到一个法名叫作"长庚"，后来我也偶尔用作笔名，并且在《在酒楼上》这篇小说里，赠给了恐吓自己的侄女的无赖；还有一件百家衣，就是"衲衣"，论理，是应该用各种破布拼成的，但我的却是橄榄形的各色小绸片所缝就，非喜庆大事不给穿；还有一条称为"牛绳"的东西，上挂零星小件，如历本，镜子，银筛之类，据说是可以避邪的。

这种布置，好像也真有些力量：我至今没有死。

不过，现在法名还在，那两件法宝却早已失去了。前几年回北平去，母亲还给了我婴儿时代的银筛，是那时的唯一的纪念。仔细一看，原来那筛子圆径不过寸余，中央一个太极图，上面一本书，下面一卷画，左右缀着极小的尺，剪刀，算盘，天平之类。我于是恍然大悟，中国的邪鬼，是怕斩钉截铁，不能含糊的东西的。因为探究和好奇，去年曾经去问上海的银楼，终于买了两面来，和我的几乎一式一样，不过缀着的小东西有些增减。奇怪得很，半世纪有余了，邪鬼还是这样的性情，避邪还是这样的法宝。然而我又想，这法宝成人却用不得，反而非常危险的。

但因此又使我记起了半世纪以前的最初的先生。我至今不知道他的法名，无论谁，都称他为"龙师父"，瘦长的身子，瘦长的脸，高颧细眼，和尚是不应该留须的，他却有两绺下垂的小胡子。对人很和气，对我也很和气，不教我念一句经，也不教我一点佛门规矩；他自己呢，穿起袈裟来做大和尚，或者戴上毗卢帽放焰口，"无祀孤魂，来受甘露味"的时候，是庄严透顶的，平常可也不念经，因为是住持，只管着寺里的琐屑事，其实——自然是由我看起来——他不过是一个剃光了头发的俗人。

因此我又有一位师母，就是他的老婆。论理，和尚是不应该有老婆的，然而他有。我家的正屋的中央，供着一块牌位，用金字写着必须绝对尊敬和服从的五位："天地君亲师"。我是徒弟，他是师，决不能抗议，而在那时，也决不想到抗议，不过觉得似乎有点古怪。但我是很爱我的师母的，在我的记忆上，见面的时候，她已经大约有四十岁了，是一位胖胖的师母，穿着玄色纱衫裤，在自己家里的院子里纳凉，她的孩子们就来和我玩耍。有时还有水果和点心吃——自然，这也是我所以爱她的一个大原因；用高洁的陈源教授的话来说，便是所谓"有奶便是娘"，在人格上是很不足道的。不过我的师母在恋爱故事上，却有些不平常。"恋爱"，这是现在的术语，那时我们这偏僻之区只叫作"相好"。《诗经》云："式相好矣，毋相尤矣"，起源是算得很古，离文武周公的时候不怎么久就有了的，然而后来好像并不算十分冠冕堂皇的好话。这且不管它罢。总之，听说龙师父年轻时，是一个很漂亮而能干的和尚，交际很广，认识各种人。有一天，乡下做社戏了，他和戏子相识，便上台替他们去敲锣，精光的头皮，簇新的海青，真是风头十足。乡下人大抵有些顽固，以为和尚是只应该念经拜忏的，台下有人骂了起来。师父不甘示弱，也给他们一个回骂。于是战争开幕，甘蔗梢头雨点似的飞上来，有些勇士，还有进攻之势，"彼众我寡"，他只好退走，一面退，一面一定追，逼得他又只好慌张的躲进一家人家去。而这人家，又只有一位年轻的寡妇。以后的故事，我也不甚了然了，总而言之，她后来就是我的师母。

自从《宇宙风》出世以来，一向没有拜读的机缘，近几天才看见了"春季特大号"。其中有一篇铢堂先生的《不以成败论英雄》，使我觉得很有趣，他以为中国人的"不以成败论英雄"，"理想是不能不算崇高"的，"然而在人群的组织上实在要不得。抑强扶弱，便是永远不愿意有强。崇拜失败英雄，便是不承认成功的英雄。""近人有一句流行话，说中国民族富于同化力，所以辽金元清都并不曾征服中国。其实无非是一种惰性，对于新制度不容易接收罢了。"我们怎样来改悔这"惰性"呢，现在姑且不谈，而且正在替我们想法的人们也多得很。我只要说那位寡妇之所以变了我的师母，其弊病也就在"不以成败论英雄"。乡下没有活的岳飞或文天祥，所以一个漂亮的和尚在如雨而下的甘蔗梢头中，从戏台逃下，也就是一个货真价实的失败的英雄。她不免发现了祖传的"惰性"，崇拜起来，对于追兵，也像我们的祖先的对于辽金元清的大军似的，"不承认成功的英雄"了。在历史上，这结果是正如铢堂先生所说，"乃是中国的社会不树威是难得帖服的"，所以活该有"扬州十日"和"嘉定三屠"。但那时的乡下人，却好像并没有"树威"，走散了，自然，也许是他们料不到躲在家里。

因此我有了三个师兄，两个师弟。大师兄是穷人的孩子，舍在寺里，或是卖在寺里的；其余的四个，都是师父的儿子，大和尚的儿子做小和尚，我那时倒并不觉得怎么稀奇。大师兄只有单身；二师兄也有家小，但他对我守着秘密，这一点，就可见他的道行远不及我的师父，他的父亲了。而且年龄都和我相差太远，我们几乎没有交往。

三师兄比我恐怕要大十岁，然而我们后来的感情是很好的，我常常替他担心。还记得有一回，他要受大戒了，他不大看经，想来未必深通什么大乘教理，在剃得精光的脑门上，放上两排艾绒，同时烧起来，我看是总不免要叫痛的，这时善男信女，多数参加，实在不大雅观，也失了我做师弟的体面。这怎么好呢？每一想到，十分心焦，仿佛受戒的是我自己一样。然而我的师父究竟道力高深，他不说戒律，不谈教理，只在当天大清早，叫了我的三师兄去，厉声吩咐道："拼命熬住，不许哭，不许叫，要不然，脑袋就炸开，死了！"这一种大喝，实在比什么《妙法莲花经》或《大乘起信论》还有力，谁高兴死呢，于是仪式很庄严的进行，虽然两眼比平时水汪汪，但到两排艾绒在头顶上烧完，的确一声也不出。我嘘一口气，真所谓"如释重负"，善男信女们也个个"合十赞叹，欢喜布施，顶礼而散"了。

出家人受了大戒，从沙弥升为和尚，正和我们在家人行过冠礼，由童子而为成人相同。成人愿意"有室"，和尚自然也不能不想到女人。以为和尚只记得释迦牟尼或弥勒菩萨，乃是未曾拜和尚为师，或与和尚为友的世俗的谬见。寺里也有确在修行，没有女人，也不吃荤的和尚，例如我的大师兄即是其一，然而他们孤僻，冷酷，看不起人，好像总是郁郁不乐，他们的一把扇或一本书，你一动他就不高兴，令人不敢亲近他。所以我所熟识的，都是有女人，或声明想女人，吃荤，或声明想吃荤的和尚。

我那时并不诧异三师兄在想女人，而且知道他所理想的是怎样的女人。人也许以为他想的是尼姑罢，并不是的，和尚和尼姑"相好"，加倍的不便当。

他想的乃是千金小姐或少奶奶；而作这"相思"或"单相思"——即今之所谓"单恋"也——的媒介的是"结"。我们那里的阔人家，一有丧事，每七日总要做一些法事，有一个七日，是要举行"解结"的仪式的，因为死人在未死之前，总不免开罪于人，存着冤结，所以死后要替他解散。方法是在这天拜完经忏的傍晚，灵前陈列着几盘东西，是食物和花，而其中有一盘，是用麻线或白头绳，穿上十来文钱，两头相合而打成蝴蝶式，八结式之类的复杂的，颇不容易解开的结子。一群和尚便环坐桌旁，且唱且解，解开之后，钱归和尚，而死人的一切冤结也从此完全消失了。这道理似乎有些古怪，但谁都这样办，并不为奇，大约也是一种"惰性"。不过解结是并不如世俗人的所推测，个个解开的，倘有和尚以为打得精致，因而生爱，或者故意打得结实，很难解散，因而生恨的，便能暗暗的整个落到僧袍的大袖里去，一任死者留下冤结，到地狱里去吃苦。这种宝结带回寺里，便保存起来，也时时鉴赏，恰如我们的或亦不免偏爱看看女作家的作品一样。当鉴赏的时候，当然也不免想到作家，打结子的是谁呢，男人不会，奴婢不会，有这种本领的，不消说是小姐或少奶奶了。和尚没有文学界人物的清高，所以他就不免睹物思人，所谓"时涉遐想"起来，至于心理状态，则我虽曾拜和尚为师，但究竟是在家人，不大明白底细。只记得三师兄曾经不得已而分给我几个，有些实在打得精奇，有些则打好之后，浸过水，还用剪刀柄之类砸实，使和尚无法解散。解结，是替死人设法的，现在却和和尚为难，我真不知道小姐或少奶奶是什么意思。这疑问直到二十年后，学了一点医学，才明白原来是给和尚吃苦，颇有一点虐待异性的病态的。深闺的怨恨，会无线电似的报在佛寺的和尚身上，我看道学先生可还没有料到这一层。

后来，三师兄也有了老婆，出身是小姐，是尼姑，还是"小家碧玉"呢，我不明白，他也严守秘密，道行远不及他的父亲了。这时我也长大起来，不知道从那里听到了和尚应守清规之类的古老话，还用这话来嘲笑他，本意是在要他受窘。不料他竟一点不窘，立刻用"金刚怒目"式，向我大喝一声道：

"和尚没有老婆，小菩萨那里来！？"

这真是所谓"狮吼"，使我明白了真理，哑口无言，我的确早看见寺里有丈余的大佛，有数尺或数寸的小菩萨，却从未想到他们为什么有大小。经此一喝，我才彻底的省悟了和尚有老婆的必要，以及一切小菩萨的来源，不再发生疑问。但要找寻三师兄，从此却艰难了一点，因为这位出家人，这时就有了三个家了：一是寺院，二是他的父母的家，三是他自己和女人的家。

我的师父，在约略四十年前已经去世；师兄弟们大半做了一寺的住持；我们的交情是依然存在的，却久已彼此不通消息。但我想，他们一定早已各有一大批小菩萨，而且有些小菩萨又有小菩萨了。

我在西湖出家的经过

弘一

杭州这个地方，实堪称为佛地；因为那边寺庙之多，约有两千余所，可想见杭州佛法之盛了。

最近越风社要出关于"西湖"的增刊，由黄居士来函要我做一篇《西湖与佛教之因缘》，我觉得这个题目的范围太广泛了，而且又无参考书在手，于短期间内是不能做成的。

所以现在就将我从前在西湖居住时，把那些值得追味的几件零碎的事情来说一说，也算是纪念我出家的经过。

一

我第一次到杭州，是光绪二十八年七月（本篇所记的年月，皆依旧历）。

在杭州住了约莫一个月光景，但是并没有到寺院里去过。只记得有一次到涌金门外去吃过一回茶而已，而同时也就把西湖的风景，稍微看了一下子。

第二次到杭州时，那是民国元年的七月里，这回到杭州倒住得很久，一直住了近十年，可以说是很久的了。

我的住处在钱塘门内，离西湖很近，只两里路光景。

在钱塘门外，靠西湖边，有一所小茶馆，名景春园，我常常一个人出门，独自到景春园的楼上去吃茶。当民国初年的时候，西湖那边的情形，完全与现在两样；那时候还有城墙及很多柳树，都是很好看的。除了春秋两季的香会之外，西湖边的人总是很少，而钱塘门外，更是冷静了。

在景春园的楼下，有许多的茶客，都是那些摇船抬轿的劳动者居多。而在楼上吃茶的就只有我一个人了，所以我常常一个人在上面吃茶，同时还凭栏看看西湖的风景。

在茶馆的附近，就是那有名的大寺院——昭庆寺了。

我吃茶之后，也常常顺便地到那里去看一看。

当民国二年夏天的时候，我曾在西湖的广化寺里面住了好几天，但是住的地方，却不是在出家人的范围之内，那是在该寺的旁边，有一所叫作痘神祠楼上的。

痘神祠是广化寺专门为着要给那些在家的客人住的，当时我住在里面的时候，有时也曾到出家人所住的地方去看看，心里却感觉得很有意思呢！

记得那时我亦常常坐船到湖心亭去吃茶。

曾有一次，学校里有一位名人来演讲，那时，我和夏丏尊居士两人，却出门躲避，而到湖心亭上去吃茶呢！当时夏丏尊曾对我说："像我们这种人，出家做和尚倒是很好的！"那时候我听到这句话，就觉得很有意思，这可以说是我后来出家的一个远因了。

二

到了民国五年的夏天，我因为看到日本杂志中，有说及关于断食方法的，谓断食可以治疗各种疾病。当时我就起了一种好奇心，想来断食一下，因为我那个时候，患有神经衰弱症，若实行断食后，或者可以痊愈亦未可知。要行断食时，须于寒冷的季候方宜，所以我便预定十一月来作断食的时间。

至于断食的地点呢？总须先想一想，及考虑一下，似觉总要有个很幽静的地方才好。当时我就和西泠印社的叶品三君来商量，结果他说在西湖附近的地方，有一所虎跑寺，可作为断食的地点。

那么我就问他："既要到虎跑寺去，总要有人来介绍才对，究竟要请谁呢？"他说："有一位丁辅之，是虎跑的大护法，可以请他去说一说。"于是他便写信请丁辅之代为介绍了。

因为从前那个时候的虎跑，不是像现在这样热闹的；而是游客很少，且十分冷静的地方啊！若用来作为我断食的地点，可以说是最相宜的了。

到了十一月的时候，我还不曾亲自到过，于是我便托人到虎跑寺那边去走一趟，看看在哪一间房里住好。回来后，他说在方丈楼下的地方，倒很幽静的；因为那边的房子很多，且平常的时候都是关起来，客人是不能走进去的，而在方丈楼上则只有一位出家人住着而已，此外并没有什么人居住。

等到十一月底，我到了虎跑寺，就住在方丈楼下的那间屋子里了。我住进去以后，常常看到一位出家人在我的窗前经过，即是住在楼上的那一位，我看到他却十分的欢喜呢！因此就时常和他来谈话，同时他也拿佛经来给我看。

我以前虽然从五岁时，即时常和出家人见面，时常看见出家人到我的家里念经及拜忏，而于十二三岁时，也曾学了放焰口，可是并没有和有道德的出家人住在一起，同时也不知道寺院中的内容是怎样，以及出家人的生活又是如何。

这回到虎跑去住，看到他们那种生活，却很欢喜而且羡慕起来了！

我虽然在那边只住了半个多月，但心里头却十分的愉快，而且对于他们所吃的菜蔬，更是欢喜吃，及回到了学校，以后我就请用人依照他们那种样的菜煮来吃。

这一次，我之到虎跑寺去断食，可以说是我出家的近因了。

三

及到了民国六年的下半年，我就发心吃素了。

在冬天的时候，即请了许多的经，如《普贤行愿品》、《楞严经》及《大乘起信论》等很多的佛经，而于自己的房里，也供起佛像来，如地藏菩萨、观世音菩萨……的像，于是亦天天烧香了。

到了这一年放年假的时候，我并没有回家去，而到虎跑寺里面去过年。我仍旧住在方丈楼下，那个时候，则更感觉得有兴味了。于是就发心出家，同时就想拜那位住在方丈楼上的出家人作师父。

他的名字是弘详师，可是他不肯让我去拜他，而介绍我拜他的师父。他的师父是在松木场，护国寺里面居住的，于是他就请他的师父回到虎跑寺来，而我也就于民国七年，正月十五日受三皈依了。

我打算于此年的暑假来入山，而预先在寺里面住了一年后，然后再实行出家的。当这个时候，我就做了一件海青，及学习两堂功课。

在二月初五日那天，是我的母亲的忌日，于是我就先于两天以前到虎跑去，在那边背诵了三天的地藏经，为我的母亲回向。

到了五月底的时候，我就提前先考试，而于考试之后，即到虎跑寺入山了。到了寺中一日以后，即穿出家人的衣裳，而预备转年再剃度的。

及至七月初的时候，夏丏尊居士来，他看到我穿出家人的衣裳但还未出家，他就对我说："既住在寺里面，并且穿了出家人的衣裳，而不即出家，那是没有什么意思的，所以还是赶紧剃度好。"

我本来是想转年再出家的，但是承他的劝，于是就赶紧出家了。于七月十三日那一天，相传是大势至菩萨的圣诞，所以就在那天落发。

落发以后，仍须受戒的。于是由林同庄君的介绍，而到灵隐寺去受戒了。

灵隐寺是杭州规模最大的寺院，我一向是对看它很欢喜的，我出家了以后曾到各处的大寺院看过，但是总没有像灵隐寺那么的好！

八月底，我就到灵隐寺去，寺中的方丈和尚却很客气，叫我住在客堂后面芸香阁的楼上。当时是由慧明法师作大师父的，有一天我在客堂里遇到这位法师了。他看到我时，就说起："既系来受戒的，为什么不进戒堂呢？虽然你在家的时候是读书人，但是读书人就能这样地随便吗？就是在家时是一个皇帝，我也是一样看待的。"那时方丈和尚仍是要我住在客堂楼上，而于戒堂里面有了紧要的佛事时，方去参加一两回的。

那时候我虽然不能和慧明法师时常见面，但是看到他那种的忠厚、笃实，却是令我佩服不已的。

受戒以后，我就住在虎跑寺内。到了十二月，即搬到玉泉寺去住，此后即常常到别处去，没有久住在西湖了。

四

曾记得在民国十二年夏天的时候，我曾到杭州去过一回。那时正是慧明法师在灵隐寺讲《楞严经》的时候。

开讲的那一天，我去听他说法，因为好几年没有看到他，觉得他已苍老了不少，头发且已斑白，牙齿也大半脱落。我当时大为感动，于拜他的时候，不由泪落不止！

听说以后没有经过几年工夫，慧明法师就圆寂了。

关于慧明法师一生的事迹，出家人中晓得的很多，现在我且举几样事情，来说一说。

慧明法师是福建的汀州人。他穿的衣服却不考究，看起来很不像法师的样子，但他待人是很平等的。无论你是大好佬或是苦恼子，他都是一样地看待。

所以凡是出家在家的上中下各色各样的人物，对于慧明法师是没有一个不佩服的。

他老人家一生所做的事情固然很多，但是最奇特的，就是能教化"马溜子"（马溜子是出家流氓的称呼）了。

寺院里是不准这班"马溜子"居住的。他们总是住在凉亭里的时候为多，听到各处的寺院有人打斋的时候，他们就会集了赶斋（吃白饭）去。

在杭州这一带地方，马溜子是特别来得多。一般人总不把他们当人看待，而他们亦自暴自弃，无所不为的。

但是慧明法师却能够教化马溜子呢！

那些马溜子常到灵隐寺去看慧明法师，而他老人家却待他们很客气，并且布施他们种种好饮食，好衣服等。他们要什么就给什么，而慧明法师也有时对他们说几句佛法。

慧明法师的腿是有毛病的。出来入去的时候，总是坐轿子居多。

有一次他从外面坐轿回灵隐时，下了轿后，旁人看到慧明法师是没有穿裤子的，他们都觉得很奇怪，于是就问他道："法师为什么不穿裤子呢？"他说他在外面碰到了"马溜子"，因为向他要裤子，所以他连忙把裤子脱给他了。

关于慧明法师教化"马溜子"的事，外边的传说很多很多，我不过略举了这几样而已。不单那些"马溜子"对于慧明法师有很深的钦佩和信仰，即其他一般出家人，亦无不佩服的。

因为多年没有到杭州去了，西湖边上的马路、洋房也渐渐修筑得很多，而汽车也一天比一天地增加，回想到我以前在西湖边上居住时，那种闲静幽雅的生活，真是如同隔世，现在只能托之于梦想了。

宗月大师

老舍

在我小的时候，我因家贫而身体很弱。我九岁才入学。因家贫体弱，母亲有时候想叫我去上学，又怕我受人家的欺侮，更因交不上学费，所以一直到九岁我还不识一个字。说不定，我会一辈子也得不到读书的机会。因为母亲虽然知道读书的重要，可是每月间三四吊钱的学费，实在让她为难。母亲是最喜脸面的人。她迟疑不决，光阴又不等待着任何人，晃来晃去，我也许就长到十多岁了。一个十多岁的贫而不识字的孩子，很自然的去作个小买卖——弄个小筐，卖些花生、煮豌豆，或樱桃什么的。要不然就是去学徒。母亲很爱我，但是假若我能去做学徒，或提篮沿街卖樱桃而每天赚几百钱，她或者就不会坚决的反对。穷困比爱心更有力量。

有一天刘大叔偶然的来了。我说"偶然的"，因为他不常来看我们。他是个极富的人，尽管他心中并无贫富之别，可是他的财富使他终日不得闲，几乎没有工夫来看穷朋友。一进门，他看见了我。"孩子几岁了？上学没有？"他问我的母亲。他的声音是那么洪亮（在酒后，他常以学喊俞振庭的《金钱豹》自傲），他的衣服是那么华丽，他的眼是那么亮，他的脸和手是那么白嫩肥胖，使我感到我大概是犯了什么罪。我们的小屋，破桌凳，土炕，几乎禁不住他的声音的震动。等我母亲回答完，刘大叔马上决定："明天早上我来，带他上学，学钱、书籍，大姐你都不必管！"我的心跳起多高，谁知道上学是怎么一回事呢！

第二天，我像一条不体面的小狗似的，随着这位阔人去入学。学校是一家改良私塾，在离我的家有半里多地的一座道士庙里。庙不甚大，而充满了各种气味：一进山门先有一股大烟味，紧跟着便是糖精味（有一家熬制糖球糖块的作坊），再往里，是厕所味与别的臭味。学校是在大殿里。大殿两旁的小屋住着道士和道士的家眷。大殿里很黑、很冷。神像都用黄布挡着，供桌上摆着孔圣人的牌位。学生都面朝西坐着，一共有三十来人。西墙上有一块黑板——这是"改良"私塾。老师姓李，一位极死板而极有爱心的中年人。刘大叔和李老师"嚷"了一顿，而后教我拜圣人及老师。老师给了我一本《地球韵言》和一本《三字经》。我于是就变成了学生。

自从作了学生以后，我时常的到刘大叔的家中去。他的宅子有两个大院子，院中几十间房屋都是出廊的。院后，还有一座相当大的花园。宅子的左右前后全是他的房屋，若是把那些房子齐齐的排起来，可以占半条大街。此外，他还有几处铺店。每逢我去，他必招呼我吃饭，或给我一些我没有看见过的点心。他绝不以我为一个苦孩子而冷淡我，他是阔大爷，但是他不以富傲人。

在我由私塾转入公立学校去的时候，刘大叔又来帮忙。这时候，他的财产已大半出了手。他是阔大爷，他只懂得花钱，而不知道计算。人们吃他，他甘心教他们吃；人们骗他，他付之一笑。他的财产有一部分是卖掉的，也有一部分是被人骗了去的。他不管；他的笑声照旧是洪亮的。

到我在中学毕业的时候，他已一贫如洗，什么财产也没有了，只剩了那个后花园。不过，在这个时候，假若他肯用用心思，去调整他的产业，他还能有办法教自己丰衣足食，因为他的好多财产是被人家骗了去的。可是，他不肯去请律师。贫与富在他心中是完全一样的。假若在这时候，他要是不再随便花钱，他至少可以保住那座花园，和城外的地产。可是，他好善。尽管他自己的儿女受着饥寒，尽管他自己受尽折磨，他还是去办贫儿学校、粥厂等等慈善事业。他忘了自己。就是在这个时候，我和他过往的最密。他办贫儿学校，我去作义务教师。他施舍粮米，我去帮忙调查及散放。在我的心里，我很明白：放粮放钱不过只是延长贫民的受苦难的日期，而不足以阻拦住死亡。但是，看刘大叔那么热心，那么真诚，我就顾不得和他辩论，而只好也出点力了。即使我和他辩论，我也不会得胜，人情是往往能战胜理智的。

在我出国以前，刘大叔的儿子死了。而后，他的花园也出了手。他入庙为僧，夫人与小姐入庵为尼。由他的性格来说，他似乎势必走入避世学禅的一途。但是由他的生活习惯上来说，大家总以为他不过能念念经，布施布施僧道而已，而绝对不会受戒出家。他居然出了家。在以前，他吃的是山珍海味，穿的是绫罗绸缎。他也嫖也赌。现在，他每日一餐，入秋还穿着件夏布道袍。这样苦修，他的脸上还是红红的，笑声还是洪亮的。对佛学，他有多么深的认识，我不敢说。我却真知道他是个好和尚，他知道一点便去做一点，能做一点便做一点。他的学问也许不高，但是他所知道的都能见诸实行。

出家以后，他不久就做了一座大寺的方丈。可是没有多久就被驱除出来。他是要做真和尚，所以他不惜变卖庙产去救济苦人。庙里不要这种方丈。一般的说，方丈的责任是要扩充庙产，而不是救苦救难的。离开大寺，他到一座没有任何产业的庙里做方丈。他自己既没有钱，他还须天天为僧众们找到斋吃。同时，他还举办粥厂等等慈善事业。他穷，他忙，他每日只进一顿简单的素餐，可是他的笑声还是那么洪亮。他的庙里不应佛事，赶到有人来请，他便领着僧众给人家去唪真经，不要报酬。他整天不在庙里，但是他并没忘了修持；他持戒越来越严，对经义也深有所获。他白天在各处筹钱办事，晚间在小室里作工夫。谁见到这位破和尚也不曾想到他曾是个在金子里长起来的阔大爷。

去年，有一天他正给一位圆寂了的和尚念经，他忽然闭上了眼，就坐化了。火葬后，人们在他的身上发现许多舍利。

没有他，我也许一辈子也不会入学读书。没有他，我也许永远想不起帮助别人有什么乐趣与意义。他是不是真的成了佛？我不知道。但是，我的确相信他的居心与言行是与佛相近似的。我在精神上物质上都受过他的好处，现在我的确愿意他真的成了佛，并且盼望他以佛心引领我向善，正像在三十五年前，他拉着我去入私塾那样！

　　他是宗月大师。

弘一法师之出家

夏丏尊

今年（一九三九）旧历九月二十日，是弘一法师满六十岁诞辰，佛学书局，因为我是他的老友，嘱写此文字以为纪念，我就把他的出家的经过加以追叙。他是三十九岁那年夏间披剃的，到现在已整整过了二十一年的僧侣生活。我这里所述的，也都是二十年前的旧事。

说起来也许会教大家不相信，弘一法师的出家，可以说和我有关，没有我，也许不至于出家。关于这层，弘一法师自己也承认。有一次，记得是他出家二三年后的事，他要到新城掩关去了，杭州知友们在银洞巷虎跑寺下院替他饯行，有白衣，有僧人，斋后，他在座间指了我向大家道：

"我的出家，大半由于这位夏居士的助缘。此恩永不能忘！"

我听了不禁面红耳赤，惭悚无以自容。因为（一）我当时自己尚无信仰，以为出家是不幸的事情，至少是受苦的事情。弘一法师出家以后即修种种苦行，我见了常不忍。（二）他因我之助缘而出家修行去了，我却竖不起肩膀，仍浮沉在醉生梦死的凡俗之中，所以深深地感到对于他的责任，很是难过。

我和弘一法师（俗姓李，名字屡易，为世熟知者曰息，字曰叔同）相识，是在杭州浙江两级师范学校（后改名浙江第一师范学校）任教的时候。这个学校有一个特别的地方，不轻易更换教职员。我前后担任了十三年，他担任了七年。在这七年中我们晨夕一堂，相处得很好。他比我长六岁，当时我们已是三十左右的人了，少年名士气息，忏除将尽，想在教育上做些实际工夫。我担任舍监职务，兼教修身课，时时感觉对于学生感化力不足。他教的是图画音乐二科。这两种科目，在他未来以前，是学生所忽视的。自他任教以后，就忽然被重视起来，几乎把全校学生的注意力都牵引过去了。课余但闻琴声歌声，假日常见学生出外写生，这原因一半当然是他对于这二科实力充足，一半也由于他的感化力大。只要提起他的名字，全校师生以及工役没有人不起敬的。他的力量，全由诚敬中发出，我只好佩服他，不能学他。举一个实例来说：有一次，寄宿舍里有学生失少了财物了，大家猜测是某一个学生偷的。检查起来，却没有得到证据。我身为舍监，深觉惭愧苦闷，向他求教。他所指教我的方法，说也怕人，教我自杀！说：

　　"你肯自杀吗？你若出一张布告，说作贼者速来自首，如三日内无自首者，足见舍监诚信未孚，誓一死以殉教育。果能这样，一定可以感动人。一定会有人来自首。这话须说得诚实，三日后如没有人自首，真非自杀不可。否则便无效力。"

　　这话在一般人看来是过分之辞，他提出来的时候，却是真心的流露，并无虚伪之意。我自愧不能照行。向他笑谢，他当然也不责备我。我们那时颇有些道学气，俨然以教育自任，一方面又痛感到自己力量的不够，可是所想努力的，还是儒家式的修养，至于宗教方面简直毫无关心的。

　　有一次，我从一本日本的杂志上见到一篇关于断食的文章，说断食是身心"更新"的修养方法，自古宗教上的伟人，如释迦，如耶稣，都曾断过食。断食，能使人除旧换新，改去恶德，生出伟大的精神力量。并且还列举实行的方法及注意的事项，又介绍了一本专讲断食的参考书。我对于这篇文章很有兴味，便和他谈及，他就好奇地向我要了杂志去看。以后我们也常谈到这事，彼此都有"有机会时最好把断食来试试"的话，可是并没有作过具体的决定。至少在我自己是说过就算了的。约莫经过了一年，他竟独自去实行断食了，这是他出家前一年阳历年假的事。他有家眷在上海，平日每月回上海二次，年假暑假当然都回上海的。阳历年假只十天，放假以后我也就回家去了，总以为他仍照例回到上海了的。假满返校，不见到他，过了两个星期他才回来。据说假期中没有回上海，在虎跑寺断食。我问他"为什么不告诉我？"他笑说："你是能说不能行的，并且这事预先教别人知道也不好，旁人大惊小怪起来，容易发生波折。"他的断食，共三星期。第一星期逐渐减食至尽，第二星期除水以外完全不食，第三星期起，由粥汤逐渐增加至常量。据说经过很顺利。不但并无苦痛，而且身心反觉轻快，有飘飘欲仙之象。他平日是每日早晨写字的，在断食期间，仍以写字为常课。三星期所写的字，有魏碑，有篆文，有隶书，笔力比平日并不减弱。他说断食时，心比平时灵敏，颇有文思，恐出毛病，终于不敢作文。他断食以后，食量大增，且能吃整块的肉（平日虽不茹素，也不多食肥腻肉类），自己觉得脱胎换骨过了，用老子"能婴儿乎"之意，改名李婴。依然教课，依然替人写字，并没有什么和前不同的情形。据我知道，这时他还只看些宋元人的理学书和道家的书类，佛学尚未谈到。

转瞬阴历年假到了，大家又离校，那知他不回上海，又到虎跑寺去了。因为他在那里住过三星期，喜其地方清静，所以又到那里去过年。他的皈依三宝，可以说由这时候开始的。据说：他自虎跑寺断食回来，曾去访过马一浮先生，说虎跑寺如何清静僧人招待如何殷勤。阴历新年，马先生有一个朋友彭先生，求马先生介绍一个幽静的寓处，马先生忆起弘一法师前几天曾提起虎跑寺，就把这位彭先生陪送到虎跑寺去住。恰好弘一法师正在那里，经马先生之介绍，就认识了这位彭先生。同住了不多几天，到正月初八日，彭先生忽然发心出家了，由虎跑寺当家为他剃度。弘一法师目击当时的一切，大大感动。可是还不想就出家，仅皈依三宝，拜老和尚了悟法师为皈依师，演音的名，弘一的号，就是那时取定的。假期满后，仍回到学校里来。

从此以后，他茹素了，有念珠了，看佛经，室中供佛像了。宋元理学书偶然仍看，道家书似已疏远。他对我说明一切经过及未来志愿，说出家有种种难处，以后打算暂以居士资格修行，在虎跑寺寄住，暑假后不再担任教师职务。我当时非常难堪，平素所敬爱的这样的好友，将弃我遁入空门去了，不胜寂寞之感。在这七年之中，他想离开杭州一师，有三四次之多，有时是因为对于学校当局有不快，有时是因别处来请他，他几次要走，都是经我苦劝而作罢的。甚至于有一时期，南京高师苦苦求他任课，他已接受聘书了，因为我恳留他，他不忍拂我之意，于是杭州南京两处跑，一个月中要坐夜车奔波好几次。他的爱我，可谓已超出寻常友谊之外，眼看这样的好友，因信仰的变化，要离我而去，而且信仰上的事，不比寻常名利关系，可以迁就。料想这次恐已无法留得他住，深悔从前不该留他。他若早离开杭州，也许不会遇到这样复杂的因缘的。暑假渐近，我的苦闷也愈加甚，他虽常用佛法好言安慰我，我总熬不住苦闷。有一次，我对他说过这样的一番狂言：

"这样做居士究竟不彻底。索性做了和尚，倒爽快！"

我这话原是愤激之谈，因为心里难过得熬不住了，不觉脱口而出。说出以后，自己也就后悔。他却仍是笑颜对我，毫不介意。

暑假到了，他把一切书籍、字画、衣服等等分赠朋友及校工们，我所得到的是他历年所写的字，他所有折扇及金表等。他自己带到虎跑寺去的，只是些布衣及几件日常用品。我送他出校门，他不许再送了，约期后会，黯然而别。暑假后，我就想去看他，忽然我父亲病了，到半个月以后才到虎跑寺去。相见时我吃了一惊，他已剃去短须，头皮光光，著起海青，赫然是个和尚了！笑说：

"昨日受剃度的。日子很好，恰巧是大势至菩萨生日。"

"不是说暂时做居士，在这里住住修行，不出家的吗？"我问。

　　"这也是你的意思，你说索性做了和尚……"

　　我无话可说，心中真是感慨万分。他问过我父亲的病况，留我小坐，说要写一幅字，叫我带回去作他出家的纪念。回进房去写字，半小时后才出来，写的是《楞严大势至念佛圆通章》，且加跋语，详记当时因缘，末有"愿他年同生安养共圆种智"的话。临别时我和他作约，尽力护法，吃素一年，他含笑点头，念一句"阿弥陀佛"。

　　自从他出家以后，我已不敢再谤毁佛法，可是对于佛法见闻不多，对于他的出家，最初总由俗人的见地，感到一种责任。以为如果我不苦留他在杭州，如果我不提出断食的话头，也许不会有虎跑寺马先生彭先生等因缘，他不会出家。如果最后我不因惜别而发狂言，他即使要出家，也许不会那么快速。我一向为这责任之感所苦，尤其在见到他作苦修行或听到他有疾病的时候。近几年以来，我因他的督励，也常亲近佛典，略识因缘之不可思议，知道像他那样的人，是于过去无量数劫种了善根的。他的出家，他的弘法度生，都是夙愿使然，而且都是稀有的福德。正应代他欢喜，代众生欢喜。觉得以前的对他不安，对他负责任，不但是自寻烦恼，而且是一种僭妄了。

两法师

叶圣陶

　　在到功德林去会见弘一法师的路上，怀着似乎从来不曾有过的洁净的心情；也可以说带着渴望，不过与希冀看一出著名的电影剧等的渴望并不一样。

　　弘一法师就是李叔同先生，我最初知道他在民国初年；那时上海有一种《太平洋报》，其艺术副刊由李先生主编，我对于副刊所载他的书画篆刻都中意。以后数年，听人说李先生已经出了家，在西湖某寺。游西湖时，在西泠印社石壁上见到李先生的"印藏"。去年子恺先生刊印《子恺漫画》，丏尊先生给它作序文，说起李先生的生活，我才知道得详明些；就从这时起，知道李先生现在称弘一了。

于是不免向子恺先生询问关于弘一法师的种种。承他详细见告。十分感兴趣之余，自然来了见一见的愿望，便向子恺先生说了。"好的，待有机缘，我同你去见他。"子恺先生的声调永远是这样朴素而真挚的。以后遇见子恺先生，他常常告诉我弘一法师的近况。记得有一次给我看弘一法师的来信，中间有"叶居士"云云，我看了很觉惭愧，虽然"居士"不是什么特别的尊称。

前此一星期，饭后去上工，劈面来三辆人力车。最先是个和尚，我并不措意。第二是子恺先生，他惊喜似地向我颠头。我也颠头，心里就闪电般想起"后面一定是他"。人力车夫跑得很快，第三辆一霎往后时，我见坐着的果然是个和尚，清癯的脸，额下有稀疏的长髯。我的感情有点激动，"他来了！"这样想着，屡屡回头望那越去越远的车篷的后影。

第二天，就接到子恺先生的信，约我星期日到功德林去会见。

是深深尝了世间味，探了艺术之宫的，却回过来过那种通常以为枯寂的持律念佛的生活，他的态度该是怎样，他的言论该是怎样，实在难以悬揣。因此，在带着渴望的似乎从来不曾有过的洁净的心情里，还掺着些惝恍的成分。

走上功德林的扶梯，被侍者导引进那房间时，近十位先到的恬静地起立相迎。靠窗的左角，正是光线最明亮的地方，站着那位弘一法师，带笑的容颜，细小的眼睁子放出晶莹的光。丏尊先生给我介绍之后，叫我坐在弘一法师的侧边。弘一法师坐下来之后，就悠然数着手里的念珠。

我想一颗念珠一声"阿弥陀佛"吧，本来没有什么话要向他谈，见这样更沉入近乎催眠状态的凝思，言语是全不需要了。可怪的是在座一些人，或是他的旧友，或是他的学生，在这难得的会晤时，似乎该有好些抒情的话与他谈，然而不然，大家也只默然不多开口。未必因僧俗殊途，尘净异致，而有所矜持吧。或许他们以为这样默对一二小时，已胜于十年的晤谈了。

晴秋的午前的时光在恬然的静默中经过，觉得有难言的美。

随后又来了几位客，向弘一法师问几时来的，到什么地方去那些话。他的回答总是一句短语；可是殷勤极了，有如倾诉整个心愿。

因为弘一法师是过午不食的，十一点钟就开始聚餐。我看他那曾经挥洒书画弹奏钢琴的手郑重地夹起一荚豇豆来，欢喜满足地送入口中去咀嚼的那种神情，真惭愧自己平时的乱吞胡咽。

"这碟子是酱油吧？"

以为他要酱油，某君想把酱油碟子移到他前面。

"不，是这个日本的居士要。"

果然，这位日本人道谢了，弘一法师于无形中体会到他的愿欲。

石岑先生爱谈人生问题，著有《人生哲学》，席间他请弘一法师谈些关于人生的意见。

"惭愧，"弘一法师虔敬地回答，"没有研究，不能说什么。"

以学佛的人对于人生问题没有研究，依通常的见解，至少是一句笑话，那么，他有研究而不肯说么？只看他那殷勤真挚的神情，见得这样想时就是罪过，他的确没有研究。研究云者，自己站在这东西的外面，而去爬剔、分析、检察这东西的意思。像弘一法师，他一心持律，一心念佛，再没有站到外面去的余裕。哪里能有研究呢？

我想，问他像他这样的生活，觉得达到了怎样一种境界，或者比较落实一点儿。然而健康的人不自觉健康，哀乐的当时也不能描状哀乐；境界又岂是说得出的。我就把这意思遣开；从侧面看弘一法师的长髯以及眼边细密的皱纹，出神久之。

饭后，他说约定了去见印光法师，谁愿意去可同去。印光法师这个名字知道得很久了，并且见过他的文抄，是现代净土宗的大师，自然也想见一见。同去者计七八人。

决定不坐人力车，弘一法师拔脚就走，我开始惊异他步履的轻捷。他的脚是赤着的，穿一双布缕缠成的行脚鞋。这是独特健康的象征啊，同行的一群人哪里有第二双这样的脚。

惭愧，我这年轻人常常落在他背后。我在他背后这样想：

他的行止笑语，真所谓纯任自然，使人永不能忘，然而在这背后却是极严谨的戒律。丏尊先生告诉我，他曾经叹息中国的律宗有待振起，可见他是持律极严的。他念佛，他过午不食，都为的持律。但持律而到达非由"外铄"的程度，人就只觉得他一切纯任自然了。

似乎他的心非常之安，躁忿全消，到处自得；似乎他以为这世间十分平和，十分宁静，自己处身其间，甚而至于会把它淡忘。这因为他把所谓万象万事划开了一部分，而生活在留着的一部分内之故。这也是一种生活法，宗教家大概采用这种生活法。

他与我们差不多处在不同的两个世界。就如我，没有他的宗教的感情与信念，要过他那样的生活是不可能的，然而我自以为有点儿了解他，而且真诚地敬服他那种纯任自然的风度。哪一种生活法好呢？这是愚笨的无意义的问题。只有自己的生活法好，别的都不行，夸妄的人却常常这么想。友人某君曾说他不曾遇见一个人他愿意把自己的生活与这个人对调的，这是踌躇满志的话。人本来应当如此，否则浮漂浪荡，岂不像没舵之舟。然而某君又说尤其要紧的是同时得承认别人也未必愿意与我对调。这就与夸妄的人不同了；有这么一承认，非但不菲薄别人，并且致相当的尊敬，彼此因观感而潜移默化的事是有的。虽说各有其生活法，究竟不是不可破的坚壁；所谓圣贤者转移了什么什么人就是这么一回事。但是板着面孔专事菲薄别人的人决不能转移了谁。

到新闸太平寺，有人家借这里办丧事，乐工以为吊客来了，预备吹打起来，及见我们中间有一个和尚，而且问起的也是和尚，才知道误会，说道，"他们都是佛教里的。"

寺役去通报时，弘一法师从包袱里取出一件大袖僧衣来（他平时穿的，袖子与我们的长衫袖子一样），恭而敬之地穿上身，眉宇间异样地静穆。我是欢喜四处看望的，见寺役走进去的沿街的那个房间里，有个躯体硕大的和尚刚洗了脸，背部略微佝着，我想这一定就是了。果然，弘一法师头一个跨进去时，就对这位和尚屈膝拜伏，动作严谨且安详，我心里肃然，有些人以为弘一法师该是和尚里的浪漫派，看见这样可知完全不对。

印光法师的皮肤呈褐色，肌理颇粗，一望而知是北方人；头顶几乎全秃，发光亮；脑额很阔；浓眉底下一双眼睛，这时虽不戴眼镜，却用戴了眼镜从眼镜上方射出眼光来的样子看人，嘴唇略微皱瘪，大概六十左右了。

弘一法师与印光法师并肩而坐，正是绝好的对比，一个是水样的秀美，飘逸，一个是山样的浑朴，凝重。

弘一法师合掌恳请了，"几位居士都欢喜佛法，有曾经看了禅宗的语录的，今来见法师，请有所开示，慈悲，慈悲。"

对于这"慈悲，慈悲"，感到深长的趣味。

"嗯，看了语录，看了什么语录？"印光法师的声音带有神秘味，我想这话里或者就藏着机锋吧。没有人答应。弘一法师就指石岑先生，说这位先生看了语录的。

石岑先生因说也不专看哪几种语录，只曾从某先生研究过法相宗的义理。

这就开了印光法师的话源。他说学佛须要得实益，徒然嘴里说说，作几篇文字，没有道理；他说人眼前最紧要的事情是了生死，生死不了，非常危险；他说某先生只说自己才对，别人念佛就是迷信，真不应该。他说来声色有点儿严厉，间以呵喝。我想这触动他旧有的忿忿了。虽然不很清楚佛家的"我执""法执"的涵蕴是怎样，恐怕这样就有点儿近似。这使我未能满意。

弘一法师再作第二次恳请，希望于儒说佛法会通之点给我们开示。

印光法师说二者本一致，无非教人父慈子孝兄友弟恭等等。不过儒家说这是人的天职，人若不守天职就没有办法。佛家用因果来说，那就深奥得多。行善就有福，行恶就吃苦。人谁愿意吃苦呢？——他的话语很多，有零星的插话，有应验的故事，从其间可以窥见他的信仰与欢喜。他显然以传道者自任，故遇有机缘不惮尽力宣传；宣传家必有所执持又有所排抵，他自也不免。弘一法师可不同，他似乎春原上一株小树，毫不愧怍地欣欣向荣，却没有凌驾旁的卉木而上之的气概。

　　在佛徒中，这位老人的地位崇高极了，从他的文抄里，见有许多的信徒恳求他的指示，仿佛他就是往生净土的导引者。这想来由于他有根深的造诣，不过我们不清楚，但或者还有别一个原因。一般信徒觉得那个"佛"太邈远了，虽然一心皈依，总不免感到空虚；而印光法师却是眼睛看得见的，认他就是现世的"佛"，虔敬崇奉，亲接謦欬，这才觉得着实，满足了信仰的欲望。故可以说，印光法师乃是一般信徒用意想来装塑成功的偶像。

　　弘一法师第三次"慈悲，慈悲"地恳求时，是说这里有讲经义的书，可让居士们"请"几部回去。这个"请"字又有特别的味道。

　　房间的右角里，装订作坊似的，线装、平装的书堆着不少：不禁想起外间纷纷飞散的那些宣传品。由另一位和尚分派，我分到黄智海演述的《阿弥陀经白话解释》，大圆居士说的《般若波罗蜜多心经讲义》，李荣祥编的《印光法师嘉言录》三种。中间《阿弥陀经白话解释》最好，详明之至。

　　于是弘一法师又屈膝拜伏，辞别。印光法师颠着头，从不大敏捷的动作上显露他的老态。待我们都辞别了走出房间，弘一法师伸两手，郑重而轻捷地把两扇门拉上了。随即脱下那件大袖的僧衣，就人家停放在寺门内的包车上，方正平帖地把它折好包起来。

　　弘一法师就要回到江湾子恺先生的家里，石岑先生、予同先生和我就向他告别。这位带有通常所谓仙气的和尚，将使我永远怀念了。

　　我们三个在电车站等车，滑稽地使用着"读后感"三个字，互诉对于这两位法师的感念。就是这一点，已足证我们不能为宗教家了，我想。

　　据说，佛家教规，受戒者对于白衣是不答礼的，对于皈依弟子也不答礼；弘一法师是印光法师的皈依弟子，故一方敬礼甚恭，一方颔头受之。一九三一年六月十七日记。

蜜　泪（节选）

黄永玉

……

到了泉州，战地服务团倒有一个，只是从来没说过要招考新队员。这怎么办呢？两头被吊起来了。

住在一个朋友家里，这个朋友是刚认识的，由另一个刚认识的朋友辗转介绍给他。对门是所大庙，深不可测，说是有一两千和尚。庙里还养着一个剧团，专门演唱佛经故事的。和尚是多的，来来去去都是和尚。为什么要这么多和尚？和尚多了干什么？谁也不明白。庙里有两座石头高塔，从南安洪濑再过来十里地，就能远远看到它们高高的影子。庙里有许多大小院子和花圃，宝殿里是高大的涂满金箔的闭着眼睛的菩萨。一个偏僻安静的小禅堂之类的院子，冲着门的是用砖砌得漂亮之极的影壁，长满了厚厚的青苔。绕过影壁，原来是满满一院子的玉兰花，像几千只灯盏那么闪亮，全长在一棵树上。多走几回，胆子就大了起来，干脆爬上树去摘了几枝，过两天又去摘了一次，刚上得树去，底下站着个头顶秃了几十年的老和尚，还留着稀疏的胡子。

"嗳！你摘花干什么呀？"

"老子高兴，要摘就摘！"

"你瞧，它在树上长得好好的……"

"老子摘下来也是长得好好的！"

"你已经来了两次了。"

"是的，老子还要来第三次。"

"你下来，小心点，听你讲话不像是泉州人。"

口里咬着花枝，几下子就跳到地上。

"下来了！嘿！我当然不是泉州人。"

"至我房间里坐坐好吗？"

一间萧疏的屋子。靠墙一张桌子，放了个笔筒、几支笔、一块砚台，桌子边上摆了一堆纸，靠墙有几个写了名字的信封。床是两张长板凳架着的门板，一张草席子，床底下一双草鞋。再也没有什么了，是个又老又穷的和尚。

信封上写着"丰子恺"和"夏丏尊"的名字。

"你认得丰子恺和夏丏尊？"

"你知道丰子恺和夏丏尊？"老和尚反问。

"知道，老子很佩服，课本上有他们的文章，丰子恺老子从小就喜欢——咦！你当和尚怎么认识夏丏尊和丰子恺？"

"丰子恺以前是我的学生，夏丏尊是我的熟人……"

"哈！你个老家伙吹牛！……说说看，丰子恺哪个时候做过你的学生？……"

"……好久了……在浙江的时候，那时候我还没出家哩！"

那是真的了，这和尚真有两手，假装着一副普通和尚的样子。

"你还写字送人啊！"

"是啊！你看，写得怎么样？"和尚的口气温和之极。

"唔！不太好！没有力量，老子喜欢有力量的字。"

"平常你干什么呢？……还时常到寺里来摘花？"

"老子画画！唔！还会别的，会唱歌，会打拳，会写诗，还会演戏，唱京戏，嗳！还会开枪，打豺狗、野猪、野鸡……"

"哪里人啊？多大了？"

"17 岁了。湖南凤凰人……"

跟老和尚做朋友时间很短，原来他就是弘一法师李叔同。

"老子爸爸妈妈也知道你，'长亭外，古道边'就是你作的。"

"曲是外国的，词呢，是我作的。"

"你给老子写张字吧！"

老和尚笑了：

"记得你说过，我写的字没有力量，你喜欢有力量的字……"

"是的，老子喜欢有力量的字。不过现在看起来，你的字又有点好起来了。说吧！你给不给老子写吧？"

老和尚那么安静，微微地笑着说：

"好吧！我给你写一个条幅吧！不过，四天以内你要来取啊！记得住吗？"

去洛阳桥朋友处玩了一个礼拜，回来的第二天，寺里孤儿院的孩子李西鼎来说（李西鼎是集美的老校工"遒啊"的儿子，害鼠疫死了，李西鼎被送进了孤儿院）：

"快走吧！那个老和尚死了！"

进到那个小院，和尚侧身死在床上，像睡觉一样，一些和尚围在那里。

桌上卷好的条幅，其中一卷已经写好了名字，刚要动手，一个年轻的和尚制止了。

"这是老子的，老子就是这个名字，老子跟老和尚是朋友。"

他们居然一听就信。条幅写着这么一些字：

"不为自己求安乐，但愿世人得离苦—— 一音"

虽然不明白什么意思，倒是号啕大哭了起来。和尚呀！和尚呀！怎么不等老子回来见你一面呢？

老和尚跟孩子谈过一些美术知识，拉斐尔、达·芬奇、米开朗基罗……还介绍一位住在另一座崇福寺里的名叫妙月法师的胖大和尚做朋友。这和尚百分之百地像鲁智深，手提一根几十斤的铁禅杖，背后时常跟一个小沙弥，挑着药箱去泉州各地给人治病，脾气却十分之好，老是笑呵呵的。一双手从来不洗，厚得像脚底板，据说会铁砂掌，崇福寺外头砖墙上扎了许多手指洞，又教人不能不信。

妙月法师会用拳头握着毛笔写颜体字，力量倒是不小，只是水平一般，弘一法师却又说有朝一日他会成正果。正果到底是个什么东西呢？

当不少人知道那个和尚和孩子的一段因缘时，都好心地把它渲染成一个合乎常情的大师如何启迪顽童在艺术上开窍的故事。其实只不过是一个多月间偶尔的相遇而已。只是自此之后几十年间，总不免时常想起艺术交往以外的一点印象，奋然一刀两断于尘俗的坚决和心灵的蕴藉与从容，细酌起来不免震慑。在我们"俗人"处理人间烟火事务时，有没有值得引进的地方呢？

…………

随师学禅

明
海

一

到现在我还清楚地记得第一次见师父的情景：一位老和尚从书桌上抬起头，从容地转过身，慈悲安详，和蔼可亲。因为是冬天，他还戴着一顶毛线织的帽子。我好奇地想：怎么和尚还戴帽子呢？我这样才一动念，师父就随手把帽子摘下来。我想：这老和尚一定有神通呢！

后来师父淡然地告诉我：他没有神通。对他这话我总不信，便用心观察，神通虽然没有找到，却发现了许多意味深长的妙处。

二

　　师父在北京的住处是一套三间相通的房子，中间一间是佛堂兼客厅，边上一间是他的卧室兼书房，他日常每在这里工作，如果有人拜访，一转身又可以接待客人。

　　师父的工作都要伏案去做：写文章、改文章、校对稿样、给信徒回信，他做起来都是一丝不苟，字迹从不潦草，标点符号清清楚楚。有一次我帮忙誊一份东西，他看了指出许多毛病：破折号应在两格中间三分之二的地方，句号、逗号在方格左下角……我听了惭愧万分：平时还一直以为自己在这方面过了关呢！

　　我曾经想：做许多工作都和修行用功不妨碍，做师父这份案头工作却不好用功。你想：一边写文章，一边念佛或者观心，那是不行的，文章一定写不出来。有一次我拿这样的问题问师父，他说："看书就看书，写文章就写文章，一心一意，不起杂念，这就是修行。"

　　这话很平淡，我却做不到，难就难在"一心一意"上。我的习惯，每每写文章时惦记着打坐，打坐时又老想着文章该怎么写。总之是心里总有一些和身口不相应的细微妄想流动，走路时不安心走路，吃饭时不安心吃饭，所谓"心不在焉"——心不在这里，在哪里呢？自己都觉察不出。

　　师父却总是那样专注。写文章是这样，吃饭是这样，扫地是这样。他在北京的生活是十分平常的：早起坐禅、扫地、打开水、到斋堂打饭、坐办公室、改稿、校稿。理论起来可以说是弘法度众生，师父做起来却是如此平实、安详，本地风光，自自然然。他扫地时是那样从容不迫，心无旁骛，仿佛世界上其他一切都不存在了。他要我们学会扫地，认认真真，一丝不苟，月复一月，年复一年，无有间断，能做到这一点，就能成就大的道业，就能振作佛法的教运……

当然，师父要是有条件一直专注于案头工作也好，事实是他的工作经常被前来拜访的信徒打断。有的是修行遇到问题要请教，也有的刚接触佛教，还有的是工作、生活不顺心，请师父解忧。来的人有学生、工人，有家庭妇女，有时一家夫妇带着孩子一起来。

这时候，师父就得放下手头的工作，接待这些来访者。和他们讲佛法、聊家常、解答疑难，话语从容平实，却让人感觉如沐春风。人们围着他，像冬天里围着一盆火，舍不得离开。

等来访者一走，师父又回到书桌旁，拿起了笔。

这样的情形见多了，我终于感觉到：师父如是的行持中大有"文章"在。首先我自己做不到。换了我，写文章到精彩处，有人打断，心里会生烦恼；而谈话结束后，心又不容易收回，一定还挂记着刚才的谈话。师父却两无妨碍，他放下案头的书、笔，接待来客，给人的印象他刚才什么都没干，专门等你来拜访呢，所以才那样精神饱满，光彩照人；等人一走，他又继续他的工作，仿佛一直如此，没有中断。

此中有"真意"。我揣摩了很长时间，后来师父说，要活在当下，我才有点恍然了。活在当下，也就是斩断过去、现在、未来三际而安住于现前清净明觉的一念。这种安住等于无住。因为就此当下一念通于过去、现在和未来而成为永恒。《华严经》上说："三世所有一切劫，于一念际我皆入。"这个入于三世的一念既在三世中又在三世外，它是既存在又超越的。卖点心的婆子喝问德山要点哪个心时，德山就被束缚在过去心、现在心、末来心的囚笼里而打失了当下一念。

活在当下，也就是安心于当下。能安心于当下也就能安心于时时处处。古代的禅德"饥来吃饭困来眠"，"无处青山不道场"，就是这个道理。

师父因为总能活在当下，所以他总显得那样自在洒脱，处理问题应付裕如，不费一些思索，纯为现时境界。不管是作文还是讲开示他都是信手拈来，不多不少，恰到好处。我想这大概就是《六祖坛经》上所说的"定慧等持"吧。

三

我有不爱整洁的习惯，这个习惯是过去长期的学生生活养成的，师父几次批评我，我却进步不大。真是"江山易改，禀性难移"。

师父则不然，他周围的环境总是整整齐齐，干干净净，而且他走到哪里就把清洁和秩序带到哪里。他常给我念叨："虚云老和尚了不起，虽然行头陀行、穿百袖，但他的衣服却总是干干净净的，他的案头、禅榻总是整齐洁净的。"

起初，对他的话我一直漠然淡然，后来才慢慢领会：这也是修行。

柏林禅寺是一座千年古刹，历史的风暴却使它成为一片废墟。我们最初来到这里时，只有几棵古柏、一座佛塔还使人能依稀辨出这是一座古寺。一切又得重新开始。

师父成了设计师。这儿修什么，那儿建什么，全部都由他亲自率划，所有工程的图纸他都要亲自过目，并提出意见。有时他带着我们在寺里四处巡视，向我们描述他的复兴蓝图，成竹在胸，运筹帷幄。每次回寺，即使是深夜，他也要去查看建筑工程的进展，有时冷不丁他就会挑出毛病，使承包工程的工头提心吊胆。

最奇的要算赵州禅师塔院的修建。师父在塔前的一片乱草地上划出一个范围修筑院墙。工人在下墙基时竟触到古墙的遗迹，当地的老人说：过去塔院的围墙就在这里。竟是无心合古！

经过这两年的努力，到现在一座初具规模的梵刹平地而起。就像整理一间凌乱的屋子一样，师父把这一废墟整理得清净庄严。

现在我相信这两件事是不二的。你只有能净化一间屋子，才能净化一座寺院，乃至一个社会，一个娑婆世界，而这种净化源出于我们身心的净化。

所以师父告诫我们："依报和正报是不二的。"我感受到他对环境的调整与改变像是出自一种本能，完全是自自然然的，好像无形中有一种光芒从他清净的身心辐射出来，驱除了杂乱，带来了和谐。

他的这种影响力不仅限于环境，对人也是一样。和他在一起，你会感觉宁静、祥和，心里很清净，没有杂念。

师父说："我们每个人都要成就自己的净土。"是啊，求生西方净土的人要先完成自我的净化，不能把娑婆世界的讲习性带到净土去。

四

师父谈起复兴柏林寺的因缘，既属偶然，又像是必然。一九八七年十月，师父受中国佛教协会委派，陪同"日中友好临黄协会"访华团参拜赵州塔，目睹古寺颓敝，一片蔓草荒烟，他潸然泪下。后来他告诉我们："年轻时亲近虚云老和尚，随侍身边，老人经常讲赵州和尚的公案，脑子里留下了深深的印象，来到这里，看到一代大禅师的道场如此破败不堪，触动了感情。"

一九九〇年农历十月初一日，普光明殿大佛在露天安座，风雨交加中万众腾欢。师父见此情景，老泪滂沱。

一九九一年冬，修复中的柏林寺举办了第一次佛七法会。居士们离寺时都恋恋不舍，有的泪流满面。他们说：这里温暖得像自己的家。师父的眼里闪着泪光。

一九九三年，在柏林寺南边一个清净幽雅的小院子里，师父为我们一位短期闭关的师兄启关。当他说完四句偈语后，热泪夺眶而出。

师父说："我每次看到你们这些弟子，都想流泪。"

师父的眼泪真多！

提婆菩萨在《大丈夫论》中说，菩萨在三种时候堕泪："一者见修功德人，以爱敬故，为之堕泪；二者见苦恼众生无功德者，以悲悯故，为之堕泪；三者修大施时，悲喜踊跃，亦复堕泪。计菩萨堕泪以来，多四大海水。"菩萨的泪从哪里来呢？从悲心来。"菩萨悲心犹如雪聚，雪聚见日则皆融消；菩萨悲心见苦众生，悲心雪聚故眼中流泪。"

师父的眼泪和悲心想必已经积聚很久很久了吧。在佛教饱受摧残的年月，他们是欲哭而无泪。僧人们被强迫返俗，被批斗、被劳改。有的人因承受不了这种打击而自寻短见，有的人则放弃了自己的信仰，剩下来的人便要忍受种种迫害和繁重的劳动。

有一次师父给我讲起劳动改造的情形。数九寒冬，凌晨两点起床，步行二十几里到工地挑土，到天黑收工，他有一阵子患浮肿，浑身无力，还得坚持干。中午休息的时候，他就找一个背风的地方，大草帽盖住脸，盘腿打坐。"你那时想到过前途吗？"出于文学的想象我这样问他。"没有什么具体想法，但相信那样的现实只是暂时的。"

师父这一代僧人真是命运多舛。他们年富力强的岁月几乎都消耗在那场劫难中，而当转机出现，复兴奄奄一息的佛教的重任又落在他们肩上。

经过一场史无前例的浩劫，中国佛教百废待举，太需要人才了！师父必须以一当十地工作。

他要主编两种刊物，主管河北省佛协，还要参与中国佛协的许多工作。至于柏林寺的复兴他更是多方筹划，惨淡经营。从化缘募捐，到规划设计，图纸的审查，工价的商定，还有与各种社会关系的周旋，寺内僧团的建设，法会的主持等等，这一切都是他的工作。他一年的很多时间都奔波在旅途中。

许多次回寺，因为事务忙，他都是夜间赶路，半夜到达，凌晨出现在大殿上，使我们大吃一惊。我曾经想：石家庄—北京一线的火车，在中国这么多人中，可能只有我师父坐得最多了，因为他平均两星期就要往返一次。

不管事情多么忙，师父像是长有千手千眼，应付自如。他休息的时间那么少，却总是一身洒脱，神采奕奕。有时他也会嘲笑我们年轻人不如他精力好。我想，我们缺乏的主要不是精力，而是他那片似海的悲心。须知，这才是他能量的源泉啊！

五

一个冬天的下午，在北京师父的住处，师父与我和一位四川的陈先生谈起虚云和尚那张低首蹙眉的照片。陈先生说："这张像，很烦恼的样子。"师父说："不是烦恼，是忧患"。我怦然心动。师父接着说："我们都能像虚老一样，有忧患意识，佛教就有望了，我们个人的修行就能有所成就。"

有谁能理解禅者的忧患呢？我们选择禅时都只注意了禅的喜悦和超脱，却忽略了禅的艰难、禅者的承担。

禅宗初祖迦叶尊者以苦行著称。连佛陀都为老迦叶担心，怕他吃不消，劝他放松些，可他却依然如此。最后在灵山会上，世尊拈花，众皆惑然，唯迦叶尊者莞尔一笑。这一笑后面有多少艰辛！

六祖慧能大师为传佛心印，先是磨房碾米，得法后又混迹猎人队伍十三年，屡被险难。

近代虚云老和尚住世一百二十年，为振救衰颓的教运，他东奔西忙，历经九磨十难！

师父说："不要谈玄说妙，要从一点一滴的小事做起……"

我渐渐明白：禅这个概念是多么沉重，而用生命去实证禅又是多么艰难啊！

俗眼观佛门：
我拜见了证严法师

航鹰

龙口含珠，凤头饮水

宗教生活讲究仪规，世界上各种宗教都有自己的仪式和规矩。古代交通不发达，更没有电子通讯设备，相隔几大洋的各大洲产生的各自的宗教，为什么都在这一点上不谋而合呢？我想，这是因为把某种外在行为规范化习惯化可以影响人的精神信仰；或者说让人的内心追求通过仪规形式表现出来。当这种仪规成为信众自觉自愿的统一行为时，宗教就能够成为有巨大力量的社会团体。

　　我观看过不少宗教仪式，有的让人觉得神秘，有的让人觉得繁冗，甚至有的让人觉得恐怖愚昧。台湾花莲佛教慈济会也很讲究仪规，但这些仪规都给人一种典雅自然的感觉，甚至能够给人以美的享受。从表面看上去，静思精舍显露不出森严的戒规，处处洋溢着一种圆融祥和的气氛，尼师们的举止温文有礼，说话轻柔亲切，见了人永远送上诚恳的微笑。尤其是随侍在证严法师身边的尼师们，一个个全都是知书达理，举止大方，善解人意，勤快敏捷，在世俗社会极难见到这样一群不施脂粉聪颖灵秀的女子。尤其令人惊叹的是，他们那种气质上的高贵优雅绝不是森严的戒规能够塑造出来的，戒规再严厉也只能塑造出苦修者，而造就不出秀外慧中的智者。

　　那么，他们这种教养是从何而来的呢？

　　经过几天的观察，我发现这一切都来自证严法师的榜样作用。

　　榜样的力量是无穷的。

　　证严法师在弟子们和随众心目中的威望，不仅表现在大家笃信他的宗教主张，也表现在大家都愿意学习他的做人品格，他的言谈举止，他的气质风度乃至一切生活细节。一位宗教领袖不单以信仰、教规统领信徒，更能以个人魅力征服信徒，使得来自不同家庭有着不同经历受过不同程度教育的弟子都自觉自愿地仿效他，亦步亦趋，如影随形，这真是一个我从未见过的奇迹。

　　在静思精舍居住的几天里，我总有一种自惭形秽的感觉，而过去出入社交场合时自我感觉挺好的，现在却嘀咕自己身上哪儿都不对劲儿。和师父们相比，自己说话声音太高，坐姿弯腰驼背，走路脚步声太重，总之处处显得自己太松懈，散漫，甚至很粗俗。其实，我是很注意教养的人，在家里时总是教训子女：吃饭不许吧嗒嘴，喝汤不许出声音，走路不许让鞋底擦地面发出拖拖沓沓的声音……不知为何，来到静思精舍竟发现自己坐没坐相，站没站相。

有一次在吃饭的时候，我把自己的这种感觉低声告诉陈若曦，陈大姐笑道："咱们无法和他们比，他们可不是一年两年的修行功夫了。你注意他坐的姿势了没有？咱们往哪里一坐就歪歪斜斜靠在那里一堆乎，他们只坐椅子的前五分之二，这样坐，腰背脖子都要挺直了，显得很端庄。你发现他们端碗用筷的姿势没有？都是跟证严法师学的，叫作'龙口含珠，凤头饮水'。"

我忙问："什么叫'龙口含珠，凤头饮水'？"陈大姐端碗拿筷作着示范："双肩摆正挺直，左手端碗时拇指轻轻按住碗边，四指展平托着碗底，拇指和食指之间形成一个'龙口'，圆圆的白瓷碗像一个大珍珠，盛在碗里的米饭粒粒皆辛苦，粒粒贵如珍珠呢！这便是'龙口含珠'了，出家人托钵化缘都是这个姿势。'凤头'指的是筷子头，用筷子夹菜的动作应该像凤头饮水一般妙曼优雅。要轻巧含蓄，一点就起，多点几次没有关系，不能叉开筷子一次夹很多菜，更不能在菜碟里挑来拣去反复翻搅。端碗犹如龙口含珠，用筷犹如凤头点水，你想这该有多么优雅！"

我偷眼瞧了瞧证严法师的用餐姿态，果然是龙口含珠，凤头饮水，优雅无比，真真看他吃饭也是一种享受。我仿效他的样子做了，一下子就觉得自己很"淑女"了。

证严法师并不把衣食住行看作是生活细节，而是看作"人生美的文化"。

他要求弟子们"你们要学习如何将道理落实到生活，以及如何将人生美态雕造在自己身上。""人生最美的是亲切、诚恳、和蔼的笑容；说话轻柔，举止稳当，文质彬彬，这是动态之美，也是人生美的文化。"

"龙口含珠，凤头饮水"是证严法师设计的"食仪"。做到这项要求，日常进餐也变成了修身养性，自有龙凤来朝的尊贵庄严相。

进餐本是为了充饥，世俗多少饕餮之徒不仅暴殄天物，也露出粗鄙吃相。然而一位有精神追求的人竟然能够从中开发出美感来，这又是我未曾料想的了。证严法师注重食仪，比世俗的"教养"更多了一层修行的意义。几十年来他都坚持做到"食前三口白饭"："能时时发好愿就能修得大福，吃饭也是一样。食前要先吃三口白饭：第一口应发愿——愿断一切恶；第二口——愿修一切善；第三口——誓度一切众生。"

将道理落实到生活，将人生美态雕塑在自己身上，将修行求佛渗透在日常习惯中，多么睿智精深而又浅显易行的佛学法门啊！

由此，我回想起初读《静思语》时，书中记录了证严法师这样一段话：什么是"德"呢？"德是下工夫，是有志于道；德在心里而行诸于外的就称为'德相'，譬如走路，行仪……都可表现出一个人的'德相'来。德也因此是自我的教育，是内心的梳理，表现在外的行为的规矩。"

证严法师还经常用形象而诗意的语言，教导弟子们该如何"德在心里而行诸于外"。关于出家人的"行、住、坐、卧"，他比喻为"行如风，住如松，坐如钟，卧如弓"，并一一作了解释："行，是走路。要步履平稳，举止端庄。所谓'行步如风'，就是走路要风吹云动般的轻飘而稳重。住，是站姿。站时要挺胸直腰，不要东依西靠，也就是'住如松'的形态。

坐的规矩是要'正坐如钟',坐得像巨钟般的稳重。卧,是睡眠的姿势。卧要如弓,也就是'吉祥卧'。"

当初我读到这些段落时,以为是一般性的说教,未及多加思考,待到亲临花莲净土看见证严法师本人的威仪,及这么多尼师的举止修养,才由内心发出阵阵赞美和惊叹!如果不是亲眼所见,真难以相信证严法师及其弟子们竟然能够把宗教的约束与诗意的优美绝妙地集于一体!

成语"林下风气",古时形容女子体态飘逸,冰清玉洁,气质高雅的用语。"林下风气"多指女子中的世外高士,现代商品社会中俗艳女子比比皆是,"林下风气"近乎绝迹了。所以,这个成语也几乎派不上用场了。那天在花莲静思精舍,晨雨清风之中,证严法师一席灰袍稳步而来,穿过了菩提树林,宽袍广袖随风飘动,海青下摆长到能遮住脚踝,踏过一段雨路竟未沾一星儿泥水,雨中菩提在他身后闪着晶莹的银光……我望着,望着,搜尽枯肠寻找一句贴切的话来表达内心的赞叹,忽地想起了这句久违了的成语。

林下风气,多么富于动感的优雅比喻啊!在古典名著及武侠小说中如此形容的女子只能供人想象,而在现实生活中,谁能真正具备它所蓄含的仙风道骨山野韵致呢?在我的心目中,只有证严法师一人了。

佛陀的眼睛为什么往下垂

追求幸福是人类的共性,但人们对于"福"的认识和态度,却有着高下之分天渊之别。

现代商品社会以鼓动人们的消费需求来推动经济的发展，商家挖空心思用各种手段招徕顾客，诱发人们的购物欲望，借以刺激市场的繁荣。如果人们的消费观念基于正当的物质要求与精神要求，这本来无可厚非；然而过分地刺激消费，就会纵容奢靡之风，造成巨大的浪费。

此种奢靡享乐如果是不惜耗损地球资源，破坏生态环境，那就是祸及人类贻害子孙的更大的罪过了。愚人只知道祈福和享福，智者才懂得惜福和造福。惜福，自古以来始终是佛教的一个重要思想。

我在静思精舍上了三堂生动的"惜福课"，那是我与证严法师三次同桌用斋的宝贵收益。最近，中央电视台播映的电视连续剧《雍正王朝》中有这样一个细节：四皇子（即后来的雍正皇帝）在用餐时不仅吃素，还在吃光饭菜之后用白开水涮净碗碟里的汁，全部喝下不浪费一滴油水。青年观众会以为这样描写一位皇帝未免有些夸张，殊不知虔诚的佛教徒都是这样做的。剧中多次说他笃信佛教，再没有比这一笔更有说服力的了。

看到此处，我一下子又回忆起来了当初和证严法师共进斋饭时的同一细节：餐桌上放着一把洁净的茶壶，却没有备茶杯，用餐时大家也没有动那壶。我正在猜测茶壶的用途，只见第一个吃完的慈师父拿过壶来倒出一些白开水，用水把碟涮净倒入碗中，再把碗里的水晃了晃将油水涮净后一饮而尽。

证严法师和他所有的弟子都是这样做的。

这种珍惜食物，杜绝浪费的动作像一个定格镜头，永远铭刻在我心中。从那以后，我自己和家人极少浪费盘中餐，到饭馆有应酬也把剩下的饭菜带回家去。事情虽小，但问题不止于饭菜，而是我们如何看待自己已经享受到的幸福。

我们离开花莲后，辗转台中到东海大学作文学讲演。回到台北以后，听说证严法师来到台北对随众作开示，我为有缘分再见到他心里非常高兴。我们一行赶到了佛教慈济会台北分会，有幸又一次聆听了证严法师的讲演。证严法师娓娓动听的话语，至今犹在耳畔。

"佛陀的眼睛总是往下垂的，大家知道这是为什么吗？"

他柔声问道，然后作出解答：

"佛陀垂目，是慈眼视众生，体察世间悲苦。另一层意思是：佛陀的眼睛总是往下垂，不会往上看，物质环境往下比，修养人格往上比，上下有分寸，才是人生啊！"听了这一席话，我才懂得了佛门弟子见了人垂首敛目的原因了，原来他们这也是随时随地的修行啊！由此，我又记起了证严法师多次强调"佛陀要我们懂得惜福"的教诲。在《静思语》中，他以深入浅出的语言阐述"享福，惜福，造福"的关系，劝告世人不可放纵贪欲，过分追求物质享受：

"自造福田，自得福缘。"

"吃苦了苦，苦尽甘来；享福了福，福尽悲来。"

"世间物质原只是一种潮流，太平年代金银玉石是宝，而战乱时期米粮布衣是宝。世间所谓'有价'的东西，完全是在于人心里的潮流及虚荣心的作祟。"

"道心即是理性。欲念如果扩张下去，就会埋没理性；而理性如果能发扬起来，就可以制止欲心。"

"去贪就简，可使心灵得到无比的宁静与解脱。"

　　我想，不应该把这些充满人生智慧的箴言警句看作是布道劝善。无节制的放纵物欲并未给现代人带来幸福，反而带来了孤独、空虚、烦恼、冷漠等"现代人综合征"。无论是从保护地球环境的需要，还是改善人的精神生活，返璞归真，去贪就简，古老的佛学思想都是医治人们心理疾患的一剂良药。

佛门　"红包"

　　曾几何时，"红包"一词走红中华大地，以至于印制红包小纸袋的作坊生意兴隆。馈赠"红包"源于人们为庆典佳节"随喜添喜同喜皆大欢喜"的风俗。出席亲朋婚礼或寿诞宴会以表祝贺，过年时老板给员工的奖赏酬劳，长辈给孩子的压岁钱，都是用来表达人们的喜悦之情的，小小红包起到了增进友情温暖亲情的作用。可是，近年来"红包"却变了色走了味，沦为贪污受贿的代名词。下级向上级送红包，病人家属被迫向医生送红包，打官司得向法官送红包，想让孩子进重点学校得向校长送红包等等，人们对"红包之风"又恨又怕，为了生存又不得不随波逐流，反过来又哄抬了"红包"的含金量。平民百姓已经谈红包色变，不堪红包重负了。

　　在我到花莲采访之前，从未想到佛门也送红包，从未听过佛门红包的故事……

　　每年春节前，慈济功德会都要举办一次联欢团圆斋宴。在这个联欢会上，同时举行对新任委员、荣誉董事等的受证典礼。证严法师患有先天性心脏病，仍然坚持亲自主持这个长达几小时的典礼。新春典礼的时间为什么这么长呢？因为每年前来出席团圆斋宴的会友都数以千计，大礼堂里挤满了人，一一排队上台，证严法师为每个人胸前佩戴一个心莲饰物，并赠送给每个人两个红包。单是这个仪式就得站立两三个钟头，何况证严法师见到每一位上台的人都要给予祝福和亲切勉励。以他病弱的身体长时间站立实在吃力，但他仍然坚持"让大家都能靠近我，接受我的感谢与祝福"！

证严法师为每一个人佩戴心莲胸饰时，都要语重心长地说："赠心莲是希望大家学习莲花出污泥而不染的精神啊！"

他赠予大家的红包里面又装的是什么呢？

两个红包，一个叫作"福慧包"，一个叫作"吉祥如意包"。

福慧包里装了六个硬币，每个硬币面值五元台币，共值三十元（折合人民币约十元）。如果以每年向一千人赠送红包计，共需三万元台币。这笔钱并不是慈济基金会的经费，而是证严法师出版著作所得的版税收入。福慧包里为什么装入六枚硬币呢？证严法师向每一个人叮嘱："六个硬币代表布施、持戒、忍辱、精进、禅定、智慧，六度波罗蜜"。

"波罗蜜"是梵文音译，意译为"度""到彼岸""度彼岸"，是一个佛教名词。佛经《大智度论》卷十二说："以生死为此岸，涅槃为彼岸。"涅槃也是梵文的音译，是佛教全部修习所要达到的最高理想，一般指息灭"生死"轮回而后获得的一种精神境界。大乘佛教把涅槃当作成佛之标志，布施、持戒、忍辱、精进、禅定、智慧六项修持内容作为到达涅槃彼岸的方法和途径。

六度波罗蜜中,布施排行第一。布施指的是施与他人财物、体力、智慧等,通过为他人造福成智而积累功德的一种修行办法。大乘佛教所列布施对象,不仅对人类大慈大悲救苦济贫,还遍及所有的动物,尊重一切生命。从这一点看,证严法师率领弟子们和随众致力开展慈善事业,不分国家不分民族不分政治制度在全球范围内赈灾济贫,是完全符合佛教教义的。

"福慧包"蕴含的其他五项修行办法,都是佛门弟子日常的功课。因本文不是研究佛教的专论,此处就不一一介绍了。

另一个红包"吉祥如意包",里面装的是莲子、花生、红豆、薏仁、杏仁。

"吉祥如意包"内为什么装入这五种果仁呢?证严法师解释道:"五种果仁代表五谷,也叫五福、五宝。杏仁代表幸福;花生是落地生根,种下善因,结实累累;红豆表示一心一志;薏仁是仁心仁德;莲子嘛,代表着慈济人心连心……"。

多么富于诗意和象征意味的语言啊!这些礼物来自大自然,充满了山川田野的灵性,体现了天人合一的和谐精神,令人为之赞叹,为之神往。

我写到这一章的时候,恰逢一九九九年春节将临。向读者朋友转达证严法师岁末送红包的祝福与期望,心中又多了一层惊喜和领悟。祈盼人们的生活中少一些腐败变质散发铜臭的"红包",多一些五谷丰登、五福生根、五宝长长久久,多一些仁心仁德,一心一志深化改革开放发展经济,多一些海峡两岸同胞心连心、人际关系心连心吧!

福慧包,吉祥如意包,多么纯净圣洁寓意深刻暖人肺腑的佛门红包啊!

人生没有所有权，只有使用权

我不知道世界上其他的宗教领袖有没有足够的威望，发动信徒们在"遗体捐赠志愿表"上签下自己的名字，证严法师为发展医学事业完成了这桩大善大德之事，创造了一项奇迹。尤其是在中国人中间迅速推广这一活动，若不是亲眼所见，我真是难以置信。中国人一向注重"身后大事"，不仅汉族人选择墓地和棺木，各民族皆如此。西南地区一些少数民族为了保存先辈遗体，甚至在高山悬崖上悬棺而葬。近半个世纪以来，中国人口爆炸，政府苦于人口过多和可耕地太少，无法承受"死人与活人争土地"之重负，不得不采取强制手段推行火葬（中国宪法规定土地归国有）。即使如此，老百姓仍然想方设法把亲人的骨灰埋葬，竖立一块哪怕是小小的墓碑，也要完成"入土为安"的古老信念。多年来，官方一直致力于简化丧葬风俗的宣传，提倡"厚养薄葬"。各种传媒不断地表彰子女在老人活着的时候赡养尽孝，抨击"薄养厚葬"之陋俗。但是，上述种种努力仍然难以从根本上改变中国人的厚葬之风。

形成这些习俗的根源在于中华民族有一种固有的观念：视自己的躯体为神圣。古代人们信奉"发肤乃父母所赐不可擅动"，现代人惧怕开刀手术，哪怕做一个小手术也担心会"伤元气"；古代帝王贵族在去世之前就安排好如何使自己死后遗体不腐烂的措施，平民百姓也都以"死后保住全尸"为最后的愿望。基于这些根深蒂固的传统观念，若要在中国大陆动员人们献血或捐赠骨髓，至今仍然很困难，更甭提让人们自愿留下遗嘱死后捐赠遗体或器官了。那么，证严法师究竟用什么方法引导慈济人发此大愿呢？

原先我以为，一位佛教法师只能从轮回转世、因果报应的角度诱使信徒为了修来世幸福而表示愿意捐出遗体。听了证严法师的演讲，我才知道他虽为宗教领袖，却从不装神弄鬼以妄言巫术蒙骗迷信的教徒。他阐释的道理当然出自佛教信仰，但字字句句却都是立足于现世立足于社会立足于为民众造福。

　　证严法师站在医学院课堂讲台上，通常那是教授们给学生们传授科学知识的地方，听着听着，我便忘记了他的宗教人士身份，觉得他成了一位穿灰袍的教授。或许因为我这双俗眼无法超越物质的具象，无法练就"开天目"奇功透视超自然的灵异虚境，我只看到一位穿灰袍的教授式的演讲家循循善诱地剖析着人生的道理。他背后没有"祥光闪耀"，头上没有光环，和普通人一样说着寻常百姓的家常话。但是，他的眼睛和面庞以及整个身姿不知有什么磁力能够吸住所有人的目光。在花莲和台北的几次会面，我一直未能把目光从他身上移开。他用一句非常生活化的语言解释了生命的本质："人生没有所有权，只有使用权。"

　　他站在讲台上语调平和地说："我常常对大家说，人生没有所有权，只有使用权。这就是说呀，这短暂而难得的人身，我们难以永远拥有它，但我们可以作主使用它，用好它。世上最消福的是我们这个身体，一辈子享受到多少好东西呀！哎呀，人生呀，真是一段缘啊！走的时候舍不得，其实最后还是要舍！人生既然只有使用权，就要赶快发挥它的功能，不用白不用。最后把我们的躯体贡献出来，让教授教学生，学生毕业后成为医生会去救助更多的病人，这是多么大的功德呀！台湾好几所医学院都缺乏大体，同样是医学应用嘛，我们也应该援助他们。佛教一向讲惜福，惜福种福。珍惜我们享受到的每一分幸福，每一粒米，珍惜一切资源。人生到最后还能让躯体有用，去发展未来的医学，最好不要让它浪费掉，这也是废物利用嘛！希望大家多多以正确的心态来看待躯体，我对大家很感恩……"

听了这些深入浅出、生动亲切的话语，我简直怀疑这不是在谈遗体捐赠，只是劝人捐出一件穿破了的旧衣服。"人生没有所有权，只有使用权"这句通俗易懂的话语，形象而睿智地揭示了人生的真谛。任何一个人，无论是帝王还是贫民，对自己的生命都没有永远的所有权。百万富翁，其财产也只有使用权——他的生命这一段的使用权，他一旦死去，使用权即告到期；纵然他能够以其遗产传给子孙，子孙也只能各自拥有其生命那一段的使用权，何况使用不好即归他姓，富贵人家的后代中败家子还少吗？

因此，人对身外之物要看开，佛教理论谓之"看得破"。这方面的道理人们早就懂得了，然而，真正"看得破"的人却不多。在聆听证严法师演讲之前，我对"身外之物"的理解一向只局限于"身外"——功名利禄，物质享受，从来没有想到过本"身"。经法师这一点破，我这才领悟到人一旦死去，原本归自己"使用"的"身"——躯体，也就和其他东西一样成了身外之物了。可以说，悟出了这一层，是我花莲之行的最大获益。虽然我一时还不能像出家人那样看破红尘，胸中却也切实地有了一种如释重负之感，回顾名利场那些得失荣辱是非恩怨，心里觉得轻松多了，也超脱多了。

仁者永远无尽意

启功

中国幅员广大，世界闻名。长江、黄河，自西东下，不但四岸的民命赖以生存，南北的文化教养也获得无穷的滋长。

唐世藩镇割据，使得金瓯碎裂。北宋虽然部分统一，而又自制内部矛盾。同胞兄弟阋墙之后，夺位掌权的弟弟，把哥哥的子孙统统赶至江南，朝内失势的大臣，又都赶到更远的边境。从此造成数千年中国文化盛于江南，成了八九百年的局势。到了清朝，正常科举之外，还一再地举行博学鸿词的特别科举，所取人才，更多是江南的文士。

　　赵朴初生于皖江，长于沪、宁，又加天资颖悟，所谓渊综博达，亦出勤学，亦出天资。始到"立年"，即参加红十字会工作。这项工作，无疑是集中在扶生救死，奔走四方，对于体力锻炼、思想的仁慈，实是一种深刻的培养。那时有一急救对象，正处在困饿无援的境地，朴翁冒着生命的危险，把募来救济的粮食，送去救急。旁有关心的人士向青年的朴翁提出警告，朴翁反问：你如见到你的同胞困饿将死，那应取什么办法？是先问他的派别，还是先送去食品？由此不禁想到《论语》中孔子的弟子问孔子：如有"博施于民，而能济众"的人，算不算"仁"？孔子说：何止够"仁"，应该算"圣"，尧、舜恐怕都不易达到这种行为！又佛教传说中，有释迦牟尼自己割肉喂虎的故事，朴翁当然知道这类行为危险的程度，与割肉喂虎的传说相比可以说有过之而无不及！朴翁后半生更多地做佛教以及各宗教全体的统战工作，好像是一位彻头彻尾虔诚的佛教徒，哪知他的仁者胸怀，其来有自，宗教的表现，不过是仁者胸怀升华的一个支流罢了！

　　湖北蕲水陈家自秋舫殿撰（沆）以来文风极盛。朴翁在沪上时常请教于殿撰诸孙曾字一辈的先德，尤其喜读《苍虬阁诗》。陈四先生（曾则）的女公子邦织女士，在家庭的影响下成长，又和朴翁结了婚，成为朴翁在新中国工作更加得力的帮手。

　　一九八三年我初次访问日本，谒见了宋之光大使，宋大使留我住在大使馆的宿舍。正在日本电视台上教中文的陈文芷女士，来到宿舍相访。文芷女士是邦织夫人的堂侄女，拿来朴翁吟诗的录音带给我听。她问我："你猜是谁的哪一首诗？"我说一定是"万幻唯馀泪是真"那一首。文芷女士又惊又喜，说："你怎么猜得这么准？"我说："很简单。朴翁喜爱《苍虬阁诗》，《苍虬阁诗》中又这'泪'的一首最为世所传诵。朴翁半生又都是在'视民如伤'的心情下努力奔走的。请问朴翁选诗吟诵，不选这一首，又选哪一首呢？"这正禅机心印，相对拍手大笑。

后来叶誉老的一部分书画文物捐给国家文物局，王冶秋局长拿到朴翁家中，也叫我去参加鉴定。朴翁对书画文物本是很内行的，却微笑地在旁看大家发表意见。这一批书画，本是誉老自己亲自收藏的明清人的精品，并没有次等作品。其中给我留下印象很深的一卷憨山大师的小行书长卷，中间有几处提到"达大师"，抬头提行写。我想这样尊敬的写法，如是称达观大师，他们相距不远，又不见得是传法的师弟关系；抬头一望朴翁，朴翁说："是达摩。"我真惊讶。一般内藏书中，对于佛祖称呼也并不如此尊敬抬头提行去写，不用说对达摩了，由此可见憨山在宗门中对祖师的尊敬，真是"造次必于是"的。我更惊讶的是，这一大包书画，朴翁并未见过，憨山的诗文集中也没见过这样写法，朴翁竟在随手披阅中，便知道憨山对祖师的敬意，这便不是偶然的事了。而朴翁乍见即知憨山心印，可证绝非掠影谈禅所能比拟的。

朴翁生活朴素，也不同于一般信士的长斋茹素。我曾侍于世俗宴会之上，但见朴翁自取所吃之菜，设宴的主人举出伊蒲之品，奉到朴翁座前，表示迟奉的歉意，朴翁也就点头致谢，没有任何特殊的表示。这样生活，在饮食方面我还见过叶誉老先生。主人设宴，不知他茹素。誉翁只从盘边夹起蔬菜便来吃。我与主人相熟，刚要向他提醒誉翁茹素，誉翁自己说："这是肉边菜。"及至主人拿来素菜，誉翁已吃饱了。这两位都过了九十余岁，二位虽然平生事业并不相同，但晚年在行云流水般的起居中安然撒手，在我这后学八十八岁的目中所见，除著名的宗门大德外，还没遇到第三位！

我与朋友谈过朴翁素食的时间，我的朋友说一定是由于掌管佛教协会，才有这样的生活，但都不敢当面请教。一次，我因心脏病住进北医三院，小护士来从臂上取血，灌入试管，手摇不停。我问她为什么摇晃试管，她说："你还吃肥肉呢！血脂这么高，不摇动，它就凝固了。"正这时，见一位长者迈步进门，便说："你们吵什么？我吃了六十多年的素，血脂也并不低呀！"原来这位长者是赵朴翁。小护士扭头跑了；我真是百感交集，我这小病，竟劳朴翁挂念，又遗憾那位朋友没得亲自听到这句"吃了六十多年素"。至今又是二十多年，朴翁因心脏衰竭病逝，并非因血脂高低影响生命。

朴翁寿近九十，常因保健住在北京医院。我有一天送我的习作装订本去求教，一进楼门，忽然打起喷嚏，我立刻决定写一个纸条，不敢上楼求见，谨将习作呈上，以求教正。后来虽有要去谒见的事，只要有感冒之类的病情，便求别人代达，不敢冒失去求见。那天朴翁仙逝，正赶上我患"带状疱疹"（俗名串腰龙），又无法出门往吊。回忆朴翁令人转赐问病，真自恨缘悭，欲哭无泪了！

朴翁逝后，一次和一位佛教界的同志谈起今后朴翁这个位置的接班人问题，我们共同猜度，许多方面，例如宗教信仰，办事才干，社会名望，人品年龄等，都不会成为极大的问题，只有一端，即朴翁的平生志愿和历史威望，实在不易想出有谁能够密切合格。朴翁身居佛教的领导人，却不是出家的比丘；以佛教协会的会长，在政协的各宗教合成的一组中团结一致，一言九鼎，大家同存敬佩之心，而不是碍于什么情面。我和友人说到这里，共同击掌相问："你说有谁？"接着又共同长叹。至今半年有余的时间中，自恨无文，不能把这段思想，综合起来，写成动人的韵语，敬悬在朴翁的纪念堂中，向全国人民表达我们的希望！

朴翁一生，从青年、中年到老年的心期和工作，无一处不是在"博施济众"的目的之下的，在先师孔子论"仁"的垂教中曾说：能做到这个地步的人，不止是一位仁人，而且够上圣人，并恐怕尧舜未必全能做到！我读了若干篇敬悼朴翁的文章，所见的回向赞语，真可谓应有尽有，而"博施济众"的仁人之语，所见还不太多。我又在朴翁的书房中见到"无尽意斋"的匾额，这虽是《金刚经》中的一个词，对一位具有仁心，还无尽意的朴老来说，岂非"尧舜其犹病诸"，难道还不够一位"仁者"吗！

拥有『法喜』的李娜

姜昆

　　久违了，李娜！在望到她的那一瞬间，我的思绪不由自主地又回到了从前；那时她年轻，我对时间的感受也不如而今深刻；而今，当我独处时，总是忍不住要问上一句：岁月遗留给我们的都是些什么呢？

　　第一次见到李娜是在央视"难忘一九八八"晚会上，她像鸟儿飞过窗口一样从我眼前掠过；以后的相见都是在舞台上下，在摄影棚内外的匆匆擦肩而过之中。她给我留下的印象深刻吗？不，谈不到深刻，只记得那双与众不同的眼睛，总是不愿睁得太开，好像噙住了很多光线，以至于不愿再释放出来似的；对同行也是淡淡相处，正如歌曲里所唱的"水中的一抹流红"，她独自而在，独自存在于自己音乐的宁静之中。

但是，一曲《青藏高原》令我对她刮目相看。不是吗？在她并不高大的躯体内谁会想到竟然蕴藏那么一种生命的原始的激情呢？听，在盘旋而上好似直入雪峰纯静之广袤的蓬勃旋律中，巨大的艺术渲染力骤然迸出，哪一个听者的心灵能抗拒这一震撼呢？多少次，我沉溺在她用声音制造的漩涡之中，在变化莫测的旋律中起伏，内心久久不能平静。确切地说，我对《青藏高原》这首歌的喜爱，还有更深层的内涵，它不仅唤起了我对儿时在穷困的生活环境中去追求艺术之精神的那股执著的热情的回忆，也使我感受到了生命的真诚——因为，实在说，我到过青藏高原，我也在高原凛冽的雪风中站立过，也在向高原之魂朝拜的崎岖道路上行走过，也被从石头缝里钻出的摇曳着花铃的小草感动过，是的，一株小草向大自然所展示的顽强不息的进取精神更能象征真实的生命，而今还是我艺术创造所取之不尽的源泉。正因如此，我才能体会到李娜是用怎样的一种心灵去体验去演绎她的"青藏高原"。可以毫不夸张地说，在这首歌中蕴藏着某种接近于真实的精神内涵；我之所以说它"接近于真实"，是因为纯粹的真实是不可能被达到的，我们所能做的就是走在一条通往真实的道路上。

以后，我听说了她在香港演唱时，以无伴奏的方式讴歌《青藏高原》：全场观众，鸦雀无声，静心地聆听，是的，谁的心灵能不为那跟"青藏高原"一样巍峨纯净的绝唱所感动呢？唱完了，李娜从自己的旋律中解放出来了，但观众还陶醉在她所制造的声音的波纹里，半分钟的沉默等来了长久的掌声与欢呼不断——我想象得出那该是怎样壮观的场面。

后来，听说她出家了。我惋惜不已，而不解与疑惑，更伴随了我不少日子。

终于，在洛杉矶，仿佛命运之神刻意安排的一样，我碰上了她。

真的，她是出家了！

一身黄衣僧侣服，洁净的剃度代替了当演员时头上的发饰；然而，面色红润，目光有神，某种纯之又纯以至于无尘的精神充溢在她的每一个举动中。几乎每个歌手必然会呈现在脸上的那种劳累的苍白和缺乏睡眠的倦意在她这里销声匿迹，连曾经在她眸子中闪烁过的懒散和迷茫也不见了；而今，出家的李娜全身荡漾着一股"在家"的和谐与安详，交谈起来呢，却滔滔不绝，一变她过去与任何人交接时那淡淡的似乎接近于冷的表情。

话题很快转到我的网站上，她对此所表示的关心令人感动，我甚至觉得这可能就是最高层次的关心了，因为她根本就漠不关心，仿佛世界上并没有网络这回事；确实，我能理解，她把自己从真实的"网"中解放出来，其目的显然并不是为了再进入虚拟的网中。但我还是征询能否为她制作网页的事。她笑了："我可能离那些太远了，我都快被忘记了。不是被别人，而是被自己，我真的不记得十年前的那个李娜了！"我说："你当然有忘记自己的权力，这表明你的修行又进入更高的境界；可你的观众，你的歌迷不会忘记，你的成就还被社会承认，这些不应该成为佛家'四大皆空'的理由吧！"她听后，若有所思地说："对以前的我怎样评价，那是别人的事，也可以说是社会的事，我无暇去顾及，也不会去顾及。用句古人的话说就是'今日之我已非昨日之我'了。至于制作网页，那更是你的事，你怎么干我就不管了；我刚入佛门，得一心一意地学法护法。"我说："是脱离尘世？"她微微一笑："还没有那么玄，但总得进行研究和探讨吧？"

她说得如此平静，我听得却很不安宁。

我还不住地琢磨，为什么找不到当年李娜在舞台上的影子，眼前的她——精神状态不错，红润的脸庞，自自然然地溢出显然是得益于养身修性所至的那么一种健康神色。我若有所悟：如果说舞台上的李娜是一枝掩藏不住自己芬芳的玫瑰，那现在的她就是一朵静静释放自身清纯的百合，一个人在自己的一生中，能同时拥有这样两种截然相反的人生境界，还有什么不可以满足的呢？和她一起来的是她的妈妈。母女俩站在一起，像一帧图画。不是出家人截断六根，不应该有凡夫俗子那尘世间的儿女情长吗？为什么她还跟自己的母亲在一起呢？是为了生活本身，还是某种感情的需要？我克制不住自己好奇的冲动，油然迸出了所有人可能都希望向李娜提的一个问题："你……你为什么出家呀？"她微微一笑回答："我不是出家，我是——回家——了！"她用拖长的音节来纠正我的问法，听得出，她已经不止一次向别人回答过这个问题；现在连我这样"高级"的人物也愿意把自己降得如此"低级"，她显然微有憾意。

许是看我心诚，她隔了一会儿便慢慢地向我道出自己是怎样看破红尘的："我过去的生活表面上很丰富，可没有什么实质的内涵，不是吗？唱歌，跳舞，成为媒体跟踪的对象，这几乎是我过去生活的全部内容……多早啊，就身不由己地进入了名利场的追逐之中。每当独自一人时，我就情不自禁地要思考：难道我这一生就这样下去，自己表演，也表演给人看，欢乐不是自己的，而自己的痛苦还要掩饰，戴着面具生活，永远也不能面对真实的自己。了解我的人都知道，我干什么都比较专一，不喜欢败在某个人的盛名之下，也不愿意在艺术实践上保持一个风格。包括为了生活的烦事而接触宗教，我也是倾心尽意，一往有深情，我看《圣经》，看《古兰经》，几乎所有的宗教性书籍我都感兴趣，但这也是在选择，一直寻找能寄托我这颗心的归宿。不瞒你说，在舞台上我虽然失去了自己，但在生活中我还没有失去寻找自己的勇气。"

"一个很偶然的机会，我得道了，从'六字真经'中领悟了道。在对'唵嘛呢叭咪吽'的永不停息的诵念之中，我忽然获得一种被什么提升起来的感觉：眼明，心亮，身体也处在一种异常兴奋和快乐的动静交融的感觉之中。我想：这是什么地方？过去我怎么不知道？我怎么从来也没有到过如此令人陶醉的地方，享受这种非物质的快乐？当这种感觉消失后，我必须又一次地从吟诵经文当中得到这种心灵的感受。于是，我从知道'大彻大悟'这个词，到理解和感受到'大彻大悟'。后来，在学法的过程中，我知道这是'法喜'，所谓'法喜禅乐'就是指的这个。于是，我觉得我应该出家，我把尘世中的烦恼和过去名利场上的经历、成绩、荣誉、教训全都抛诸脑后，我寻找原本蕴藏在我们每个人心灵之内的那么一种清静的觉醒，那么一种安宁的本性的冲动，然后潜下心来，慢慢领会自然与人类生来即已具有的和谐与真谛。"

她说得真切，可我听着有点玄，不是吗？我等"槛内人"原无这般"出尘"之想。她显然觉察到了我的疑惑，她让我听："你听，'唵嘛呢叭咪吽……'你连起来一念，你能感到它是在迸发，是从无到有的迸发，像撞击的声音，也像诞生出精灵的轰响。"

　　听她说到这儿，蓦然，我的脑海里现出前不久刚看过的一个科幻电影，讲的是人类的起源，几个探险者在火星上听到一种不断重复的声音，由三个基本的音节组成，探险者突然领悟到这可能是人类遗传基因 DNA 中的遗传密码，他们便尝试着去符合这一声音，于是奇迹出现了，一扇先人类的时空大门打开了，人类又重新回到了它的初创时期，而探险者也了解到了人类在星球上的起源的秘密。

　　李娜的说法和这个电影里描述的声音，何其相似！我不禁惊叹科幻和宗教的异曲同工。

　　我凝神望着李娜，一直在听。

　　她生在我们的社会中，她长在我们的时代里，进步的社会时代，尊重人的权利，尊重人的信仰自由，当她在顿悟之中寻找到一条精神解脱之路，不让她在尘世的往事烦恼中徘徊，而在她认为快乐向上的温馨环境中漫步，遨游，这是一件她值得去做的事情，也是一件我们值得为她高兴的事情。我们可否这样认为：她真的找到了自己的道路，一条即使不是真实的至少也是通往真实的道路。在这条路上走的并非她一个人，然而这一点也不能掩蔽她的独特性，恰恰相反，她的独特性正是由此表现出来，她正是在这样一条道路上找到了真实的自我……她没有迷失本我，又找到了本我，这该是何等令人神往的境界。

　　我在听，也一直在想。

　　想到小歌星谢津坠楼而去，想到台湾歌手张雨生酒后飞车以至于"黄鹤一去不复返"——由衷地感叹道：人啊，要珍惜生命，珍惜自己，过去的一切不会形成开创新生活的障碍，低级的享受也并不妨碍高尚的追求！

李娜推心置腹地对我说："我是用整个的我来感觉到的，真的，我的心——回家了。"

她一点也不讲她的歌，她一点也不讲过去文艺圈内的恩怨，她也一点不问及同道同仁的绯闻轶事，她一直在讲法，一直在讲道。显而易见，她在道中，法在她中，道与法在她这里已经达到的结合几乎是完美的。

李娜的妈妈坐在她的身边，我和李娜聊着聊着，渐渐淡漠了她出家的僧侣印象，还是觉得她像个孩子。李娜告诉我，妈妈担心她，到这里住在一个朋友家里，她经常看望妈妈，妈妈为她煮一些饭菜吃。我说："李娜，你真不容易，人得需要多大的毅力才能舍弃尘世间的物质享受，而遁入空门去修身养性呀！"李娜说："这应该全在你的顿悟之中，你一旦顿悟，会觉得拥有的远多于你失去的。"我说："半天了，你一点也不谈你的歌，你真的全忘却了？在你的生命中，应该有一大部分属于音乐。知道你的人，源于音乐，佩服你的人，源于音乐，想念你的人们还是源于音乐。你知道谷建芬老师说你什么吗？她说：李娜在《青藏高原》的演唱中，表现出某种高原性的东西，但这还不是她音乐才能的全部。我们许多的音乐人都是通过她的这首歌，重新又认识了李娜。我们很惋惜她出家。"说完这些我观察李娜的反应。

李娜思忖了半晌，摇摇头说："不矛盾。在录制《青藏高原》的时候，唱到最后我也是泪流满面，不信你问张谦一，光为那歌词和曲调我还不至于，我觉得自己终于体验到了一种内涵，和我现在的追求非常吻合。"

看她要回忆起过去的事了，我赶忙递去一些我从北京来的时候就为她准备的，她演出的一些剧照。她一张一张地拿出来看，并且告诉妈妈，这张是哪一次，那张是哪一回。看完以后，又还给我。

我是带给她的："怎么？你不要？"

她笑了："不要。这些东西我都扔了，北京家里的东西也全不要了！"

我愕然许久，怔怔地望着她的妈妈，李娜的妈妈默默地挑了两张照片，珍惜地收起来。

我很想知道她靠什么生活，你生活中再有追求也得过日子呀！美国的寺庙里给工资吗？这儿的化斋怎么化，是捧着钵盂站在路旁吗？但是我不好意思直接去问，几次话到嘴边都咽了回去，终于蹦出口的一句是："你每天都干些什么？"

"念经，做法事。"

念经我知道，做法事又是什么？

"就是帮人家集会念经，打个锣、镲什么的。"

我不禁想开个玩笑：好个李娜，放着独唱不唱，却跑到美国唱合唱……但是我马上制止住自己。我提醒自己，信仰自由，宗教可以不信，但不该笑玩，更不能亵渎。

其实，我挺佩服她的，比起无所事事、追名逐利的芸芸众生，她原本拥有许多值得人们去神往的东西；但她不看重自己已经拥有的这一切，每天接受鲜花和赞扬相对灵魂的宁静又算得了什么呢？她不愿永远沉浸在足踏红地毯的喜悦之中，在她的精神追求中还有更大的喜悦——"法喜"，她为着自己的理想，断绝了自己的过去，她的目光朝向未来，她所迷恋的境界，她所感受到的幸福，仅仅需要自己来建筑——总之，她开辟了自己的道路……为我们的生活提供了另一种选择，没有什么成就比这更是成就了！

　　尽管她很平和，对他人要求得已经很少，但我还是希望更多的人给我们曾经喜爱的李娜多一点祝福，当然我更希望她不回避这一祝福！

　　这一天，我们聊了许久——我聆听到了天外之音，至今这一声音还在我耳边回荡……

　　[附录]《拥有"法喜"的李娜》一文在"昆朋网城"刊载以后，我接到很多电话，那些李娜的老朋友所表示出的激动与关怀确实令人感动，即使没有见过李娜但聆听过她的歌声的人们也托我向她致意，这使我更加坚信：凡在大地上存在过的生命你就不可能把它连根拔掉。李娜的生命有一段时间曾在舞台上长成了树，现在，她虽然淡出舞台，修身佛门，可还是未能被人遗忘，这意味着什么呢？

　　但在这所有电话中最让我感动的那一个却是李娜本人的，她对此文内容表示认可，但对"大彻大悟"一词却做了新的阐释，她说："你在文章中说我已经'大彻大悟'，这是不太适宜的，至少对现在的我并不合适。也许在你们看来，我是'大彻大悟'了；因为我毕竟迈出了关键性的一步，成为佛教中人。但在我们佛门，我不过是刚刚开始在修行的阶梯上攀登而已，离'大彻大悟'的境界还有着非常遥远的距离。我这样说并没有谦虚的意思，确实，在佛门中比我感悟更多的人比比皆是。我需要学习的还很多，而有待研究的更多。我希望你在网上替我澄清这一点，我不愿意在佛门同行中落下任何口实。"我听后，忍不住想说："李娜呀，你让我怎么办才好呢？因为立足点与观察角度不同，每个人对同一件事物会有不一致甚至截然相反的见解；你觉得自己并未达到'大彻大悟'的境界，那是你以佛教崇高道义来要求自己呀！而我这样还处在尘世中的人看来，现在的你不是'大彻大悟'又是什么呢？不过，你这种求索不已的精神是值得肯定的，相信在不久的将来，你不仅能赢得我等的尊敬，也会赢得同门的敬意。"

莲影禅心

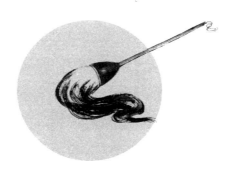

佛无灵

丰子恺

　　我家的房子——缘缘堂——于去冬吾乡失守时被敌寇的烧夷弹焚毁了。我率全眷避地萍乡，一两个月后才知道这消息。当时避居上海的同乡某君作诗以吊，内有句云："见语缘缘堂亦毁，众生浩劫佛无灵。"第二句下面注明这是我的老姑母的话。我的老姑母今年七十余岁，我出亡时苦劝她同行，未蒙允许，至今尚在失地中。五年前缘缘堂创造的时候，她老人家镇日拿了史的克在基地上代为擘划，在工场中代为巡视，三寸长的小脚常常遍染了泥污而回到老房子里来吃饭。

如今看它被焚，怪不得要伤心，而叹"佛无灵"。最近她有信来（托人带到上海友人处，转寄到桂林来的），末了说："缘缘堂虽已全毁，但烟囱尚完好，矗立于瓦砾场中。此是火食不断之象，将来还可做人家。"

缘缘堂烧了是"佛无灵"之故。这句话出于老姑母之口，入于某君之诗，原也平常。但我却有些反感，不指摘某君思想不对，也不是批评老姑母话语说错，实在是慨叹一般人对于"佛"的误解，因为某君和老姑母并不信佛，他们是一般按照所谓信佛的人的心理而说这话的。

我十年前曾从弘一法师学佛，并且吃素。于是一般所谓"信佛"的人就称我为居士，引我为同志。因此我得交结不少所谓"信佛"的人。但是，十年以来，这些人我早已看厌了。有时我真懊悔自己吃素，我不屑与他们为伍。（我受先父遗传，平生不吃肉类。故我的吃素半是生理关系。我的儿女中有二人也是生理的吃素，吃下荤腥去要呕吐。但那些人以为我们同他们一样，为求利而吃素。同他们辩，他们还以为客气，真是冤枉。所以我有时懊悔自己吃素，被他们引为同志。）因为这班人多数自私自利，丑态可掬，非但完全不解佛的广大慈悲的精神，其利己自私之欲且比所谓不信佛的人深得多！他们的念佛吃素，全为求私人的幸福。好比商人拿本钱去求利。又好比敌国的俘虏背弃了他们的伙伴，向我军官跪喊"老爷饶命"，以求我军的优待一样。

信佛为求人生幸福，我绝不反对。但是，只求自己一人一家的幸福而不顾他人，我瞧他不起。得了些小便宜就津津乐道，引为佛佑（抗战期中，靠念佛而得平安逃难者，时有所闻。）；受了些小损失就怨天尤人，叹"佛无灵"，真是"阿弥陀佛，罪过罪过"！他们平日都吃素、放生、念佛、诵经。但他们的吃一天素，希望得到比吃十天鱼肉更大的报酬。他们放一条蛇，希望活一百岁。他们念佛诵经，希望个个字变成金钱。这些人从佛堂里散出来，说的都是果报：某人长年吃素，邻家都烧光了，他家毫无损失；某人念《金刚经》，强盗洗劫时独不抢他的；某人无子，信佛后一索得男；某人痔疮发，念了"大慈大悲观世音菩萨"，痔疮立刻断根……此外没有一句真正关于佛法的话。这完全是同佛做买卖，靠佛图利，吃佛饭。这真是所谓："群居终日，言不及义，好行小惠，难矣哉！"

　　我也曾吃素。但我认为吃素吃荤真是小事，无关大体。我曾作《护生画集》，劝人戒杀。但我的护生之旨是护心（其义见该书马序），不杀蚂蚁非为爱惜蚂蚁之命，乃为爱护自己的心，使勿养成残忍。顽童无端一脚踏死群蚁，此心放大起来，就可以坐了飞机拿炸弹来轰炸市区。故残忍心不可不戒。因为所惜非动物本身，故用"仁术"来掩耳盗铃，是无伤的。我所谓吃荤吃素无关大体，意思就在于此。浅见的人，执著小体，斤斤计较：洋蜡烛用兽脂做，故不宜点；猫要吃老鼠，故不宜养；没有雄鸡交合而生的蛋可以吃得……这样地钻进牛角尖里去，真是可笑。若不顾小失大，能以爱物之心爱人，原也无妨，让他们钻进牛角尖里去碰钉子吧。但这些人往往自私自利，有我无人；又往往以此做买卖，以此图利，靠此吃饭，亵渎佛法，非常可恶。这些人简直是一种疯子，一种惹人讨嫌的人。所以我瞧他们不起，我懊悔自己吃素，我不屑与他们为伍。

　　真是信佛，应该理解佛陀四大皆空之义，而摒除私利；应该体会佛陀的物我一体，广大慈悲之心，而护爱群生。至少，也应知道亲亲而仁民，仁民而爱物之道。爱物并非爱惜物的本身，乃是爱人的一种基本练习。不然，就是"今恩足以及禽兽而功不至于百姓"的齐宣王。上述这些人，对物则惺惺爱惜，对人间痛痒无关，已经是循流忘源，见小失大，本末颠倒的了。再加之于自己唯利是图，这真是此间一等愚痴的人，不应该称为佛徒，应该称之为反"佛徒"。

因为这种人世间很多，所以我的老姑母看见我的房子被烧了，要说"佛无灵"的话，所以某君要把这话收入诗中。这种人大概是想我曾经吃素，曾经作《护生画集》，这是一笔大本钱；拿这笔大本钱同佛做买卖所获的利，至少应该是别人的房子都烧了而我的房子毫无损失。便宜一点，应该是我不必逃避，而敌人的炸弹会避开我；或竟是我做汉奸发财，再添造几间新房子和妻子享用，正规军都不得罪我。今我没有得到这些利益，只落得家破人亡（流亡也），全家十口飘零在五千里外，在他们看来，这笔生意大蚀其本！这个佛太不讲公平交易，安得不骂"无灵"？

我也来同佛做买卖吧。但我的生意经和他们不同：我以为我这次买卖并不蚀本，且大得其利，佛毕竟是有灵的。人生求利益，谋幸福，无非为了要活，为了"生"。但我们还要求比"生"更贵重的一种东西，就是古人所谓"所欲有甚于生者"。这东西是什么？平日难于说定，现在很容易说出，就是"不做亡国奴"，就是"抗敌救国"。与其不得这东西而生，宁愿得这东西而死。因为这东西比"生"更为贵重。现在佛已把这宗最贵重的货物交付我了。我这买卖岂非大得其利？房子不过是"生"的一种附饰而已，我得了比"生"更贵的货物，失了"生"的一件小小的附饰，有什么可惜呢？我便宜了！佛毕竟是有灵的。

叶圣陶先生的《抗战周年随笔》中说："……我在苏州的家屋至今没有毁。

我并不因为它没有毁而感到欢喜。我希望它被我们游击队的枪弹打得七穿八洞，我希望它被我们正规军队的大炮轰得尸骨无存，我甚而至于希望它被逃命无从的寇军烧个干干净净。"他的房子，听说建成才两年，而且比我的好。他如此不惜，一定也获得那样比房子更贵重的东西在那里。但他并不吃素，并不作《护生画集》。即他没有下过那种本钱。佛对于没有本钱的人，也把贵重货物交付他。这样看来，对佛买卖这种本钱是没有用的。毕竟，对佛是不可做买卖的。

皈依的心路

金庸

池田：金庸先生信奉佛教，且对佛学甚有造诣，先生皈依佛教，是缘于什么事呢？

金庸：我皈依佛教，并非由于接受了哪一位佛教高僧或居士的教导，纯粹是一种神秘经验，是非常痛苦和艰难的过程。

池田：请往下说。

金庸：1976 年 10 月，我 19 岁的长子传侠突然在美国纽约哥伦比亚大学自杀丧命，这对我真如晴天霹雳，我伤心得几乎自己也想跟着自杀。当时有一强烈的疑问："为什么要自杀？为什么忽然厌弃了生命？"我想到阴世去和传侠会面，要他向我解释这个疑问。

池田：是吗？我可是初次听到。失去孩子的父母亲的心情只有当事者才可理解。我也是这样，我曾失去我的次子。我的恩师户田先生也有过这样痛苦的经历，他还年轻的时候，他的仅有一岁的女儿夭折了，这是发生在他皈依佛教前的事，他曾经感伤地缅怀道："我抱着变得冰冷的女儿，哭了整个晚上。"过了不久，他的夫人也撒手人寰，这使得他认真地思考有关"死"的问题。

金庸：此后一年中，我阅读了无数书籍，探究"生与死"的奥秘，详详细细地研究了一本英国出版的《对死亡的关怀》。其中有汤因比博士一篇讨论死亡的长文，有不少精湛的见解，但不能解答我心中对"人之生死"的大疑问。这个疑问，当然只有到宗教中去求解答。我在高中时期曾从头至尾精读过基督教的新旧约全书，这时回忆书中要义，反复思考，肯定基督教的教义不合我的想法，后来我忽然领悟到（或者说是衷心希望）亡灵不灭的情况，于是去佛教书籍中寻求答案。

池田：户田先生也曾在失去长女及妻子之后的一个时期信奉过基督教，但是，关于"生命"的问题，却始终无法令他信服，也无法解答困惑和疑问。您之所以认为基督教不合您的想法，其中一个原因就是它不能解答"生死观"的问题吧！

那次会晤，我们说起过的康丁霍夫·卡列卢基先生曾经说过："在东方，生与死可说是一本书中的一页。如果翻起这一页，下一页就会出现，换言之是重复新生与死的转换。然而在欧洲，人生好似是一本完满的书，由始而终（没有新的一页）。"这也就是说，东方与西方的生死观有着本质的不同，对于"生死观"，您曾作过竭力的思考，当然也不会满足于那种将人生视作"一本完整的书"的生死观吧！但是，佛典浩繁，不可能一口气学完，那种苦读和钻研殊非易事啊！

金庸：是啊！中国的佛经卷帙浩繁，有数万卷之多，只读了几本简单的入门书，就觉得其中迷信与虚妄的成分太重，不符合我对真实世界的认识；但还是勉强读下去。后来读到《杂阿含经》《中阿含经》《长阿含经》，几个月之中废寝忘食，苦苦研读，潜心思索，突然之间有了会心："真理是在这里了。一定是这样。"不过中文佛经太过艰深，在古文的翻译中，有时一两个字有完全歧异的含义，实在无法了解。

于是我向伦敦的巴利文学会订购了全套《原始佛经》的英文译本。所谓"原始佛经"，是指佛学研究者认为是最早期、最接近释迦牟尼所说佛法的纪录，因为是从印度南部、锡兰一带传出去的，所以也称为"南传佛经"。大乘佛学者和大乘宗派则贬称之为"小乘"佛经。

池田：能以汉译的佛经与英译的佛经相对照比较，才可以对之进行研究。

金庸：英文佛经容易阅读得多。南传佛经内容简明平实，和真实的人生十分接近，像我这种知识分子容易了解、接受，由此而产生了信仰，相信佛陀（印度语文中原文意义为"觉者"）的的确确是觉悟了人生的真实道理，他将这道理（也即是"佛法"）传给世人。

我经过长期的思索、查考、质疑、继续研学等等过程之后，终于诚心诚意、全心全意地接受。佛法解决了我心中的大疑问，我内心充满喜悦，欢喜不尽——原来如此，终于明白了，从痛苦到欢喜，大约是一年半时光。

池田：我希望您能原原本本地谈谈当时的心情。

寺门前一道深沟，上有石桥；那时没有水，若是现在去，倚在桥上听潺潺的水声，倒也可以忘我忘世。边桥四株马尾松，枝枝覆盖，叶叶交通，另成一个境界。西边小山上有个古观音洞。洞无可看，但上去时在山坡上看潭柘的侧面，宛如仇十洲的《仙山楼阁图》；往下看是陡峭的沟岸，越显得深深无极，潭柘简直有海上蓬莱的意味了。

佛教在印度早已衰落，这里已显得过于冷寂。对于这种冷寂，我在感叹之余也有点高兴，因为这倒真实地传达了佛教创建之初的素朴状态。没有香烟缭绕，没有钟磬交鸣，没有佛像佛殿，没有信众如云，只有最智慧的理性语言，在这里淙淙流泻。这里应该安静一点，简陋一点，借以表明，世界三大宗教之一的佛教，在本质上是一种智者文明。

戌博迦尊者 壬午岁三月白石 齐璜恭绘于燕

佛陀入灭后，弟子迦叶在灵鹫山召集五百罗汉共同编订释迦训诲，编订的方式今日看来匪夷所思：先由侍佛二十五年的弟子阿难诵出释迦一段言行，迦叶提出质询，阿难答出相关的时间地点、前因后果，最后众人合诵，确认无争议、无讹误，遂定为一经，如此形成了汉语译文长逾百万言的《四阿含》。

所谓禅,就如"万古长空,一朝风月"。在禅里,没有时间的长短,没有空间的
远近,没有人我的是非,没有现象的变化。禅是刹那之中有永恒,一念之中有
三千。"心中有事虚空小;心中无事一床宽。"因为禅者对时空有普遍性的悟入。

　　金庸：随后再研读各种大乘佛经，例如《维摩诘经》《楞严经》《般若经》等等，疑问又产生了。这些佛经的内容与"南传佛经"是完全不同的，充满了夸张神奇、不可思议的叙述，我很难接受和信服。直至读到《妙法莲华经》，经过长期思考之后，终于了悟——原来大乘经典主要都是"妙法"，用巧妙的方法来宣扬佛法，解释佛法，使得智力较低、悟性较差的人能够了解与接受。《法华经》中，佛陀用火宅、牛车、大雨等等多种浅近的比喻来向世人解释佛法，为了令人相信，甚至说些谎话（例如佛陀假装中毒将死）也无不可，目的都是在弘扬佛法。

　　池田：《法华经》富于艺术性，有"永恒"，有广阔的世界观、宇宙观，有包容森罗万象一切生命空间的广大。其中许多警句般的经文有影像般的美，简直可以说是一本庄严的"生命摄影集"，可以一页一页翻转的，那一瞬一瞬的画面如在眼前浮现。

　　金庸：我也是了解了"妙法"两字之旨，才对大乘经充满幻想的夸张不起反感。这个从大痛苦到大欢喜的过程大概是两年。

　　池田：《法华经》是"圆教"，如果从作为大乘经典最高峰的《法华经》来看的话，其他的佛经都可谓各执真理一端的说教，一切经全部都可收纳于"圆教"的《法华经》中，宛如"百川归海"。您先学小乘佛经，后再研读大乘经典，得出的结论认为《法华经》是佛教的真髓，这确实反映出先生对于佛教的认真探索之精神。

　　金庸：对于我，虽然从小就听祖母诵念《般若波罗蜜多心经》、《金刚经》和《妙法莲花经》，但要到整整六十年之后，才通过痛苦的探索和追寻，进入了佛法的境界。在中国佛教的各宗派中，我心灵上最接近"般若宗"。

信仰之光

周国平

　　信仰，就是相信人生中有一种东西，它比自己的生命重要得多，甚至是人生中最重要的东西，值得为之活着，必要时也值得为之献身。这种东西必定是高于我们的日常生活的，像日月星辰一样在我们头顶照耀，我们相信它并且仰望它，所以称作信仰。但是，它又不像日月星辰那样可以用眼睛看见，而只是我们心中的一种观念，所以又称作信念。

　　提起信仰，人们常常会想到宗教，例如基督教、佛教、伊斯兰教等等。在人类历史上，在现实生活中，宗教信仰的确是信仰最常见的一种形态。不过，两者不完全是一回事。事实上，做一个教徒不等于就有了信仰，而有信仰的人也未必信奉某一宗教。

有一回，我到佛教胜地普陀山旅游。在山上一座大庙里，和尚们正为一个施主做法事，中间休息，一个小和尚走来与我攀谈。我问他："做法事很累吧！"他随口答道："是呵，挣钱真不容易。"一句话表明了他并不真信佛教，皈依佛门只是谋生的手段。这个小和尚毕竟直率得可爱。如今，天下寺庙，处处香火鼎盛，可是你若能听见那些烧香拜佛的人许的愿，就会知道，他们几乎都是在向佛索求非常具体的利益，没有几人是真有信仰的。

在同一次旅程中，我还遇见另一个小和尚。当时，我正乘船航行。船舱里异常闷热，乘客们纷纷挤到舱内唯一的自来水管旁洗脸。他手拿毛巾，静静等候在一旁。终于轮到他了，又有一名乘客夺步上前，把他挤开。他面无愠色，退到旁边，礼貌地以手示意："请，请。"我目睹了这一幕，心中肃然起敬，相信眼前这个身披青灰色袈裟的年轻僧人是真正有信仰的人。后来，通过交谈，这一直觉得到了证实，我发现他谈吐不俗，对佛理和人生有很深的领悟。

其实，真正有信仰不在于相信佛、上帝、真主或别的什么神，而在于相信人生应该有崇高的追求，有超出世俗的理想和目标。如果说宗教真的有一种价值，那也仅仅在于为这种追求提供了一种容易普及的方式。但是，一普及就容易流于表面的形式，反而削弱甚至丧失了追求的精神内涵。所以，真正看重信仰的人决不盲目相信某一种流行的宗教或别的什么思想，而是通过独立思考来寻求和确立自己的信仰。两千四百年前，苏格拉底就是被雅典民众以不信神的罪名处死的。他的确不信神，但他有自己的坚定信仰，他的信仰就是：人生的价值在于爱智慧，用理性省察生活尤其是道德生活。在审判时，法庭允许免他一死，前提是他必须放弃信奉和宣传这一信仰，被他拒绝了。他说，未经省察的人生不值得一过，活着不如死去。他为自己的信仰献出了宝贵的生命。

信仰是内心的光，它照亮了一个人的人生之路。没有信仰的人犹如在黑暗中行路，不辨方向，没有目标，随波逐流，活一辈子也只是浑浑噩噩。当然，一个人要真正确立起自己的信仰，这不是一件容易的事，不但需要独立思考，而且需要相当的阅历和比较。在漫长的人生道路上，改变信仰的事情也是经常发生的，不足为怪。在我看来，在信仰的问题上，真正重要的是要有真诚的态度。所谓真诚，第一就是要认真，既不是无所谓，可有可无，也不是随大溜，盲目相信；第二就是要诚实，决不自欺欺人。有了这种真诚的态度，即使你没有找到一种明确的思想形态作为你的信仰，你也可以算作一个有信仰的人了，因为你至少是在信仰着一种有真诚追求的人生境界。事实上，在一个普遍丧失甚至嘲侮信仰的时代，也许唯有在这些真诚的寻求者和迷惘者中才能找到真正有信仰的人呢。

神位·官位·心位

史铁生

有好心人劝我去庙里烧烧香，拜拜佛，许个愿，说那样的话佛就会救我，我的两条业已作废的腿就又可能用于走路了。

我说："我不信。"

好心人说："你怎么还不信哪？"

我说："我不相信佛也是这么跟个贪官似的，你给他上供他就给你好处。"

好心人说："哎哟，你还敢这么说哪！"

我说："有什么不敢？佛总不能也是'顺我者昌，逆我者亡'吧？"

　　好心人说："哎哟哎哟，你呀，腿还想不想好哇？"

　　我说："当然想。不过，要是佛太忙一时顾不上我，就等他有工夫再说吧，要是佛心也存邪念，至少咱们就别再犯一个拉佛下水的罪行。"

　　好心人苦笑，良久默然，必是惊讶着我的执迷不悟，痛惜着我的无可救药吧。

　　我忽然心里有点怕。也许佛真的神通广大，只要他愿意就可以让我的腿好起来？老实说，因为这两条枯枝一样的废腿，我确实丢失了很多很多我所向往的生活。梦想这两条腿能好起来，梦想它们能完好如初，二十二年了，我以为这梦想已经淡薄或者已经不在，现在才知道这梦想永远都不会完结，一经唤起也还是一如既往地强烈。唯一的改变是我能够不露声色了。不露声色但心里却有点怕，或者有点慌：那好心人的劝导，是不是佛对我的忠心所做的最后试探呢？会不会因为我的出言不逊，这最后的机缘也就错过，我的梦想本来可以实现但现在已经彻底完蛋了呢？

　　果真如此么？

　　果真如此也就没什么办法：这等于说我就是这么个命。

　　果真如此也就没什么意思：这等于说世间并无净土，有一双好腿又能走去哪里？

　　果真如此也就没什么可惜：佛之救人且这般唯亲、唯利、唯蜜语，想来我也是逃得过初一逃不过十五。

　　果真如此也就没什么可怕：无非又撞见一个才高德浅的郎中，无非又多出一个吃贿的贪官或者一个专制的君王罢了。此"佛"非佛。

　　当然，倘这郎中真能医得好我这双残腿，倾家荡产我也宁愿去求他一次。

但若这郎中偏要自称是佛，我便宁可就这么坐稳在轮椅上，免得这野心家一旦得逞，众生的人权都要听其摆弄了。

我既非出家的和尚，也非在家的居士，但我自以为对佛一向是敬重的。我这样说绝不是承认刚才的罪过，以期佛的宽宥。我的敬重在于：我相信佛绝不同于图贿的贪官，也不同专制的君王。我这样说也绝不是拐弯抹角的恭维。在我想来，佛是用不着恭维的。佛，本不是一职官位，本不是寨主或君王，不是有求必应的神明，也不是可卜凶吉的算命先生。佛仅仅是信心，是理想，是困境中的一种思悟，是苦难里心魂的一条救路。

这样的佛，难道有理由向他行贿和谄媚吗？烧香礼拜，其实都并不错，以一种形式来寄托和坚定自己面对苦难的信心，原是极为正当的，但若期待现实的酬报，便总让人想起提着烟酒去叩长官家门的景象。

我不相信佛能灭一切苦难。如果他能，世间早该是一片乐土。也许有人会说："就是因为你们这些慧根不足、心性不净、执迷不悟的人闹的，佛的宏愿才至今未得实现。"可是，真抱歉——这逻辑岂不有点像庸医无能，反怪病人患病无方吗？

我想，最要重视的当是佛的忧悲。常所谓"我佛慈悲"，我以为即是说，那是慈爱的理想同时还是忧悲的处境。我不信佛能灭一切苦难，佛因苦难而产生，佛因苦难而成立，佛是苦难不尽中的一种信心，抽去苦难佛便不在了。佛并不能灭一切苦难，即是佛之忧悲的处境。佛并不能灭一切苦难，信心可还成立吗？还成立！落空的必定是贿赂的图谋，依然还在的就是信心。信心不指向现实的酬报，信心也不依据他人的证词，信心仅仅是自己的信心，是属于自己的面对苦难的心态和思路。这信心除了保证一种慈爱的理想之外什么都不保证，除了给我们一个方向和一条路程之外，并不给我任何结果。

所谓"证果"，我久思未得其要。我非佛门弟子，也未深研佛学经典，不知在佛教的源头上"证果"意味着什么，单从大众信佛的潮流中取此一意来发问："果"是什么？可以证得的那个"果"到底是什么？是苦难全数地消灭？还是某人独自享福？是世上再无值得忧悲之事，还是某人有幸独得逍遥，再无烦恼了呢？

苦难消灭自然也就无可忧悲，但苦难消灭一切也就都灭，在我想来那与一网打尽同效，目前有的是原子弹，非要去劳佛不可？若苦难不尽，又怎能了无烦恼？独自享福万事不问，大约是了无烦恼的唯一可能，但这不像佛法倒又像贪官庸吏了。

中国信佛的潮流里，似总有官的影子笼罩。求佛拜佛者，常抱一个极实惠的请求。求儿子，求房子，求票子，求文凭求户口，求福寿双全……所求之事大抵都是官的职权所辖，大抵都是求富而不得理会，便跑来庙中烧香叩首。佛于这潮流里，那意思无非一个万能的大官，且不见得就是清官，徇私枉法乃至杀人越货者竟也去烧香许物，求佛保佑不致东窗事发抑或锒铛入狱。若去香火浓烈的地方做一次统计，保险因为灵魂不安而去反省的、因为信心不足而去求教的、因为理想认同而去礼拜的，难得有几个。

我想，这很可能是因为中国的神位，历来少为人的心魂而设置，多是为君的权威而筹谋。"君权神授"，当然求君便是求神，求它便是求君了，光景类似于求长官办事先要去给秘书送一点礼品。君神一旦同一，神位势必日益世俗得近于衙门。中国的神，看门、掌灶、理财、配药，管红白喜事，管吃喝拉撒，据说连厕所都有专职的神来负责。诸神如此地务实，信徒们便被培养得淡漠了心魂的方位；诸神管理得既然全面，神通广大且点滴无漏，众生除却歌功颂德以求实惠还能何为？大约就只剩下吃"大锅饭"了。"大锅饭"吃到不妙时，还有一句"此处不养爷"来泄怨，还有一句"自有养爷处"来开怀。神位的变质和心位的缺失相互促进，以致佛来东土也只热衷俗务，单行其"慈"，那一个"悲"字早留在西天。这信佛的潮流里，最为高渺的祈望也还是为来世做此务实的铺陈——今生灭除妄念，来世可入天堂。若问：何为天堂？答曰：无苦极乐之所在。但无苦怎么会有乐呢？天堂是不是妄念？此问则大不敬，要惹来斥责，是慧根不够的征兆之一例。

电视剧《北京人在纽约》，曾引出众口一词的感慨以及嘲骂："美国也（他妈的）不是天堂。"可是，谁说那是天堂了？谁曾告诉你纽约专门是天堂了？人家说那儿也是地狱，你怎么就不记着？这感慨和嘲骂，泄露了国产天堂观的真相：无论急于今生，还是耐心来世，那天堂都不是心魂的圣地，仍不过是实实在在的福乐。福不圆满，乐不周到，便失望，便怨愤，便嘲骂，并不反省，倒运足了气力去讥贬人家。看来，那"无苦并极乐"的向往，单是比凡夫俗子想念得深远：不图小利，要中一个大彩。

就算天堂真的存在，我的智力还是突破不出那个"证果"的逻辑：无苦并极乐是什么状态呢？独自享福则似贪官，苦难全消就又与集体服毒同效。还是那电视剧片头的几句话说得好，那儿是天堂也是地狱。是天堂也是地狱的地方，我想是有一个简称的：人间。就心魂的朝圣而言，纽约与北京一样，今生与来世一样，都必是慈与悲的同行，罪与赎的携手，苦难与拯救一致地没有尽头，因而在地球的这边和那边，在时间的此岸和彼岸，都要有心魂应对苦难的路途或方式。这路途或方式，是佛我也相信，是基督我也相信，单不能相信那是官的所辖和民的行贿。

还有"人人皆可成佛"一说，也作怪，值得探讨。怎么个"成"法儿？什么样就算"成"了呢？"成"了之后再往哪儿走？这问题，我很久以来找不到通顺的解答。说"能成"吧，又想象不出成了之后可怎么办，说"永远不能成"吧，又像是用一把好歹也吃不上的草料去逗引着驴儿转磨。所谓终极发问、终极关怀，总应该有一个终极答案、终极结果吧？否则岂不荒诞？

最近看了刘小枫先生的《走向十字架上的真》，令我茅塞顿开。书中讲述基督性时说：人与上帝有着永恒的距离，人永远不能成为上帝。书中又谈到，神是否存在？神若存在，神便可见、可及，乃至可做，难免人神不辨，任何人就都可能去做一个假冒伪劣的神了；神若不存在，神学即成扯淡，神位一空，人间的造神运动便可顺理成章，肃贪和打假倒没了标准。这可如何是好？我理解那书中的意思是说：神的存在不是由终极答案或终极结果来证明的，而是由终极发问和终极关怀来证明的，面对不尽苦难的不尽发问，便是神的显现，因为恰是这不尽的发问与关怀可以使人的心魂趋向神圣，使人对生命取了崭新的态度，使人崇尚慈爱的理想。

"人人皆可成佛"和"人与上帝有着永恒的距离"，是两种不同的生命态度，一个重果，一个重行，一个为超凡的酬报描述最终的希望，一个为神圣的拯救构筑永恒的路途。但超凡的酬报有可能是一幅幻景，以此来维护信心似乎总有悬危。而永恒的路途不会有假，以此来坚定信心还有什么可怕！

　　这使我想到了佛的本义，佛并不是一个名词，并不是一个实体，佛的本义是觉悟，是一个动词，是行为，而不是绝顶的一处宝座。这样，"人人皆可成佛"就可以理解了。"成"不再是一个终点，理想中那个完美的状态与人有着永恒的距离，人即可朝向神圣无止地开步了。谁要是把自己披挂起来，摆出一副伟大的完成态，则无论是光芒万丈，还是淡泊逍遥，都像是搔首弄姿。"烦恼即菩提"，我信，那是关心，也是拯救。"一切佛法唯在行愿"，我信，那是无终的理想之路。真正的宗教精神都是相通的，无论东方还是西方。任何自以为可以提供无苦而极乐之天堂的哲学和神学，都难免落入不能自圆的窘境。

香·愿

许地山

香

妻子说："良人，你不是爱闻香么？我曾托人到鹿港去买上好的沉香线，现在已经寄到了。"她说着，便抽出妆台的抽屉，取了一条沉香线，燃着，再插在小宣炉中。

我说："在香烟缭绕之中，得有清谈。给我说一个生番故事罢。不然，就给我谈佛。"

妻子说："生番故事，太野了。佛更不必说，我也不会说。"

"你就随便说些你所知道的罢，横竖我们都不大懂得，你且说，什么是佛法罢。"

"佛法么？色，声，味，香，触，造作，思维，都是佛法；唯有爱闻香的不是佛法。"

"你又矛盾了！这是什么因明？"

"不明白么？因为你一爱，便成为你的嗜好，那香在你闻觉中，便不是本然的香了。"

愿

南普陀寺里的大石，雨后稍微觉得干净，不过绿苔多长一些。天涯的淡霞好像给我们一个天晴的信。树林里的虹气，被阳光分成七色。树上，雄虫求雌的声，凄凉得使人不忍听下去。妻子坐在石上，见我来，就问："你从哪里来？我等你许久了。"

"我领着孩子们到海边捡贝壳咧。阿琼捡着一个破贝，虽不完全，里面却像藏着珠子的样子。等他来到，我教他拿出来给你看一看。"

"在这树荫底下坐着，真舒服呀！我们天天到这里来，多么好呢！"

妻说："你哪里能够……"

"为什么不能？"

"你应当作荫，不应当受荫。"

"你愿我作这样的荫么？"

"这样的荫算什么！我愿你作无边宝华盖，能普荫一切世间诸有情；愿你为如意净明珠，能普照一切世间诸有情；愿你为降魔金刚杵，能破坏一切世间诸障碍；愿你为多宝盂兰盆，能盛百味，滋养一切世间诸饥渴者；愿你有六手，十二手，百手，千万手，无量数那由他如意手，能成全一切世间等等美善事。"

我说："极善，极妙！但我愿做调味的精盐，渗入等等食品中，把自己的形骸融散，且回复当时在海里的面目，使一切有情得尝咸味，而不见盐体。"

妻子说："只有调味，就能使一切有情都满足吗？"

我说："盐的功用，若只在调味，那就不配称为盐了。"

空谷足音

韩少功

　　如同文学中良莠混杂的状况，佛经中也有废话胡话。而《六祖坛经》的清通和睿智，与时下很多貌似寺庙的佛教旅游公司没有什么关系。

　　佛学是心学。人别于一般动物，作为天地间物心统一的唯一存在，心以身囚，常被食色和沉浮所累。《坛经》直指人心，引导一次心超越物的奋争，开示精神上的自由和幸福，开示人的自我救助法门。《坛经》产生于唐，也是一个经济繁荣的时代，我们可以想象那时也是物人强盛而心人委颓，也弥漫着非钱财可以疗救的孤独、浮躁、仇憎、贪婪等等"文明病"。《坛经》是直面这种精神暗夜的一颗明敏、脆弱、哀伤之心。

追求完美的最好思辨，总是要发现思辨的缺陷，发现心灵无法在思辨里安居。六祖及其以后的禅学便大致如此。无念无无念，非法非非法，从轻戒慢教的理论革命，到最后平常心地吃饭睡觉，一次次怀疑和否定自身，理论最终只能通向沉默。这也是一切思辨的命运。

思辨者如果以人生为母题，免不了总是充当两种角色：他们是游戏者，从不轻诺希望；视一切智识为娱人的虚幻。他们也是圣战者，决不苟同惊慌和背叛，奔赴真理从不会趋利避害左顾右盼，永远执著于追寻终极意义的长旅。因其圣战，游戏才可能精彩；因其游戏，圣战才更有知其不可而为的悲壮，更有明道而不计其功的超脱——这正是神圣的含义。

所幸还有艺术和美来接引和支撑人们。有人问：什么是禅？法师回答：你来的时候经过了那条峡谷吗？峡谷里空空的脚步声就是禅。

能从思辨通向美。在这一点上，禅比当今很多心学都高出了一个品位。《坛经》从本质上说无须得到人们的尊崇，无意成为人们的人生最高法典和学术指导手册。《坛经》的清通和睿智在于它宣布自己什么也不是，一切禅理禅法什么都不是，充其量，只是对空谷足音之类禅境作一次又一次力不从心的诠释。

当然，这种诠释洞示着美的精神深度。当一切美都面临着商业化前景的时候，当空谷足音也可能成为皮鞋商们广告用语的时候，大心之人与其他人不同，他们在静静的峡谷里能听到更多。所闻皆佛，所闻皆我，这些独步者在刹那间顿入了美的永生。

汉语中的梵音

李敬泽

《长阿含经》为《四阿含》之一种。后秦弘始十四年至十五年（公元四一二 — 四一三年），由罽宾（今阿富汗南部、克什米尔）僧人佛陀耶舍诵出，凉州僧人竺佛念译为汉文，道士道含笔录。

二〇〇二年，在去云南中甸的飞机上，我读《长阿含经》，见晚年的释迦牟尼为肉身所苦，他说，"吾患背痛"，他独自坐在一棵树下，这时，一个名叫波旬的妖魔蹦出来叫嚣："佛意无欲，可般涅槃，今正是时，宜速灭度。"

佛说："止！止！波旬！佛自知时不久住也，是后三月，于本生处拘尸那竭，娑罗园双树间，当取灭度。"于是，"魔即念：佛不虚言，今必灭度。欢喜踊跃，忽然不见"。

——我忽然觉得，此时的佛是软弱的，那是类似于受难的耶稣的软弱。释迦或者耶稣，宗教创立者包容和承担着人类的软弱。

"止！止！波旬！"这是佛的声音吗？翻成现代汉语，那个名叫释迦的老人也许正说："且慢，别急……"他的声音是慈祥的、宽容的、疲惫的？

《四阿含》是声音的奇迹。佛陀入灭后，弟子迦叶在灵鹫山召集五百罗汉共同编订释迦训诲，编订的方式今日看来匪夷所思：先由侍佛二十五年的弟子阿难诵出释迦一段言行，迦叶提出质询，阿难答出相关的时间地点、前因后果，最后众人合诵，确认无争议、无讹误，遂定为一经，如此形成了汉语译文长逾百万言的《四阿含》。

也就是说，整个过程不立文字，佛之言阿难听了，阿难之言众人诵之、传之，神圣的经文存于声音之中、口耳之间，存于记忆，存于心。

——文明的普遍趋向是对声音越来越不信任，声音是风，是水，是红尘，是身体，是人类生活中比较嘈杂、比较混乱的部分，是世俗和大众，相比之下，书写是浮出海面的礁石，它稳固、超越，更像"真理"。人类曾力图以字迹覆盖声音，黄仁宇写《万历十五年》，主要困难之一是听不到明朝的"声音"，他不知那时的人怎样说话，他意识到，落在书面上的一切已远离人的身体和人的心。

然而，在文明的上游，几个人安详地发出声音，释迦、孔子、苏格拉底、耶稣，他们说出真理，他们坦然地以转瞬即逝的方式呈现永恒。他们何以如此？他们是绝对的天真还是绝对的悲凉？难道正是由于声音之脆弱、微渺，他们成为了人类的伟大导师？

天花乱坠。读《长阿含》，遥想当日我佛说法，必是绚烂、壮美。即使是家常情景，只要释迦开口，你一定会目眩神移。如果释迦和耶稣坐在一起，耶稣就是个寡言的木匠，而孔子或苏格拉底则是简朴的夫子，释迦也许是其中最具神性光芒的一位，他曾是王子，他的声音中有浩大的富丽，是无穷无尽、汹涌澎湃的繁华。

——可以想象，一千几百年前的中国人将为之迷醉。两汉是黑色的、白色的、黄色的，雄浑，然而单调，想起汉代，想起三国，你肯定不会想到"缤纷""丰饶""繁复"，佛经的传入不仅是宗教事件，还是一个审美事件，热带的思维、感性和想象如暖湿气流灌注我们的心灵。

我一向认为印度人是最啰唆、最繁琐的民族，多年前读佛经，总是惊叹于他们可以在一个点上纹丝不动而任由言语四外蔓延，他们是能指游戏的高手，他们要用八万四千只狗去追一只兔子，他们的耐心举世无双，你会感到，那经文无论是被书写还是被念诵，书写和念诵行为本身就是对"永恒"的模仿。

《长阿含》是佛教原始经文，比较而言，它本色、质朴，但读它依然需要耐心。我在中旬读完了《长阿含》，但我一再自问：为什么读它？它对我有何意义？

没什么意义。我不是佛教徒，我迷恋世间苦。

作为一个写作者，我倾慕释迦庄严而安详的语调，那种梦幻气质，那种博尔赫斯式的玄思，当然，准确合理的说法是，博尔赫斯有释迦式的玄思。

在《阇尼沙经第四》中，关于"摩揭国人命终生处"，整个叙述隐含着令人晕眩的时间回环，你越往下看，越找不到逻辑上和时间上的起点和终点，一切都是在终结之处开始，或者说此时的一切都已经发生……

但这终究是遥远的，与我无关。远处是大雨中的中甸草原，这里已经正式改名为"香格里拉"，一个西方人的梦境覆盖和篡改了这座高原古城。

我听到一个长须飘拂的僧人正流水般咏唱，他的面容就像电视新闻里阿富汗群山间的老者，他的音调低沉悠长，但我想起印度电影里热烈的歌曲，我一直觉得印度的语言最具音乐性，在我的想象中，印度人说话就像唱歌一样。

佛陀耶舍在背诵，他的声音通过另一个人变成另一种声音，第三个人让这声音落在纸面上。这个场面令人震撼，也令人惶惑。佛陀耶舍的声音是千年以前那个人或佛的回声吗？对此我们如何确证？而当这声音转为汉语、落为汉字时，什么留下了，什么消失了？留下的一切在什么程度和什么意义上改变了我们的语言？

——想想是有趣的，当我们使用"思维""觉悟""成就""欢喜"等等无数词语时，公元前六百年北印度的阳光、树叶上的露珠、吹拂衣带的风、一个人的微笑，也许一切都隐秘地留存于我们的声音里……

劝人读经

沈从文

《百喻经》说：

往昔有夫妇两人，烘了三个大饼，作为晚餐。大饼烘就，夫妇二人各自吃尽名分下的一个饼后，还剩大饼一个，不便给谁独吃，于是互相约定，不许说话，谁若先说话，就莫吃饼！两人既然互相约好，便坐在家中，沉默不语。到了半夜，来了一个贼徒，到家偷窃东西，掠尽家中所有宝物。两人皆因有约在先，关怀大饼，谁也不愿出声。贼人眼见这家中人痴呆如此，胡来乱为，全不妨事，且觉得主妇静婉可人，便傍近妇人，作了些小小轻薄行为。那丈夫虽亲眼见到贼人胡闹，却仍因为不忘记那个大饼，故不作声。到后妇人忍无可忍了，就叫唤她的丈夫："大伍，大伍，你真是个傻子，为一个饼，尽人把我如此侮辱调戏！"那丈夫快乐得拍手大笑，他说："咄，咄，愚蠢丫头，你已说话，你输定了！饼应归我，你已无分！"

这是两夫妇的问题，谁最愚蠢，别人似乎不能置喙，轻易加以判断。《百喻经》故事所注重的是人的性格。千年前世界上既俨然曾经有个这种丈夫，这性格也似乎就有流传到如今的可能。我们如今已不容易遇到这种丈夫了，但却可从别种人物的治国政策生活态度得知一二。譬如说，一大片土地忽然丢了，或家中老婆跟人跑了，有些人不正是因为守着一点类似有关大饼的约言，不发一言不作一事，沉默支持下去？若有人说了一句话，想提醒他，这些人不正是顷刻之间就会天真快乐的向人喝着："咄，咄，蠢东西，大饼归我了！"

读到这本充满了愚人故事的小书时，我总疑心写这本书的人，书虽在一千年以前写成，他的讽刺却预备留给一千年以后。不过如今争大饼的聪明人，大都忙忙碌碌，虽作了不少不折不扣的蠢事，却好像从不曾注意到这样一本小书上来，因此这讽刺，也等于无用了。若希望他有用，又似乎还必须从现在起始，再过一千余年，才能为作主人的明白的。

不过我总想介绍这本书给那些应读这本书的人。

一九三三年十月

残佛

贾平凹

去泾河里捡玩石，原本是懒散行为，却捡着了一尊佛，一下子庄严得不得了。那时看天，天上是有一朵祥云，方圆数里唯有的那棵树上，安静地歇栖着一只鹰，然后起飞，不知去处。佛是灰颜色的沙质石头所刻，底座两层，中间镂空，上有莲花台。雕刻的精致依稀可见，只是已经没了棱角。这是佛要痛哭的，但佛不痛哭，佛没有了头，也没有了腹，莲台仅存盘起来的一只左脚和一只搭在脚上的右手。那一刻，陈旧的机器在轰隆隆作响，石料场上的传送带将石头传送到粉碎机前，突然这佛石就出现了。佛石并不是金光四射，它被泥沙裹着，模样丑陋，这如同任何伟人独身于闹市里立即就被淹没一样，但这一块石头样子毕竟特别，忍不住抢救下来，佛就如此这般地降临了。

我不敢说是我救佛，佛是需要我救的吗？我把佛石清洗干净，抱回来放在家中供奉，着实在一整天里哀叹它的苦难，但第二天就觉悟了，是佛故意经过了传送带，站在了粉碎机的进口，考验我的感觉。我庆幸我的感觉没有迟钝，自信良善未泯，勇气还在。此后日日为它焚香，敬它，也敬了自己。

或说，佛是完美的，此佛残成这样，还算佛吗？人如果没头身，残骸是可恶的，佛残缺了却一样美丽。我看着它的时候，香火袅袅，那头和身似乎在烟雾中幻化而去，而端庄和善的面容就在空中，那低垂的微微含笑的目光在注视着我。"佛，"我说，"佛的手也是佛，佛的脚也是佛。"光明的玻璃粉碎了还是光明的。瞧这一手一脚呀，放在那里是多么安详！

或说，佛毕竟是人心造的佛，更何况这尊佛仅是一块石头。是石头，并不坚硬的沙质石头，但心想事便可成，刻佛的人在刻佛的那一刻就注入了虔诚，而被供奉在庙堂里度众生又赋予了意念，这石头就成了佛。钞票不也仅仅是一张纸吗，但钞票在流通中却威力无穷，可以买来整庄的土地，买来一座城，买来人的尊严和生命。

或说，那么，既然是佛，佛法无边，为什么会在泾河里冲撞滚磨？对了，是在那一个夏天，山洪暴发，冲毁了佛庙，石佛同庙宇的砖瓦、石条、木柱一齐落入河中，砖瓦、石条、木柱都在滚磨中碎为细沙了而石佛却留了下来，正因为它是佛！请注意，泾河的泾字，应该是经，佛并不是难以逃过大难，佛是要经河来寻找它应到的地位，这就是他要寻到我这里来。古老的泾河有过柳毅传书的传说，佛却亲自经河，洛河上的甄氏成神，缥缈一去成云成烟，这佛虽残却又实实在在来我的书屋，我该呼它是泾佛了。

我敬奉着这一手一脚的泾佛。

许多人得知我得了一尊泾佛，瞧着皆说古，一定有灵验，便纷纷焚香磕头，祈祷泾佛保佑他发财，赐他以高官，赐他以儿孙，他们生活中缺什么就祈祷什么，甚至那个姓王的邻居在打麻将前也来祈祷自己的手气。我终于明白，泾佛之所以没有了头没有了身，全是被那些虔诚的芸芸众生乞了去的，芸芸众生的最虔诚其实是最自私。佛难道不明白这些人的自私吗，佛一定是知道的，但佛就这么对待着人的自私，他只能牺牲自己而面对着自私的人，这个世界就是如此啊。

我把泾佛供奉在书屋，每日烧香，我厌烦人的可怜和可耻，我并不许愿。

"不，"昨夜里我在梦中，佛却在说，"那我就不是佛了！"

今早起来，我终于插上香后，下跪作拜，我说，佛，那我就许愿吧，既然佛作为佛拥有佛的美丽和牺牲，就保佑我灵魂安妥和身躯安宁，作为人活在世上就好好享受人生的一切欢乐和一切痛苦烦恼吧。

人都是忙的，我比别人会更忙，有佛亲近，我想以后我不会怯弱，也不再逃避，美丽地做我的工作。

1997 年 2 月 20 日

晒月亮

池莉

　　常熟有一座山，叫作虞山。虞山有一座寺，叫作兴福寺。兴福寺有一把年纪了，大约一千五百来岁。寺内山坡上有一片竹林。竹林的特点是竹林里有一条曲径。曲径的特点是曲径被一个唐人写进了诗歌。诗歌的特点是到现在还非常动人和流行。我曾经好几次听见父母们教导幼儿背诵这首唐诗。有一次居然是在麦当劳快餐厅。这首诗歌我也记得，便是唐人常建的："清晨入古寺，初日照高林。曲径通幽处，禅房花木深。山光悦鸟性，潭影空人心。万籁此皆寂，惟闻钟磬音。"字是宋人米芾写的。米芾湖北人，出了名的任性和疯狂。有洁癖，好奇装异服。性情渗透了笔墨，字是又诡异又憨厚，漂亮得出奇！

今年四月的一天，我就住在这首美丽的诗歌里面。清早起床，推开房门就是竹林。走在竹林的曲径上，梳着头发，根根发丝都飘向远方：唐朝和宋朝。忽然发现，美丽的东西是横截面，一旦美丽便永远美丽。真正的美丽决不随着时间线性移动。美丽是不老的。

兴福寺的茶是兴福寺的，茶树就生长在兴福寺后面的山坡上。沏茶的水也是兴福寺的，是一眼天然的泉水。水杯是最普通不过的玻璃杯。水瓶也是一般常见的塑料外壳的水瓶。水瓶上用油漆写了号码。油漆已经斑驳，暗中透着沧桑，不知沏了多少杯茶了，也不知有多少人喝了兴福寺的茶了！我成了其中的一个。我平日不怎么喝茶。为了睡眠，下午是尤其不喝茶的。来到兴福寺的下午，我破例喝茶了。一杯接着一杯。没有别的原因，就是因为茶香。无须精致茶具的烘托，没有礼仪仪式的引导，这是一种明明白白的清澈和香甜。能够享受一次这种清澈和香甜，还管睡眠做什么。

入夜，听慧云法师讲经。古老的寺庙，偏偏有年轻的小当家。二十来岁的慧云法师，相貌还没有彻底脱去男孩子的虎气，谈吐却已经非常圆熟老到。可以举重若轻地引领我们前行。很自然的，人在这种时候就有了要求进步的愿望，就能坦坦然然地说话。不过我不知道自己进步了没有。这是需要时间才能够证明的。可以肯定的是，要求进步总比不思进取的好。努力了总比不努力的好。努力至少是一种健康的姿态。

夜深深，在寺内缓缓散步。看风中低语的古树，看树叶滑落潭水，看青苔暗侵石阶，看夜鸟梦呓巢穴，看回廊结构出种种复杂的故事，看老藤椅凝思深夜的含蓄，看时间失去滴答滴答的声音，看僧人们的睡眠呈现一种寺庙独有的静寂。

看细细的绒毛在皮肤上悄悄生长，皮肤的质感因此变得柔和而华丽；看身体的条条曲线向着灵魂蜿蜒，欲念因此变得清晰；看你的眼睛里面有我的眼睛；看你的笑意包含着我的笑意；看你心情覆盖了我的心情；什么都看得见。朋友们和我自己，在这一段时间里，都变得很透明和很简单。不思不想，无忧无虑。所有的牙齿，都曾经被烟垢污染，不记得何时有过今夜的灿烂。一笑，就有月光闪烁。这月光注定会温暖日后漫长的生活。这就是兴福寺的月亮！

兴福寺的月亮是世界上唯一的月亮。因为它有兴福寺。它有兴福寺生长了千年的自然环境和人文环境。还有兴福寺的院墙作为我们获得某种特定感受的保障。兴福寺的月亮不是单纯的月亮，是成了精的月亮。是我们的月亮。因为我们已经是成年人了。我在新疆遇见过又大又圆清澈如水的月亮，可它的背景是沙漠。那种月亮像假的。你就是无法把它当真。点了篝火，一夕狂欢。狼狈的是天明之后的灰烬和残酒。那种月亮更适合失恋少女，行吟诗人，偷香窃玉者，野外科技工作者和深受声名富贵所累的成功者。不是我。而我，真是喜欢兴福寺的月亮。从离开兴福寺的那一刻起，我的等待就已经在悄悄蔓延。我会耐心地等待再一次的缘分和机会，能够再去兴福寺住几日。到了晚上，就出来晒月亮。

一九九九年七月六日汉口

谛观有情

结缘雪窦寺

戴厚英

一

3月11日至22日，我与一位朋友去浙江奉化雪窦寺住了一阵，参加了那里的"打佛七"活动。这是我们生平第一次住在寺院，身临其境地体验宗教生活。吃素、念经、斋戒。去的时候我是一个刚刚开始读几本佛经的人，朋友则对佛教一无所知。她说，所有的宗教在她看来都是迷信，只是不明白，为什么这些宗教能够历经几千年而不衰，所以应该去看看。当然这只是表面原因，我知道，其实她和我一样，在寻求人生的新支点。三十多年前，我们还都是小姑娘的时候，就被封为"文艺理论战线上的新生力量"，分配到上海作家协会文学研究所，成为"三个小辫子"中的两个。如今，我们各自走过了几十年的风雨人生，内内外外都发生了根本的变化。但是有一点却没有变，那就是我们仍然不愿意随波逐流、浑浑噩噩地度完下半生，并且不愿意把挣钱多少作为衡量人生价值的标准。我们都在不懈地追寻。她已退休多年，家庭生活也不错，但还在平凡的工作岗位上劳碌，发挥"余热"；我呢，则坐在书斋里，苦苦思索。

我为什么会想到去读佛经呢？说来话长了。大概十年前，我写过一篇散文，题为《佛缘》，便透露出一点消息。当时，我对连续几年反复出现的同一个梦境感到奇异。我梦见我孤零零地走在一群无山脉相连的山峰里，目标明确，找佛。我也知道我找的就是那座最大的山峰，它就是佛，寺院佛堂都藏在它肚里。可是，每当我走近它的时候，就莫名其妙地心生恐惧，要回转身去。梦便在这时醒了。弗洛伊德的心理学解释不了我的梦，我便往自己心灵深处追寻，或者我有佛缘，与佛一直有着若明若暗或断或续的联系？

当时并不十分看重这个梦境。人道主义的信念使我充满信心和力量。《佛缘》发表之后，偶然也会向朋友提起那个奇异的梦，但不想深追，因为我不需要也不相信有一个彼岸世界。我一如既往在人性和人道的路上耕耘。

近几年，内心的变化在不知不觉中发生。说不清从哪一天起，我对人性开始怀疑，并且感到人道主义不能解决我面临的全部问题。问题来自两个方面。

一是客观现实的刺激。现实如何，无须我说，我只想说确实感到难以名状的失望和失落。绝不是某些人所说的知识分子失去了中心地位之后的失落感或吃不到葡萄的狐狸口中的酸水。我觉得无论我还是中国知识分子整体，都不曾获得过什么中心地位。希望跻身于中心地位的知识分子也是有的，不少已获得了成功，但这不是中国知识分子的主体。我感到的是理想的失落，本质的失落。时时处处可以看到感到个人或群体毫不心痛地掏尽了自己的灵魂，把欲望扩充，把金钱填进去。本末倒置，头足倒立。传媒天天出现关于文化的描述，文化遍及吃喝拉撒、肤发面皮，却始终没能让我看清文化的本体。一堆堆东西方文化的垃圾如小山、坟墓遮挡住我的双眼，我分别不出脚步到底是朝东还是向西。没有东西，许多人越来越不像东西。

改革开放带来的喜悦慢慢消失，忧虑和焦躁却步步进逼。人似乎永远被恶魔蛊惑，做恶魔的奴隶。不可否认今天比昨天好了些，可是明天比今天更好的保证在哪里？

我向各种学说和主义询问、请教，都不能完满回答我的问题。依然浮躁、焦虑。仿佛看见一个无名的黑洞在飞速旋转，要把我吸进无底深渊。听得见各种各样的声音话语，有疯狂的欢呼，沉醉的呓语，亦有绝望的尖叫，深沉的叹息。可是，那能够抓住人们的手脚，把他们从黑洞的风口中拉拔出来的力量在哪里？

我的目光自然而然转向宗教。我读了《圣经》，并且走进教堂。之后我把《古兰经》也读了。最后读到佛经。应该说，所有的宗教（当然不包括邪教）对我都有吸引力。因为它们都劝人为善，都告诉人们除了肉体，还有个灵魂是更需要关心的，而且都给人指出了一个超越的途径和可以到达的"彼岸"。善良的人们可以从它们那里获得理想和安慰，邪恶之辈则会有所戒惧。人不能无所畏惧。但是，相比之下，我更倾心于佛教。这一方面由于我从小受到佛教环境的熏染，另一方面则由于它的教理与我的文化选择更为吻合。我欣赏它的"众生平等"和"命自我立"。真正是不靠神仙皇帝，可以自己救自己。

我读佛教的另一个原因纯粹是个人的。我自幼敏感，有许多不可解释的神秘体验。过去不敢正视，如今敢于正视了。我要探究灵魂到底有没有，我从哪里来又到哪里去。正如满清顺治皇帝所唱的："未曾生我谁是我？生我之时我是谁？长大成人方是我，合眼蒙眬又是谁？"去年四月，我的笃信佛和儒的父亲溘然长逝，对他的追思和怀念，也使我转向佛教，由它，我可以进入父亲的精神境界。

但是，我却没有决定皈依佛门。因为还有不少疑惑未解。我和朋友一样，到雪窦寺只想看看，希望有所收获。

二

我们在"打佛七"活动的前三天到达雪窦寺。目的是游山玩水。来之前，有人告诉我，雪窦山风光旖旎，仙气缭绕，值得玩味。但是对此，我并无什么体会。与过去见过的名山相比，雪窦山还缺少很多诱人的东西。给我印象深刻的，倒是它的人文景观，因为它充满禅味。

我们是乘船到达宁波再转汽车进山的。走出宁波码头，来不及对宁波多看几眼，便被一拥而上的出租车司机包围了。"奉化去吧？蒋介石的老家！""蒋介石的别墅，妙高台，去不去？""蒋母墓，蒋母墓！"

虽然明白世事变迁，昨日不再，蒋介石成为招揽游客的风景，却还让我感到新鲜和意外。十多年前去庐山参观蒋宋夫妇和毛泽东都住过的别墅时的情景还历历在目。我们的参观还是"内部"的，是对作家们的优待。我们静悄悄地进去又出来，谁也没说话。我只是在心里提问！几十年腥风血雨，斗争得活来死去，何以这儿的风景依旧？新主人承继了旧主人的全部遗物，变化的只是一块无关紧要的石头，过去那石头上刻着"美庐"，后来被搬走，后来又恢复。妙高台似乎没有重要的新主入住。显然又经历了一番修复。看着它色彩鲜艳的亭台楼阁，我不由自主唱起小学时学会的歌："宋美龄坐空院自思自叹，想起了眼前事好不惨然。"不禁哑然失笑，千多万人曾经付出的生命代价，在笑声中淹没。

历史不像是一条长河，而是一个水潭。像杭州西湖的印月三潭。潭中月影颤颤巍巍，美不胜收，真实的月亮却只有一个，在天上挂着。想起《金刚经》里的一首偈："一切有为法，如梦幻泡影，如露亦如电，应作如是观。"应作如是观？因此而不再有为？心像潭水一样地摇。

车到雪窦寺。高悬于山门的是一块直匾，"四明第一山"，蒋介石的手书。据说原件已毁，此为复制。雪窦寺创建于晋代，创建者是几位名不见经传的尼姑。以后雪窦寺成为禅宗名刹，出现过许多著名的禅师大德，无一名女尼。看来佛教也如一切人类活动的领域，女人搭台，男人唱戏。千多年来，雪窦寺经历过五次兴废，也都在男人们的手里。有毁于乱兵，有毁于僧风，又有毁于阶级斗争。最彻底的毁坏是"文化大革命"中。据说当时所有的殿堂都被砸烂，仅留下两间作仓库的厢房。1987 年开始重建，如今已大体恢复。仍有工程未完，因此随处可见工地和未安装好的佛像。据说因经费短缺，有些工程有停工之虞。但香火已经很旺。佛经说，一切事物都有成、住、坏、空，雪窦寺的兴衰自然也毋庸大惊小怪。倘若我今天预言，雪窦寺还会经受无数次毁坏乃至最终灭迹，怕也不是疯话。但是现在，它却在"成、住"时期，它所提供的景观还是值得认真玩味的。

这里有黄巢墓，号称"杀人八百万"的唐代农民起义领袖黄巢，在雪窦寺放下屠刀，立地成佛。据说是走投无路才放下屠刀的。

蒋介石家族与雪窦寺缘分深远，留下不少故事。

西安事变之后，张学良将军一度被软禁在寺里，留下了枝叶繁茂的楠木树。

如今都成风景了。风景之中又有一道风景无形地显示出来，那就是使这些风景不断改变意义和形态的"天翻地覆"。

是谁摇动了时间的把柄，把时间和空间一起浓缩？一道道风景都收进了一个广角镜头，星星点点，零零散散，纠纠缠缠，变变幻幻，却显示出一个共同的主题。那是什么？我不知道。我站在镜头的后面。我在镜头的后面看到一只大眼，不是"第三只眼"，应是佛眼、慧眼，或者是永不灭亡的平民百姓的眼。这眼广大冷静，既不指点江山，也不激扬文字，只是静观。像江河的河床，任凭风浪迭起，景物变幻，它只静静地承担。甚至不会问：容尔者我，主尔生灭者，为谁？

三

什么叫"打佛七"？读了"雪窦寺阿弥陀佛七手册"才知道，就是善男信女集中起来过七天的宗教生活。《佛说阿弥陀经》中说，末法时代，人心难调，为了解救迷悟众生，阿弥陀佛为大家提供了一个修行的方便法门，若能持名念佛或一日，或二日……或七日，一心不乱，便能往生"阿弥陀佛极乐国土"。所以"打佛七"功德殊胜。

我和朋友商量，参加还是观望？朋友说她没有宗教情绪，不想滥竽充数。她说她与我不同，对于佛门，我是一脚在里一脚在外，她则是两只脚都在外。她说得不错，一踏进寺院，我就与她有着完全不同的感觉。我和她一起站在门外看和尚们做晚课，她平平常常，没什么特别的表现，我却泪流不止，一直到功课结束，说不出任何流泪的理由。既不是被感动，也不是触景生情，但就是要流泪。仿佛泪水与我无关，而是别有源头，别有主宰。"这表明你本来就是个修行人，善根发动了。"有人对我说。我想也许，要不怎么会有十年前的梦境和今天的行动呢？但是一想到要一口气念七天佛，我怕坚持不下去。我最怕重复行为。但我想体验一下，功德究竟如何殊胜，撑不下来还不行半路退出？朋友觉得一个人站在门外观望无趣，便决定一起试试。

于是我们有了七天不同寻常的经历。

七天的功课是一样的。早上四时起床，五时上早课，念经、拜佛、持名念佛，一天四场。一百多人站满了大殿，我和朋友紧挨着站在最后面。头天晚上起香、净坛，全体人员都五体投地，向佛顶礼，只有我和朋友直挺挺地站着，只双手合十表示尊敬。觉得很刺目，所以第二天没经过商量，我们就齐齐地跪下了。但是刚刚以头触坐垫，我就笑了，想起了我俩的过去。谁能想到几十年以后我们会来到这里，跪在这里？要不是膝头钻心的疼痛，我宁可相信，跪着的不是我。难道，这就是宿命？

但是，以后的几天活动，我没有再笑，而是很快进入了"角色"。虽然有"手册"在手，因为不熟悉，加上参加者多为宁波人，语音特别，我几乎完全不知道人们念的是什么，唱的是什么。唯一听得明白的是"南无阿弥陀佛"。可是此情此境，语言和书本对我都不重要，心里自有一片庄严、宁静、融和的境界。梵乐像一股暖流，注入我的血脉，我一次又一次不由自主地流泪。而且并没有丧失理智。我明白每一次流泪的缘由。

那次，当我随着维那师的念诵跪下去拜愿的时候，我感到一种无边无际也无明确对象的悲悯之情油然而生。泪水湿了我匍匐的坐垫。这就是"同体大悲"？

那次流泪是因为忏悔。"有情所造诸恶业，皆由无始贪嗔痴。从身语意之所生，一切有情皆忏悔。"这是忏悔时的唱诵。没有平时反省或检讨时的"帽子""棍子"，甚至也没有具体的所忏悔的人和事。但也正因为这样，忏悔具有了更为深远的意义和力度，好像是从根本上否定了自己，又从根本上肯定了自己。心里有一种"回归本体"的感觉，不由得喜极而泣。

每一次念经之后都要长时间的绕佛。我走在队伍的最后，双手合十，两目微垂，一边随人流移动脚步，一边念"南无阿弥陀佛"。我们的行列像一条小河，蜿蜿蜒蜒，在坐垫间流动，首尾相接。我听见自己的声音与大家的融汇在一起，低沉委婉，声声相连，像一串不断的念珠。我眼前浮现出一条路，一条无始无终的路。忽然，我解悟了十年前的梦，原来我是要继续寻找，寻找更为深刻和真实的自我。现在我不再是孤零独行，而是在一个行列里。那么我找到了？就是佛？我的本性不再是我反复在课堂上宣讲过的具有欲望、情感、思想的"人"，而是更为广大更为久远、无始无终的生命本体？我声声呼唤的不是住在某处的阿弥陀佛，而是久已疏远和蒙尘的自己？魂兮归来，魂兮归来啊！我听见自己心里是这样念的。泪水便在这时悄然流涌，顺着面颊，滴在我合十的掌上。门外站着许多观看的游人，我一点也不为自己满面泪水感到羞愧。

悲悯、忏悔、回归，像暖流注满我的身心，我不再感到劳累，下跪的时候，膝头也不再疼。来寺院的当天晚上，雪窦寺住持月照法师接见我们的时候，我曾明白表示，我不想皈依，可是此刻，我的想法变了。我真诚地唱出"众生无边誓愿度，烦恼无边誓愿断，法门无尽誓愿学，佛道无上誓愿成"。而且我还在心里补充了几句：为了自救救人，我不求往生乐土，不求长命百岁，亦不怕入无间地狱。我愿意付出自己。我五体投地，任泪水欢快地流淌，心地洁净无比。

于是我对朋友说，看来我要先你一步跨进佛门了。两天以后，月照法师将传授三皈五戒。我想我会站在皈依弟子的行列里。这时朋友还在考虑。她第一天念佛下来就摇头，说佛教如果不改变这种初级的形式，是很难吸引知识分子的。那样的顶礼膜拜让她想起"文化大革命"，她无法认同。思想不通加上功课太紧，她竟然病了，佛七的第四天她就直睡了一天，念不动佛了。想不到也在这一天，我和她一样，头脑里又挂满问题。

那是观音菩萨生日的前夕。乡下来了许多朝山拜佛的香客，泰半是老年妇女。他们自发地加入我们念佛的行列，按规矩正好排在我身后。老太太们一律穿着朝山服，丝绸的长裙，上罩闪光的直缀，像古代妇女。要在平时，我也会把她们当一道风景加以观赏的，可是现在，一想到我成为"海青"僧衣和这种朝山服的"分水岭"，而我又是"短打"行装，一件丝绸面风衣，便觉非常滑稽。想笑，用力忍了一会儿。可是身后那位老太太念佛的腔调实在太古怪，她不但不顾节奏韵律，把很有韵味的念诵变成散慢的宣叙，而且把"阿弥陀佛"念成了"藕米豆腐"，之后还拖出一个花腔的"喂"。我的天！无论我怎么忍，还是笑了起来，而且笑出了声。幸亏大家都很专一，没有注意我。否则真不知怎么办才好。为了忍住笑，我只好分散注意力，将目光在十八罗汉的脸上扫来扫去，然后再把前面的和尚、居士们一个个看过来，心里想着，他们每个人背后都可能有一本书，能一本本读过来才好。神散了，心走了，前几天的境界完全离开了我。笑总算止住，但皈依的决心却发生动摇。我觉得我和老太太们是同路不同志啊！我再也没有力气绕下去，偷偷溜回了宿舍，向朋友模仿老太太念佛的腔调，肚子都笑痛了。待我收住笑，朋友说："你今天还不如我这个没去念佛的。我读完净空法师写的《佛法与人生》，很有收获，我决定皈依。""什么？你信了？"我问。朋友说："我不管什么三世报应、六道轮回，我只认净空法师在这本小册子里讲的佛教。第一，它是一种教育，而不是宗教；第二，它教人觉而不迷、正而不邪、净而不染，这正是我在做人中所追求的。""可是，不相信三世报应、六道轮回就不是佛教。"我说。"我不管，我就认那几条。你呀，想得太多。"朋友说。

　　几十年的老朋友了，我非常了解她的性格。她的决定总经过深思熟虑，而且一经决定，就不会改变。我怎么办呢？仍然是一脚门外，一脚门里？

四

我是在传授三皈五戒仪式举行的前半小时才明确表示皈依决定的。

我觉得朋友说得对，一百个佛教徒对佛教会有一百种不同的理解。有人为己，求福求寿求灭灾；有人为人，求做人的理想境界。有人求诸外，一心靠神佛护佑；有人求诸己，靠自身修养完善自己。所以，有人重"因"，注重自己做下什么，真做了错事，就甘受报应；有人重"果"，做了恶事想逃避恶报。一切全由自己把握，只要自己真正做到"诸恶莫作，众善奉行"，管别人怎么想的干什么？

但是，为了慎重起见，作出决定之前我们还是找住在我们对面的了我法师交谈了一次。我全盘托出了自己的"保留"。我说我不同意把人生说成全是苦，我认为人生是苦乐相依。了我法师要我从无常上去理解，我表示同意。我批评佛教的出世消极，了我法师对我宣讲普度众生是大乘佛教的宗旨，并不是不要世间关怀，月照法师开示中专有一讲"建设人间净土"，实际上也回答了这个问题。还有一个更根本的问题一时无法解决，我不能同意"一切唯心造"，我只能把它理解为一种想象或境界。对此，了我法师说了十六个字，关于极乐世界，是"生则必生，去实不去"；关于"空"，是"心在空中，行在有中"，朦朦胧胧，好像有所领悟，想到了"天人合一"，还想到庄子的《逍遥游》和《养生主》。但还须好好研究研究。我用了"研究"

这个词，足见我的凡俗，不少学佛的人告诉我，读经不能用一般的思维方法。可是我改不了，这就是经书里所讲的"所见障"吧？我为自己知识见解所阻碍。

　　皈依的仪式庄严隆重，我和朋友都流了泪。此时此刻也对弘一法师圆寂前写下的"悲欣交集"有点儿体会。但是，我怎么能与弘一法师相比呢？他那么决断而彻底地出家了，我却连五戒都不敢受。不杀不盗不淫不妄不酒，按说没有什么难做的。我气壮如牛，胆小如鼠，到现在，硬是一条鱼一只鸡也不曾杀过，不敢。一面对小动物的眼睛，就心悸，仿佛看到一个和我一样的灵魂在审视着我。但是对看不见眼睛的生命我是敢杀的，如蚊、蝇、蟑螂，我则必杀无疑。我能容忍蚊子吸血，不能容忍它的嗡嗡哼哼，还让我痒得又抓又挠，洋相百出。苍蝇若不传播细菌，我杀它干吗？可是它能改吗？我知道佛可以以身饲虎，我不能。倘若那虎佛性全灭，不知反悔，害人无已，我也不反对把虎杀了。至少我会去研究如何打个笼子或扎起笆篱，限制虎的自由。我不是佛。还有对于饮酒，我也保留。我不是酒鬼，平时滴酒不沾，也不藏酒。但是逢年过节，亲友相聚，三杯两杯淡酒，平添无穷乐趣，我不敢放弃。我认为既然佛教也说"人身难得"，既生而为人，还是要将人生过得有声有色。我听见月照法师的开导，"夫戒者，生善灭恶之根本，超凡入圣之种子，才登戒品，便绝轮回……你们能以教奉行吗？"我听见旁边的朋友轻轻地回答：能。我只闭嘴不语。心想，我不会变成鲁智深的。事后我得知，朋友也只受了三戒，身为家庭主妇，鱼是要杀的，所以杀戒未受，酒也略有保留。

　　为此我不能不钦佩我所认识的和尚和居士们。我确实认识了一些真正信佛的人，我的决定皈依与他们不无关系。记得几年前，我就对研究佛学的朋友说，想去寺院住一阵，分享僧尼们的净土。他劝我别去，说你会失望的，如今已是到处无净土。那些年对宗教的极左做法加上近来的商品大潮的冲击，真和尚真尼姑已经不多，有的把出家变成职业了。要不是遇到了几位学佛的大学生，从他们的言谈举止中感到了纯净，我就不敢到雪窦寺去，害怕读佛经所得到的境界被破坏了，待到见到和尚，我更感到真正的信仰还是有的。

雪窦寺的和尚年纪都不大，住持月照法师才二十八岁，被聘为首席和尚和监院的了我法师也只有四十来岁。可是他们的智慧和威仪不是凭年岁可以度量的。他们是那么慈祥、平静，像一潭清水。听月照法师开示，使我不敢想他的年纪，我甚至相信他已经活了很久很久，比我要久得多。那光光的头顶上鼓着一个界线分明的土包，像图画上的寿星老。语调低缓平和，讲到任何问题都无碍障隐晦，表现出坦荡的胸怀。只是在他开示时偶然拍掌，我才会想起，他还是个年轻人呢！了我法师每天领我们念经绕佛，几天之中，未曾发现他有丝毫懈怠，行走坐跪都如礼如法，堪称表率。好几次，我想去问他们，为什么出家呢？以你们的气质仪表文化水准，在今天的社会上获得一份幸福的常人生活应该完全不成问题。和尚有二百五十条戒律，你们怎么忍受得了？可是每一次我都退缩了，因为我觉得自己的问题太低俗了。燕雀不知鸿鹄之志，怎知修行人的常、净、我、乐追求之崇高？而且，佛教把天人世界分为欲、有色、无色三界，人心，人世又何尝不是这三界并存呢？我们俗人大都在欲界打滚，和尚尼姑们通过守戒修行把自己从欲界、色界甚至无色界中超拔出来，为浑浊的人世开辟一块净土，作为俗人，我只应顶礼致敬，虚心学习，怎么能以小人之心度君子之腹呢？我所认识的几位小和尚也让我肃然起敬。天天在我们住处打扫卫生的果明，才十八岁，眉清目秀，一表人才。可是他的举止、神态却让我不敢把他当孩子看待，甚至不敢对他有丝毫怜惜。每天早上撞钟念诵的小和尚个子短小，其貌不扬。可是我每天都不肯错过听他撞钟念诵的机会。他的钟声诵声把我带入神圣、清明、宁静、悠远的境界，这就是修行人的魅力！

我可能永远达不到那些和尚们的境界，但是我愿意追随、学习。

五

离开雪窦寺已经二十多天了。似乎在过着和以前一样的生活。不打坐，不参禅，亦不去寺庙。鱼汤肉汤照样喝。但变化在心里。

总记住一句话：修行就是修正行为。所以总能发现自己的行为有应该修正之处。比如私心杂念太多，火气太大，能负重而不能忍辱，等等。便时时警惕，别再重蹈覆辙。结果，笑的时候比以前更多，焦躁上火的时候大大减少。眉心处两道平添"英气"的竖纹，渐渐地淡了。二十多天来，心无旁骛，只读经书。虽然仍表现出书生的迂腐，但我对自己的选择是认真的。我一定要弄懂自己不明白的问题，不能赶时髦，随大溜。

前几天，读《六祖坛经》，处处字字叫我"明心见性"，我执执拗拗地追求，也不见心在哪里，性在哪里，很有点急。便请教一位学佛的同事，六祖所说是不是太玄了？他笑着说，你这是在参禅啊！既如此，你不妨照此想下去，想到尽头，便是悟，这叫"思维修"。我将信将疑，就执拗下去。一天，想着想着，突然想起多年前反复做过的一个梦来。我梦见自己走在一条河边，河很宽，岸也很宽。河水静我也很静。多少年过去，梦境仍然鲜活，因为我一直没明白那是一条什么河，何以无人迹声音，又无水纹波涛？现在，我却突然找到了解梦钥匙，那不就是我和我的影子吗？那河是我的自性，那岸上走着的就是离开了自性的影子。我何不将影子抛进河里，化为河水，与河融为一体？那样，河也不见，我也不见，岸也不见了。便不需要再寻找什么，不要船，不要桥，不要救生衣。我在河里，河在我里，宁静浩渺，川流不息，岂不就是大自在了？想到此，泪如泉涌，心大欢喜，一连声地念"南无阿弥陀佛"，数十声，数百声，无暇去计。我将感受告诉那位学佛的同事，他说"恭喜恭喜"。

真的值得恭喜吗？我可是一个多月未写一个字了。好像进入了冬眠期。前不久，在一家晚报上发表了一篇小文，文章的最后念了一声"南无阿弥陀佛"。一位久未联系的老友便写信来责备："一个关心人民的作家"去念阿弥陀佛了，真是奇迹！倘使他知道我现在的状况，又会怎么想呢？只好由他去了。扪心自问，内心的关怀未曾减少，肩上的使命也未曾减轻，容纳和承担烦恼的心力倒是增大了不少。所以，在这篇长文的结尾，我还是要念一声：南无阿弥陀佛！

灵魂像风 ——1992年夏季西藏，一次为灵魂而举行的盛典

马丽华

一

正如同物质文化先史中，全人类无分种族人群尽皆普普遍遍地经历过石器时代一样，在精神文化先史中，全人类无分种族人群，也尽皆普普遍遍地经历了泛灵的、泛神的、巫术的时代。一派精神的汪洋曾经何等轰轰烈烈并为时甚久地恣肆于全球，在广大而漫长的时空里弥漫着巫风巫雨，诸神众灵。而今，它已久久地退潮于世界的边缘角落，只有依稀涛声偶从现代人耳边掠过，

如低低的叹息。

现代人类学的奠基人泰勒曾指出：人类伟大的宗教教义之一，就是深信灵魂在生命个体死亡后的继续存在和生活，而这种对于来世的信仰可以分为两个主要部分：第一是灵魂的转世论；第二是死后灵魂的继续存在。

余脉尚存于西藏，泛神主义和灵魂转世观念几经辗转流变，已融合于这片雪山草野之间。这里的人们坚持认为山川草木皆有灵性，历经无以计数的生老病死，我们每一人所秉有的灵魂仍是那个来自上古之初的老旧不堪的无形之物。

在这里，对于灵魂的观念和安排，不仅成为一种思想方法，也构成了一种生活方式，一种群体行为。

二

藏传佛教诸教派，依其服饰及较之服饰更重要些的特征，被俗称为红（宁玛）、白（噶举）、花（萨迦）、黄（格鲁）四大教派。每一派各有其历史传承、本尊宗师、所擅之道和传说故事。直贡堤寺属于噶举派的一支，直贡噶举的主寺。

噶举派曾拥有过昨日辉煌。噶举派的分支曾多至两支四大八小两派三巴之繁。噶举派的祖师之一是西藏古代著名的苦行僧米拉热巴，该派遂以苦修和藏密气功著称于世。直贡噶举大约创建于公元十二世纪下半叶，元朝时曾被封为藏地十三万户之一的直贡万户，宗教势力也一度扩展至全藏尤其是以阿里三围为中心的西部西藏，包括今克什米尔、尼泊尔北部等地。鼎盛时，堤寺僧人号称十万之众。当历史烟云散尽，当代的噶举派仅限于噶玛噶举、主巴噶举、达垅噶举和直贡噶举了。而且规模、地位和声望远非昔日可比。直贡噶举在历史上屡遭挫败：十三世纪时与萨迦王朝抗衡，被打了个落花流水，主寺直贡堤寺惨遭洗劫；十四世纪时，又与继萨迦之后的帕主王朝争斗，复遭失败；十五世纪后，作为后起之秀的格鲁派如日中天，各古老教派的许多属下寺院纷纷改宗倒戈投奔而去。连年遭际使得直贡噶举派势力衰微，不堪回首。直贡堤寺的"堤"字音，本意是"在……下方"，何以位居山顶了呢？据说当初堤寺坐落在雪绒山谷最开阔的平坝子上，殿堂僧舍，鳞次栉比，规模何其宏伟！就是在教派之争时，被人家一把火烧得荡然无存。

最后一次破坏自然是在"文革"期间。最近的这次修复是在十多年前。眼下在寺僧人一百一十六名。直贡堤寺名气仍然响亮，但它的名气不再因其规模宏伟或信徒众多。它的法力和功能更多地体现在它所拥有的藏地最著名的直贡堤寺天葬台，这座天葬台是超度死者灵魂所经由的最佳途径；同时，它还拥有着藏传佛教诸教派中唯此派所独有的为活人灵魂所举行的大型群体活动——每逢猴年进行转移灵魂的"抛哇"仪式。

"直鲁噶举"直译为"猴年噶举"。藏历每逢猴年的六月初十日对于直贡噶举派来说，是个于一切神圣之中最为神圣的日子：本尊佛莲花生于某猴年的六月初十日自莲花中诞生；据说直贡堤寺第九任住持多吉杰正式开辟德中圣地时也在某猴年的六月初十；到直贡堤寺第十七任住持仁钦平措活佛创建德中寺并开创"抛哇"仪式时，又是在某个猴年的六月初十；

后者发端于十六世纪。即从十六世纪始，每逢猴年的六月间，都要在德中山谷深处当年仁钦平措修行过的仲吾如坝子上因灵魂和为灵魂举行为期八天的活动。

"抛哇"是音译，意指对于灵魂的导引和转移，与藏密气功有关。由具备特别法力的高僧活佛持诵，在活人，能够打开关窍；对死人，则是引渡。此前许多人将此一译音录记为"破瓦"，令人忽觉头颅如瓦瓮猝然被击碎之感，实在不妥。推敲再三，用"抛哇"二字可能不至于引起类似联想。

听民俗学家廖东凡老师说起过这项仪式的过程：接受"抛哇"者在头顶覆一纸，在主持活佛诵念经文后，以"呸呸"之声发气三次，那纸于刹那间便被冲得翻飞——天灵盖正中几片骨接缝处，汉语称"囟门"，藏语称"仓古"、学名为"矢状线"、道家作"百会"的地方刹那间豁然开启。自此，据说便确保了灵魂的未来走向：西方乐土。

德中寺尼姑贡桑的哥哥、当地牧民平措罗布边为妹妹缝制新衣边说，格外敏感的人，当场有的昏厥，有的鼻血不止……接受了抛哇的人，死时超度经可念可不念……"抛哇"那天，一匹马走十八天路程范围内的人都可受益。

直贡堤寺一老僧则说，是鹰飞十八天路程范围内的人都可受益。不仅如此，如果心生敬信的话，无论你身处何方，无论你属于哪一教派，都如同身在现场利益今生来世……届时，持续八天之久的经文将发出"亿万之声"，感天动地；历史上规模最大的场面参加者达十万之众……

那么，它的理论和依据是什么呢？

还俗僧人贡觉培杰说——

各教派对于灵魂的理解是一样的。没有灵魂就无法谈其往生夺舍的"抛哇"了。噶举派祖师米拉日巴认为，对心灵的看法就是对意识的看法。所以心就是灵魂。从其所处的部位讲，心脏就像水晶宫，心灵所在即灵魂的所在。没有灵魂，也就无所谓来世。

所谓"抛哇"就是将死人的灵魂往趋净土。

噶举派的"抛哇"仪轨应具备三要素，即：中脉为途径之要素，灵魂为往生之要素，净土为佛国之要素。佛教认为，人体有三个经络，即中脉、左脉和右脉。往生净土之脉即中脉。灵魂沿着中脉到达佛土。佛土正是人人向往的极乐世界。

宁玛派活佛玛觉·丹增加措说——

通过运气，张开上窍，就像是法号的口，使气从囟门升出。观想本尊无量寿佛，按照根本佛密承修法，往生夺舍，将死者的灵魂从中脉和支脉送入，在肚脐处形成回旋气道，将意念集中在所修本尊佛的象征物上，连诵咒语发出"施"字声的瞬间，将死者的灵魂超度到无量寿佛的净土。

噶举派格龙贡觉桑丹说——

关于密宗的修行方法，不可广传只能密传，"密承才能成道"。

"抛哇"则是一种密承修行中灵魂超度的仪轨。噶举派活佛那如巴说过：

闭门留一光射孔，以气射进心之箭；

穿针引线成道路，灵魂开窍入净土。

……

那么——我继续问，怎样证实我的灵魂已经开窍，如何得知灵魂在我身后所往何方呢？

堤寺格龙贡觉桑旦说，是可以验证的！你接受了"抛哇"，可从你死后的头盖骨上看到已开启的缝隙。缝隙宽度可以插花插草——藏语称这种现象为"抛哇加促玛"——加玛草是那种可以用来扎扫把的细而长的草。

三

直鲁噶举的抛哇仪式理当每隔十二年举行一次，唯有此次距上次的一九五六年逾三十六年之久。信徒们翘盼已久，我们也等待有日了。八月上旬的一天，我们走进德中山谷，走向仲吾如圣地。

墨竹工卡位于拉萨以东七八十公里。从县城北行五六十公里处，乡村公路在仁多岗村分道，一条通往直贡堤寺，一条通往德中山谷。德中山谷谷深壁陡，山清水秀，巨大浑圆的灰色岩石叠相累加，直逼碧蓝苍穹；石崖间簇簇青松灌丛，其下涧水淙淙。前不久才遇到一位刚刚踏勘过此地的地质学家，得知德中的地质地貌，果然不同寻常：德中山谷一线为欧亚板块所属较小板块之间的结合部，是一条深大断裂带。论其大，东起横断山，西接冈底斯，直线距离数百公里；论其深，自地表往下纵切全部固体地壳直至岩浆层。地质学家提示说，凡断裂带上，必有温泉出露。所以这一山谷可见的温泉有十数处之多。由于名满四方的德中温泉对于胃病及关节炎之类的疗效，为满足前往洗浴者的需要，汽车路已于去年就修通了的。靠近德中寺的达雅地方，做了前往仲吾如僧俗人等的转运站：凡汽车运抵的粮、柴、搭帐篷的木料之类，皆由此处改由牦牛队驮了去——公路只通到温泉，余下的山道须靠徒步了。

达雅即马与牦牛。从前在这山坡两侧各有一自然形成的石马和石牦牛。一则古老预言宣示：当石马和石牦牛相撞之日，便是宗教毁灭之时。确实，"文革"中炸毁了它们，据说碎石扔在了一起。当地人在解说这一公案时也解嘲说，虽然它们以这种形式"相撞"了，宗教还是没有毁灭啊。在原址，新近有人拿石头仿造过，非马非牛，四不像。

这条山谷之所以成为圣地，传说比比皆是，盖源于祖师莲花生。当年他应藏王赤松德赞迎请，降服并役使鬼神们修建好桑耶寺后，又乘坐神变绿马以白云包裹飞往北方。行至德中温泉上空，发现此处虽为宝地，但为孽龙盘踞，温泉毒气蒸腾，有鸟飞过上空，即垂直地陨落水中。于是，莲花生便以手中金刚杵掷向孽龙，降服了它并使之成为保护神，同时使毒水化为药水。随后，莲花生和他的明妃康珠益西措杰在此修行了七年七月零七天。山谷里遍布其脚印之类圣迹。

又说，南瞻部洲有七圣地，德中是其中之一；有一亿神女居住在德中的神山上。这也许是在此建立尼姑寺的依据之一。

德中温泉这儿，海拔大概有四千二百米以上了。由于小气候的缘故，温暖而湿润，多有藏地罕见的小蛇出没。尤其是，分隔成两个圆圆石圈的男女露天浴池中，随时有柔滑蛇身在石缝、在水面浮游。那些蛇据说从未伤害过人，洗浴者与它们同沐于水习以为常。但上一年我来这里时，经人百般劝说也没敢下水，生来最怕蛇的我担心"万一"。这一次前来连同伙伴们也无一敢下水：数以万计、数十万人次地路经此地的转经朝圣、接受抛哇的人们都以一洗为快，通宵人流不息，而浊流滔滔了。

　　我们摄制组是在仪式进行的第二天，藏历六月初九这一天的黄昏时分赶往现场的。雇了两匹马驮上我们的行李，沿德中河的淙淙洞水往上走。周遭百姓僧尼连日来赶修的山道不免窄了些，因为那些把帐篷扎在德中、达雅和邻近村庄的人们在转完神山、听罢讲经、接受了活佛摸顶而心满意足地凯旋的农人牧民们和马匹们都迎面涌来。我们就迎着那一张张笑容可掬的脸，双方都像多年老友一样互致问候，相互感受着教友之间的善良与美好。一路上，听说了在仲吾如地方已聚集了大约三几万人，他们分别来自藏北的那曲、藏东的昌都、藏南的林芝和山南，西部的阿里，来自拉萨一带的农民和城里人。全西藏的人都来了。我亲见有孝子从很远的地方背着年老的父亲一步步走到仲吾如，还有一位濒死者被用担架抬了来，我亲见他就死在了第二天的抛哇现场。他荣幸地在临终前接受了过于辉煌的葬礼，这对于他微不足道的一生来说未免奢侈。

　　地势越走越高，灌木丛就越矮小，而两厢的山越发高大陡峭仰不可视。青灰的金属般的山体上有土黄的岁月流痕，如锈迹斑驳，愈显刚硬挺拔。夕阳照射于山尖，温和富丽。这条狭长的山谷做圣地一定很久了。被称为此地"松玛"保护神的阿吉曲珍就一定是位前佛教时代的本教女神，因为她后来是被莲花生降伏过了的。千年以来的佛教时代里，这山谷又被宁玛派的、噶举派的僧人们做了修身之所。不仅修行洞依然可寻见，高在危崖上的莲花生修行洞成为朝圣者必去之处，更何况眼下仍有僧尼在人迹罕至处幽闭密修。这一条神圣的山谷，古往今来栖居过多少自甘寂寞的灵魂。

　　仲吾如地名是"野牦牛吼叫"的意思，极言谷深荒凉。而圣地总有圣迹，左右远近的四座山都为传说所累。例如左前方的那山被称为"噶举颇章"，意即噶举派的宫殿。居中的一山，名为多吉帕姆，猪头金刚亥母。她长坐于此，右腿曲左腿伸，丰硕漫长的左腿从山腰下穿过抛哇会场一侧，直延伸到草坝子末端山涧水中。仲吾如寺就建在她的怀抱里。我们的营地，红、黄、紫三顶耀眼的尼龙帐篷就扎在她的左膝上。

三百多年前，直贡堤寺高僧活佛仁钦平措在此间一小小山洞内修行，忽发奇想，怎么就首创了为活人灵魂开窍之举呢！藏传佛教教派众多，何以噶举派独钟此道，请格龙贡觉桑旦解释一下可以吗？

——各教派对于灵魂的说法不一，直贡噶举自有独到看法；我们向以宗师之一的罗珠的灵魂而灵魂，以堪金布德萨多的行为而行为；对于你们这些未入门道的俗人来说，我们对于灵魂的独到看法还是秘而不宣为宜。

四

海拔约在四千五百米的仲吾如草坝子果然沸沸扬扬，由各色帐篷搭成的临时城镇晚炊弥漫。帐篷城自下方沟谷蔓延，上方触角伸向多吉帕姆巨大山体两侧狭谷地带德中河的两个上源。山坡路边的小叶杜鹃新近被砍斫或被连根拔去作了燃料，遍地厕所；人们汲水要穿越整个帐篷城去往上方洁净处。往年孤寂如世外的圣地，忽然间烦嚣凡俗不堪了。这样的活动，对于当地生态来说，是一种灾难。好在并非年年举行，十二年后新发的枝条又已葱茏。

我们在此一住三昼夜。每天凌晨，就有几个年轻僧人在紧挨着我们帐篷的小山梁上吹起法号，声音高高低低，若断若续，不时很响地敲一下锣。这时候，信徒们就都起身了。坝子中央大帐篷前的草地上迅速铺满了各种占位子用的坐垫物品。占好位子后，人们纷纷启程按顺时针方向沿山路环绕右侧神山一周，这是每天的必修课。这件事情约费时四五个小时——他们健步如飞，如果是我，一天也转不下来。上午十点多，人们便陆续返回，各就各位端坐于会场。来自墨竹工卡全县及藏北的大约十七、八座寺院的僧人及七八位活佛轮番来场内讲经，猩红色袈裟的方阵。每位活佛每天讲经的内容不同，我们弄到一份日程安排及所讲经文题目，苦于难以翻译。概括说来，都是劝人向善的和长寿之道的。例如，由根布活佛宣讲的《古如西瓦》（大约可译作《善相莲花生》）就是讲长寿之道的。经文冗长，大意是：人寿有长达六十岁、八十岁者，也有早夭者，盖由前世的因缘而定。如果前世曾杀生害命，此生寿命必然缩短；若得今生长寿并来世幸福，须做两件事情：其一为多行善事，赎命放生；其二为一心向佛，尤其要崇信次巴梅（无量寿佛）和莲花生，因为这二佛虽为二身，实为一个性质。

夏季西藏，烈日灼灼。今年干旱，雨季姗姗来迟。草坝子上没有一株乔木可以聊避骄阳，晒得昏头涨脑也无以藏身。终于不耐的我们只好丢下摄像师在场地中央任他曝晒，撤回营地，撑开五彩伞做了遥观者。但干燥暑气仍从四面八方蒸腾扑面，白日永昼里，人们自太阳东升至夕阳西斜一直就一动不动。尤其令易于满足的人们喜出望外的是，往年需念经七日，直延至第八日即藏历六月十五日才进行的抛哇仪式，由于今年的特别安排，已将初八日、初十日都作为了转移灵魂的抛哇的日子。主持者由各寺活佛轮流。

藏族人认为，人身上下共有九个孔窍（女性十二孔窍）。人死，灵魂倘从上部孔窍逸出，可往生三善趣，即六道轮回中的天、人、阿修罗；倘从下部孔窍逸出，则将沦入六道轮回中的三恶趣，也即地狱、饿鬼和畜生。而念诵经文的过程，正是逐一关闭全身孔窍，等待打开头顶天窗的过程。

在莲花生佛诞日的初十这一天，我们怀着兴奋的、好奇的并掺杂着复杂种种的急切心情，等待了大半天，在五彩巨伞下密切关注着讲经场的动静。场地中央一大片猩红色的僧尼的几番集体诵经已毕，法号腿骨号的吹奏已毕，主持活佛的讲经说法也已毕。看看表，下午三时了。忽见场内骚动，摄像师孙亮拎了摄像机疲惫不堪地走来，方知不经意间已被开过了窍。忙问那一关键镜头是否已拍上，那一关键动作是如何进行的。孙亮说，在县干部的密切提示下，严阵以待很久，终于抢拍到手：不注意的话肯定忽略，因为活佛所吹三口气动作幅度并不大，且声音也很小，难怪你们没感觉，我在近距离内也……没感觉。

后来我们在屏幕上反反复复地看过活佛的表情动作了：他双目微闭，只用唇噗气三声，然后是一个长长的"唔——"了结。这一镜头之后，我们以蓝透了的天和浓白的云结束了名为《灵魂何往》那一集，结束语道：

> 就这样，灵魂往生西天净土之路已被开通，一劳永逸地解决了灵魂的终极归宿，虽然还需要在世间周而复始地轮回转世，但在时空的彼岸，希望已经闪现。

事后打听过，是否有当场晕倒者，人们满意地回答说，有的，有的。

　　这一天的摸顶仪式从下午三时开始，直到晚七时。直贡噶举的摸顶仪式与别处不同，不是活佛端坐于宝座，使信徒排队依次自宝座前经过，接受活佛以手或以宝物法器的摸顶，而是让百姓们仍坐于原地，两位活佛在随员及铁棒喇嘛的陪同下，手持长寿宝瓶和达达彩箭，每次只解决最前面一排。受过加持的人们再到中心大帐中领取名为措的供物食品。宝瓶和彩箭不仅要触及数以几万计的脑袋，同时还要触及几乎每一人每只手中所举的以各色线绳及红布条缠起的"松退"吉祥绳。它们经活佛圣物触摸加持过了，尤其累经八次的加持，这些绒线布条便被输入了神圣的信息，从而珍贵无比：系于脖颈，具有特别的护佑功能；馈赠乡邻亲友，则是上上佳品。

　　每天从事摸顶仪式的活佛很辛苦：从下午三时到黄昏的七时。

五

　　灵魂真正是一神秘而奇丽的字眼，以往总是诗意地看着它，不作它为一种实在，而今该确实地想一想它了。便随时随地地询问，灵魂究竟是个什么样子，它从何而来，又去往何方？

　　被询问者，僧人，尼姑，老人们，都友善地笑起来了。

　　——僧人仁钦宁阿说，地、火、水、风四种元素形成世界和人体，灵魂也随之产生；待万象绝灭时，灵魂自然消亡；等到世界重新生成时，灵魂又将再生。

　　——灵魂无影无形，看不见摸不着，我们的谚语说，灵魂像风。

——按佛经说法，心、意、识（灵魂）三者，不过是三种不同的术语，其概念完全相同。心即意，意即识。有无灵魂？说它有，因为有五官的感觉；说没有，是找不到它的根。关键在于首先要理解透对心的概念，才能理解意和识，由此正确悟得空性。四种教派对此理解相同，只是某些修法、名词不同罢了。

——接受了抛哇的灵魂，未来将直接进入西方极乐世界"德瓦坚"，在那儿，将由乌巴梅（无量光佛）接引。

……

由此说来，这便是佛教净土宗的世界了。我无师自通地想到这一点，不免心生隋唐以来久存的疑惑：那么因果报应呢？难道作恶多端的歹徒来此抛了哇，也能脱胎换骨，往生西天吗？

经说，向西方，过十万亿佛土，有世界名曰极乐。净土宗又称阿弥陀宗，为一上圣下凡共修之道，或愚或智通行之法，下手易而成功高，用力少而得速效的捷径。经说，至心念阿弥陀一声，灭八十亿劫生死重罪。

又据说，藏传佛教中的"德瓦坚"（西方极乐界），只是佛界天国五极乐界中最低的一个层次。进入西方极乐界并非成佛，只不过是在佛的怀抱中能够毫无干扰地潜心修行而已，将来还要返回人间，传播教义，普度众生。只有成佛，是脱离轮回之道的最终的和唯一彻底的途径。

抛哇现场，一位衣衫肮脏但气派高贵的来自藏北寺院的老尼姑，边用手指搅和玻璃罐中的糌粑糊糊，边悠悠地解答我的疑难：因果报应是绝对的。经历了抛哇并非一劳永逸，它只不过是给灵魂指明了一条向上的路径，能否到达西天，主要依据今生所为。

我拿这一问题继续去烦人。连有学问的僧人也一时语塞，沉吟半晌方才说，抛哇也是学习，为灵魂照亮道路；因果报应是有的，但只要拜佛念经，虽然做过许多坏事，最终还是能往生西天的。

但空行母康珠啦却认定，接受了抛哇就能洗清罪孽，纯净灵魂。她说，这就是为什么有那么多的人不远千里、历尽艰辛前来接受抛哇的原因。

更多的人认为经抛哇者死后灵魂可免于下地狱，或者虽经地狱但可尽速通过，起到减刑作用不至于长期受苦。有人则认为抛哇的功能在于推荐灵魂，使它较之因果报应得到略好些的待遇。

还有人认为，这些都是广告。

可惜古往今来无一人能从西方极乐界归来，现身说法。

六

灵魂与无以穷尽的今生来世相关，这使我永远地感到新鲜并时常浮想联翩。我像祥林嫂一样不厌其烦地询问我所能询问的人以期明晰这一哲学。年轻僧人反诘说，你们汉族人把死人埋在地下，还要陪葬许多宝贝和生活用品，那是什么意思呢？

我说，汉人也承认有灵魂。由于佛教的影响，也承认有来世，问题在于，我觉得不可思议：围绕这一问题的所有解释都是片断的，未成体系的，难以自圆其说的并且都是无可验证的。

格龙贡觉桑旦最耐心，且试图同我认真探讨这一问题，就深入浅出、循循善诱地阐释轮回观念：

我们得承认，我们一般记不得自己八岁以前的往事，这说明人是有忘性的，对不对？但忘记了它不等于往事的不存在。人是有前世的，只不过我们把它忘记了而已；至于来世，正像我们很难得知明天或明年我们将做什么一样，对于来世我们就一无所知了。我这样解答你的疑问不知你是否以为然，如果不同意的话可以反驳；总之是可以讨论的。

格龙说完，静待我的回答。面对对方期许的目光，不胜惊奇的我脑海顿感一片空白。我无言以对。双方的游戏规则不同，思路径庭。不仅如此，后来不论怎样沉思冥想，也还是无言以对。我思想僵直，不能讨论。

七

其实格龙贡觉桑旦大可不必与我认真探讨——轮回观念这一藏地、汉地的舶来品，早在很久以前的古印度吠陀时代就已形成，且是释迦牟尼创立佛教的根本所在：这位伟大的佛陀觉者根深蒂固地接受了他所身处的社会中有关人生即苦、无限轮回的观念，佛教的最高理想正在于休止这种无穷尽的循环往复从而达到涅槃寂静。格外急切的人还异想天开地创造了诸如密宗、净土宗之类即身成佛的方便法门。

然而成佛之后又怎样了呢？

释迦牟尼在世时，对这一问题的解答始终语焉不详，如是佛界乐土及生存其上者的状态终是迷茫。同时通往彼处之道歧路纷繁，各家各派之论众说纷纭，令人无所适从。

直鲁噶举之后的几个月中，我因拍片遍访了西藏中部地区。灵魂问题困扰了我，凡遇智者高人，必追问其对于灵魂的看法。却无法查询本土灵魂观念的原貌：大同小异的说法来自佛教。但各教派的解释使我明白了一个道理：殊途可以同归。其中以居住于直贡堤寺山下村庄的还俗僧人贡觉培杰的交谈最为通俗生动。

问：它出现于何时，它来自哪里，它是什么样子，它居于哪一部位？

答：灵魂生成于生灵出现之时。生灵并非神造，生灵与神共生。生灵的存在说明灵魂的存在：一块肉不会动，一块骨头不会动，有了灵魂骨肉才会动。父精母血形成胎气，灵魂附着才成其为人。灵魂像气，也像风，实际存在而无形。心即灵魂，灵魂即心。它居于心脏部位，六识（眼识、耳识、鼻识、舌识、身识、意识）如六门，灵魂居于六门之间。现代科学认为大脑支配行动，宗教认为灵魂支配大脑，再由大脑支配行动。例如，你从拉萨来，你马上可以想象拉萨，即是灵魂在支配思想。

问：灵魂为何隐瞒前世呢？

答：由于我们宗教造诣不够，所以我们不知自己的前世。我们今世为人，只说明前世积了一些德而已。众佛悉知自己的前世，成了佛即无所不知。

问：灵魂有性别属性吗？有智力的或职业兴趣方面的遗传吗？

答：经书上并无灵魂性别的记载。今生怎样看前世，来世怎样看今生。转世为男或转世为女是因果报应的结果。一般说来，投生为男身要好一些，投生为女身要差一些；但无论男女，转世为人总是好的，是你的造化。转世不存在职业遗传问题，你今生写作，来世未必与文学有关。

问：成佛之后灵魂怎样了呢？佛是怎样生活的？

答：那时候，灵魂就停止了转世，再不会投生到这个世界或其他世界去了。成佛是我们的最高愿望。但我现在没成佛，就不知佛一天都在干什么。他们总不会下地干活吧！（笑）

八

这个扰人的问题肯定烦恼着全世界的人，所以从现代原始部落直到西方文明社会的全世界的宗教都必须对此作出解释和安排。不同的只是，诸如基督教伊斯兰教的灵魂，是个体所有的灵魂。它们与生俱来，当肉体消失，它们便或天堂或地狱，直到世界末日，面对上帝的最后审判。

因为生命只有一次，他们理所当然地拥有了唯一的和不再的感觉。

而佛教世界里的每一灵魂，则是以往和未来不计其数生命体所共同拥有的灵魂。它已经并还要拥有不计其数的生命和人生。所以佛教徒们富裕的只是在时间方面。

对于有机会选择宗教信仰的人来说，是否同时在选择灵魂的属性和归宿。

长劫轮回，人生大梦。拿佛教观念看待我自己，首先提出的问题居然是——我是谁？

我和我的灵魂——不对，是暂栖于我身的这一灵魂——也不对，或者说，灵与肉，究竟谁是我，是那个叫作马丽华的人，我是谁呢？

　　这个灵魂,不仅经历过许许多多的人身(或男或女,好人坏人,各行各业,各种面孔,重复地为人父母,为人子女,爱恋过和仇恨过成千累万的别的灵魂),也一定做过牛马,野兽,虫豸,苍蝇蚊子小昆虫之类,做过无痛苦的神,易怒的阿修罗,受过地狱的熬煎。也许还有宿仇未报,前缘未了——谁知道呢!我只是这个灵魂无边际生命流中的一点幻象,转瞬即逝;是这个灵魂无数次存在状态过程的阶段之一;是这个灵魂无穷无尽生命之链上小小一链环——

　　这条链可真长啊!

　　让我说及佛教的时间观。假如灵魂与世界共生,让我们来计算一下,暂栖我身,或者说,我当下正使用的这个灵魂,它到底有多大年纪了。

　　世界也在生死轮回之中。每一番轮回为大劫,大劫中又分为成(生成)、住(安住)、坏(破坏)、灭(毁灭)四中劫;每一中劫由二十小劫组成,每一小劫的时间是以世界生成时的人寿最高数的八万四千岁以每隔百年递减一岁的节奏减至人寿最低数的十岁,以后复又以同样的幅度由十岁增至八万四千岁……

　　这是一个难以遥想追忆的天文数字。我费神地计算不出我之灵魂的高寿,无法得知它所经历的生命流变,它所经历的生命与在下的我有什么关系,对于我及遥遥来世的作用和影响,哪些债务是前世所遗,或,我正在享用的福泽中哪些并非现世现报——这一切谁能告诉我,我如何能得知!真希望有高人指点迷津:我的前世,前前世以及来世复来世。

　　不过,也许最可怖的倒在于:有人洞悉并告知说,你今后百世将如何。

　　不免忧虑地想到,经历了如此如此漫长的岁月,如此如此众多的生命,这一灵魂还能完好如初吗？抑或是，它已被打磨得珠圆玉润光可鉴人，还是创痕累累，充满使用痕迹？

尤其是，此生不肯安分，必定是此一灵魂使然。看起来，想要改变也难——它早已被规定。

九

灵魂像风。

灵魂如歌。

灵魂疲惫不堪。

灵魂无处逃遁。

欢喜佛境界

韩小蕙

我从心底里喜爱欢喜佛。

甚至达到一种崇拜！

一

　　第一次见到欢喜佛，是在猝不及防之中，撞上的。

　　那是八十年代中期，在承德，有一天随着几个文友，游踪。所谓游踪，其实就是跟在当地人的屁股后面，紧走慢走——承德美景，天下闻名，什么外八庙、避暑山庄、棒槌山，孩提时代起就渐渐如雷贯耳，今天终于亲临其仙境，一时都蒙了，也就剩下了跟着走，跟着看，跟着乱点头的份。

正乱走着，就见右手前方，数百级石阶上面，远远地有一座又小又旧的庙宇，貌不惊人。带路的当地人说，那是××寺，里面只有几尊旧佛像，你们谁愿去就进去看看，不愿去的就在这里休息几分钟算了。我当时恰好在跟一个朋友谈论着什么话题，就边谈着，边和他一起信步向上走去。

果然是一座旧庙。一长排供台上，摆着六七尊旧佛像。之所以在这里用"摆"而不用"供"字，是因为这些残痕断迹的斑驳佛像，的确不像那些修葺一新的轩昂庙宇一样，各位金身菩萨从头发丝到脚趾头尽皆金光闪闪，依功德、地位而有序排列，长尊幼卑，各得其所。眼前这些佛像呢，大小、身高、颜色差距甚大，高的长过真人，占据着好大一地盘，矮的仅有几十公分，干脆就搁在大佛像身上。风格也如同一本中学语文课本，小说诗歌散文言论语法什么都有，绝不好合并同类项，比如简单粗犷的，三笔两线条一勾勒就算完事，不用说就知道是西北大漠的佛；细腻过人的，又连手指上的纹路都纤毫毕现，一看就呈着南方人的机巧。当地人说得不错，确乎是一些"无庙可归"的塑像，暂时寄放在这里的。

众人兴味索然乱哄哄退出。我的腿却忽然被谁拉住了？

扭头一看——呀！欢喜佛！

先需在此声明，此前，我可从未见过欢喜佛，连照片都没见过，绝不知道他是太阳形象还是月亮模样。但是就在那个瞬间，我就像被哪位神仙醍醐灌顶了似的，内心里一下子就被点透了——这准就是被人们神秘化、神明化、神妙化、神圣化、神威化……的欢喜佛，没错！

一时，我就像热河源头的雾岚，浑身上下都如歌如吟地飘摇起来。

为——什——么——呢？

为了欢喜佛的——美丽！

曾经分明地看过一本关于西藏佛教的画册，里面明明白白有一幅极其狰狞、极其丑陋、简直就像妖魔鬼怪一样的佛像，下面的文字却介绍说，这是××寺的吉祥天母像，藏语叫作"班达拉姆"，传说每年正月初一她骑着太阳光周游全世界，供奉她可以消除灾难，使人丁兴旺，所以僧人们对她极为宠爱，当作镇寺之宝，轻易不肯示人。实在是因为那形象太凶丑了，也因为僧人们的那种思维太奇特了，和我们的天地美丑观念完全颠倒，所以多年来我一直牢牢记着那幅佛像，并且从此以为，所有重要的佛像，秘不示人的佛像，可能都是那种风格的吧？

就这样全然没有一丁点儿思想准备，眼前的这尊欢喜佛，却美丽得逼人！但见这两位紧紧拥在一起的、已地老天荒一般浑然一体不可分的男佛女佛，通体上下洋溢着一种令人热泪盈眶的爱恋之情：男佛，怜惜地把爱人捧在胸前，柔和的眼光久久地落在她的脸庞上，里面满是爱慕；女佛则热烈地依附着他，一对美目目不转睛地凝视着他，回递着更深的爱意；四目相对，两两传情，使爱情达到了神圣的、经典的境界。这哪儿是供人跪叩膜拜的佛国神像，分明是一对现世男女的热恋雕塑！

我的眼泪一下子就涌上眼眶，但觉喉咙发紧，心更紧得喘不上气来。这种超凡入圣的大美境界，要说世间还有可比性的话，也就只有古希腊、古罗马的雕塑可媲美了。简直是太美好了，真没想到……

我像傻子一样定在那里，有一种天旋地转的幸福感——爱情，人间最美的感情，连神仙都要来分享，并且借助神条天律"规定"下来，让人顶礼膜拜。威严的神啊，在这个意义上，你想得多么周到，你变得多么可亲近。

走出那座小庙时，我觉得承德的天真高真蓝真明澈，大千世界可真美丽。

二

后来，我又有了一次西藏之行。一路上，我有幸饱览了那片神奇土地上的众多寺庙，特别美好的是，里面有很多很多很多个欢喜佛。他们真实地站立在那里，并非文学梦幻，也不是艺术夸张，而就是实实在在的存在——存在决定意识的"存在"、善男信女们顶礼膜拜的"存在"、酥油灯经年累月长明不灭的"存在"！

藏传佛教的学问深似海，加上语言不通，因此走到哪儿，都是名副其实的瞎看瞎磕头。唯有欢喜佛不同，一看就懂，就喜欢，就着迷，就执著，就心心念念。

每个庙里，欢喜佛都是不同的。

个体的为多，一般都很小，巴掌那么高，像我们在家里桌子上摆的小雕像。其工艺是非常精巧的，往往和众多的其他佛像一起陈列在柜子里，需要认真看，仔细寻找，然后慢慢品味。我曾看到一个鹰面尖嘴的，拥着一个很漂亮的仙女似的，"仙女"的脸上同样有着热烈的崇拜之情。还曾看到一个很狰狞的恶鬼似的，抱着一个很美丽的惹人可怜的，脚下踩着两个小鬼，私心忖度：那大概象征着人类的传宗接代？其余的，就都是很英俊的美金刚，小心翼翼地揽着更为俊美的女菩萨，两两用情，旁若无人。

也有群体的，指的是大型的雕塑群，置在玻璃罩子里，像大沙盘一样，一层一层的，有众多的佛，地位最高的最大，坐在正当中，其余的叠罗汉似的，顶着一大长摞。在这样的"沙盘"里，欢喜佛一般都是位于周围的边缘，有东西南北各守一个城门角的，有东东西西南南北北的，还有十六位的、三十二位的，甚至更多。你想想，三十几位或四十几位欢喜佛在一起同歌共舞，那是多么壮观的阵势，简直像集体婚礼一样迷人了。

我每每流连忘返，不舍离去……

绝不是因为猎奇，也不是因为"思想不好"，而是真的牵肠挂肚动了心。这些或金或银或鎏金或鎏银的佛像，可以说是天地间所有的大美、绝美、至美、纯美、最美的晶化合成体，每一尊，都不仅使我想起了敦煌飞天的婀娜外形，还尤其想到了梁山伯与祝英台、简·爱与罗切斯特们的内心激情。在我眼里，每一尊欢喜佛的内心里，也一定有着人间这种最坚贞最典范已演绎成为千古榜样的动人爱情，正是他们那种生在一起、死在一起的忘我境界，使我一遍遍咀嚼和体验着"死死生生"这个词，止不住地泪洒神州。

"死死生生"这个词，属于古典的过去岁月，在我们今天这个日益商业化、金钱化、交换化的世俗社会里，已是几乎看不见的稀世珍宝。是的，很久很久了，很累很累，让还停留在古典情怀的"傻子"们诸如韩小蕙，遍寻无着，失魂一样地号啕痛哭。

这天大地大的悲戚终于感动了神灵，当我回到北京家中，一封信也飞来了，里面有一张中国西藏文物管理委员会编印的明信片，上面是一帧"鎏金铜胜乐金刚像", 亦即我们俗称的欢喜佛。只见一位头戴金冠, 身披彩带, 三眼圆睁, 高大伟岸的美金刚, 运足神力, 搂抱着一个小巧玲珑、俊美无比的小女佛; 小女佛幸福地昂着头, 左臂激情地环绕着男佛的脖子, 右臂向苍天高举着, 擎着一株灵芝; 两个身躯紧紧贴在一起, 两张嘴唇火热地吻在一起, 双修而合二为一。

明信片用汉文和藏文两种文字写着: "万事如意! 扎西德勒! "

三

欢喜佛是藏传佛教密宗供奉的一种佛像, 原为印度古代传说中的神, 即欢喜王, 后来形成欢喜佛。欢喜佛梵名"俄那钵底", 意为"欢喜", 汉语的意思是"无碍"。

什么是"欢喜"呢?

什么又是"无碍"?

同世上其他民族文化的衍化一样, 关于欢喜佛的来历, 也有如大河的源头, 有多种支流, 甚至也存在着正统典籍与民间传说之分, 尔后在此之上, 形成了各自不同的解说、阐释、教义、观念, 等等。

正统的说法, 真是腻味得让人连听也不要听。比如说"欢喜"二字并非指男女用情而言, 而是指佛用大无畏大愤怒的气概、凶猛的力量和摧破的手段, 战胜了"魔障"而从内心发出的喜悦等等。这完全是为了宣扬佛法教义而牵强附会的阐释, 使我想起了一系列"运动"中的种种可笑复可鄙、可耻的行径，这些丑陋至"文革"而达到了登峰造极，比如"最最最""红红红""忠忠忠"之类，然而辞藻和行为完全是黑与白、南辕与北辙、天堂与地狱的两极对立和悖反。由此亦可见，无论天国还是凡界，其实都摆脱不了"虚伪"与"粉饰"二词。

那就还不如看看其他说法：

《四部毗那夜迦法》中说：观世音菩萨大悲熏心，以慈善根力化为毗那夜迦身，往欢喜王所。于是彼那王见此妇女，欲心炽盛，欲触毗那夜迦女，而抱其身，于是，障女形不肯受之。彼那王即忧作敬。于是彼女言，我虽似障女，自昔以来，能忧佛教，得袈裟，汝若实欲触我身者，可随我教。于是欢喜王言，从今以后，我依缘随汝守护法。于是毗那夜迦女含笑，而相抱时彼做欢喜言"善哉"。似这样给性力以神秘色彩的"调伏"概念，在金刚乘密教中很重要，《维摩经》经云"先以欲钩牵，后令人佛智。"坦率说，作为女性，这是我最不喜欢的一种解释，如果以色相攻取在神界同样所向披靡无往而不胜的话，那么我们还值得那么虔诚虔敬地信奉神祇吗？

当然也还有下面的解释，即密宗无上乘是"以欲制欲"的修道法，所谓以淫欲为除障修道之法，实际上是密宗行者思维中的"欲界天人生活"的秘密化，如《大日经》就直言不讳地宣称："随诸众生种种性欲，令得欢喜。"这倒多少使人感到威严冰冷的神界，居然也有了一点人间烟火，心里不由得升起一丝暖意。可惜在这里，女性又是作为供养物而出现的，《大藏经》中所谓"爱供养"也就是"奉献女性"之意。唉，这个话题已经太古老了，说来，中国女性乃至全世界古往今来的女人们，根本就不怕奉献——

她们已经海枯石烂地奉献得天荒地老往事越万年。花儿一般、风儿一般、玉儿一般的女子们，悸怕的忧郁的伤怀的饮泣的血泪相合流的，只是幽谷空悲鸣呀！

因此，我倒宁愿给印度教的"性力派说"一些肯定。性力派是印度教湿婆派的分支，该派认为破坏与温和都是女神的属性，宇宙万物均是由女神性力而生，因此，把性欲的放荡视为对女神的大敬，以性行为为侍奉，作为崇拜女神的仪式之一。这种宗教原本被佛门视为邪魔邪道，后来被后期密宗"取其精华，去其糟粕，去伪存真，推陈出新"，再配以佛教义理，竟也渐渐地形成一个派别，修成了无上瑜伽密的所谓"乐空双运"双身修法。我搞不懂什么"密"，什么"派"，什么"法"，也拒绝那些"性力""淫欲""放荡"的种种说法，但模模糊糊地觉得，"性力派说"倒是站在男女平等的立场上，给予了女性应有的尊重和肯定，用一句老百姓的话说，就是"也把女人当了一回人"，这似乎是千年万代、古今中外、人间神界、正典野教都没有的一个例外，由不得女人们不拥护。

四

然而我还是没有弄明白，"欢喜"的究竟是什么？

特别不敢肯定的是——他们是否真的因"爱情"而欢喜？

我觉得这是一个非追问清楚不可的原则问题，就向苍茫的大西北飞去，那大片荒寂落寞的芨芨草腹的深处，有一片小屋，里面住着一位老婆婆。

或云：她曾当过女娲的侍女，又从婆罗门教修行过；到了我们这个时代，时逢大革命爆发，遂成为西路军的一名女战士，可惜部队被打散后遭遇蹉跎，做过豪绅的小妾、土匪的压寨夫人、兵痞的老婆、农会主席的相好、下放右派的情人……她经历的事情比大漠上的沙粒还要多，脸上的皱纹里全是秘密和经验，足可以写上三百部《女书》。

谁知她听完我的问题打了一个大大的哈欠，然后卖弄地向我伸出她的十个指头，问看上去是否保养得很好？"是的，是很好，非常之好。"我看见那十指依然白得发亮紧绷绷充满弹性就像少妇的手指一样珠圆玉润，心里禁不住暗暗吃惊。只听她背书似的毫无感情色彩地干干巴巴地说道：

"这是因为它们已经变得没有血肉。你知道吗？它们曾经比老树还干瘪枯萎，就因为那时我还幻想着爱情。"

她说着，淡漠地挥动着纤纤手指，画符一样地在桌上画了十万个"女"字，再别别扭扭地添上了一个"人"字。冥想了一回，乜斜着眼睛看看我，又狂草书法一样地迅速抹出一颗心，然后"砰"地一拍，那颗心就断裂开来，"滴滴答答"迸出一长串鲜红的血珠。

"明白了吧？"她懒洋洋地对我点了一下头，然后指着门做了个送客的手势。

我不想走，兀自在屋里转悠开了。我是想找到一点儿蛛丝马迹，比如她和那些男人的照片之类，我想看看她当时是一副什么表情——幸福乎？淡漠乎？无奈乎？难耐乎？满不在乎？可惜全被历史的酸雨销蚀了，或者说全被这个老女人掩埋得严严实实。失望之余，我仰头长叹了一口气，心想这趟又是白来了。

突然之间，我的心抽成一团，又马上像烟花一样绽放开来，我发现一面旗帜正在穹隆顶上猎猎迎风飘摇着——欢喜佛！乃藏名为"杰巴多吉"的欢喜金刚佛，主臂拥抱着明妃"金刚无我佛母"，双尊置莲花座上，明王八面十六臂，手皆托头器，内盛神物，右手上为白象、青鹿、青驴、红牛、灰驼、红人、青狮、赤猫；左手上为黄天地、白水神、红火神、清风神、白日天、青狱帝、黄施财。明妃一面二臂，右手执曲刀，左手托头器，含情脉脉地凝睇着盛猛的明王。"啊！——"我禁不住一屁股坐下来，长长地吐出郁结了一万年的忧闷之气。

谁知老女人一瞬间勃然大怒，伸出她的魔爪来推我："赶快走开，你！"

我抓住门框，倔强地扭过头来，一字一句极为镇静地说："我、看、懂、了、你、的、心、思，可、是、我、看、不、起、你、的、行、为，因、为、你、活、得、太、苟、且。要、是、心、死、了，肉、体、何、必、还、活、着？！"

说完，等不得她来抓，我扯住一片云彩飞身就逃。只看见她急得乱找扫帚，好不容易七手八脚骑上去，我已经远在万里之外了。风声里，突然隐隐传来她呜呜咽咽的歌：

> 我真的不是个好女人呀
>
> 愿你去做个好女人吧
>
> 可是要横下心受一辈子摧残哪
>
> 还不一定能做得到哟
>
> 祝你走运啊，啊啊……

　　我的眼泪夺眶而出，急转身向老婆婆奔去。谁知大雨倾盆而至！大团大团的乌云像被丢进沸腾的油锅里，狂暴地上翻下腾。雷公电母驾驭着发了疯的红色蛟龙，环绕着我的周身"刷——刷——"地左奔右突。一道又一道滔天巨浪兜头卷来，好像非要把我撕成碎片才善罢甘休。山一样重的浓雾里，数不清有多少神、佛、鬼、怪、仙一起擂着战鼓，呐喊着，声讨着，追杀着，就好像是我僭越了什么天条！

　　"有没有搞错？怎么被围剿的反而是我？！"

　　突然，一道白烟腾起，一团大火球"轰"地在我头顶炸开来，我只记得五内俱焚，一个倒栽葱跌下云端，就什么也不知道了。

五

　　醒来一看，我竟奇迹般地降落在承德那个不知名的小庙里，对着那尊大美、绝美、至美、纯美、最美，美得逼人的欢喜佛——祈祷。

在哲蚌寺看晒佛

于坚

　　俗人到西藏去是要有缘分的，那是海拔平均在 4000 米左右的地区，要冒生命危险。而到了西藏，要看到一年一次的晒佛更要有缘分。即使到了西藏，也遇到了晒佛，也未必就与佛有缘。晒佛的日子不会在报纸登广告，这事已经搞了千百年，当地的人都知道。知道的就知道了，不知道的就不会知道。

　　和我同去的一个电视小组，整天在拉萨采访，却没有人告诉他们晒佛的事，在西藏人看来，这是一件太阳到一定时刻必要升起来的事，没有必要特别地告诉人。这个小组没有拍到晒佛，是因为他们凡事都要"知道"。所以老是不知道。我也问，我觉得在西藏这样的地方，一个俗人还是保持一种问的身份，不知道为好。但问也有两种，一种是问"什么"，一种是问"如何"。像"为什么要晒佛"这样的问题，其实是不会得到回答的。我的问是关于"如何"的，是问路，而不是问道。我问，如何才能到哲蚌寺去？于是我得到了回答。即便我今天写晒佛的事，也不是要回答，我不知道，我只是描述途中所见。即使知道了晒佛的日子，也不表明你就有缘分。和我一起问路的几个同事，其中有两人，一个在晒佛的前一天，接到家里的长途电话，说他的父亲病危，他只好当天乘飞机回去了。另一人则连夜闹肚子，直闹得浑身虚脱，在黎明前送到医院去了。在西藏这样的地方，有些事你不能不相信。这种事你也许会觉得不过是偶然，但如果你是在一个海拔4000米的地区，一个人人都信神的地区，又是一年一次的盛事，你也许就会相信一切都有神在安排了。

1994年8月9日凌晨5点我在拉萨的一家旅店里起床，在一片漆黑中混入一群人，跟着走。这是一群浑身散发着酥油味、沉默不语的人。在黑暗中，我闻着他们，跟着他们往一个方向去。那个方向是北方还是南方我不知道，周围充满很重的脚步声，听得出来有很多的人从不同的方向在汇集到一个方向。我的脚在动，并逐渐吃力，在走了一个小时之后，我发现我们已经离开了平地，上了山。仍然是一片黑暗，但已可隐约看出一些石头一样的黑色背脊。山不陡，但海拔在一厘米一厘米地升高，我呼吸急促，肝部不适。走几步就要停一阵，我最先跟随的那些人早已弃我而前，但同样的气味又成为我的向导，我看不清是谁在引领我，我只知道是一种混杂着酥油味、羊皮味、汗味的气体在引领我。但随着山的升高，光也开始彰显被黑暗所遮蔽的事物和动物。我渐渐看出，我已置身于一座石头山的中部，在南方大约四五公里的地方，圣城拉萨正在从黑暗中上升。拉萨河呈现为一条银色的光线，环绕在拉萨的腰部。人们已经汇合在一条通往山顶的黄土宽道上，大道的两旁，不时可见盘腿而坐的香客，有人在他们的面前投下钱币。也有人在大道中央兜售柏叶，哈达。人群越来越清楚，从1个月的婴儿到90岁的老人都有。有藏族人，有僧人，也有汉人和外国人。天明亮了，是蓝天，我已置身高处，抵达哲蚌寺的门外。向下看看，哦，这么高，如果是在白天上来，我恐怕走两步就要歇一回，在半山就要躺下。黑暗可说是一种精神力量，它掩盖具体的事实，让人在幻觉中征服了许多他在事实中无法征服的东西。

晒佛是在哲蚌寺外边的另一座朝向东方的山上进行，人们绕过哲蚌寺，向那里集合。路上到处都有正在燃烧的柏叶，它的烟雾很好地创造了一种虔诚的气氛。但也呛得许多人咳嗽不止。我的肺像要撕裂一样，但我不能停下来喘气，因为行人都已经拥挤在一条狭窄的山道上，只能向前走，而不能停下或后退了。终于到了将要晒佛的那山上，那是一座巨石垒垒的山，山是灰黄色的，石头是灰白色的。有许多石头上刻了彩色的经文。只见山坡上支着一个有半个足球场那么大的铁架子，那就是用来晒佛的。到达的人都在忙着找地方安顿自己，都要找那种既能清楚地看见佛像，而又舒适安全的所在，这样的所在很快就被占领完毕。后来的人仅有立足之地。天大亮时已有数万人聚集在山谷中。更多的人则聚拢在铁架下面，要挤到那里是很困难了。人们在等待晒佛的时刻到来，一开始等待，不动，有了说的力气，先前在路上的沉默就打破了。人们开始说话，藏语、汉语、英语交响回旋，互相不懂，但意义是相同的。这时候的氛围有些像是一个在内地司空见惯的群众大会，但没有主席台，也没有标语，有一个高音喇叭在响，不是播送革命歌曲，而是一个讲藏语的人在指挥什么。等待也不是等待什么要人，而是等待太阳。那时才7点钟左右，太阳要8点左右才能越过群山，把光打到这座山上。

东方的天空已经呈现为金色，山谷里忽然响起了法号的声音，万头攒动，都在寻找那声音的起源。恍惚之间，我只觉得那声音是金光灿烂的，犹如狮子在吼叫。终于发现了声源之所在，一幅橘黄色的长幡在半山飘动着，下面是一排裹着红色袍子的僧人，秃顶浮在光辉之中。他们约四五十人，挑着一个很重的长卷在人群中蛇游而过。我看不出那是什么，我猜想那必是佛像了。

到了那铁架子上面，僧人们一齐呐喊，顿时，那长卷迅即沿着铁架子从上向下滚开去，白花花的一片，立即使山坡亮起了一大块。少顷，几根绳子从上面放下来，拴住那层覆盖在佛像之上的白布，徐徐向上拉，"哇"，人群中爆发出一阵惊叹，一幅五彩斑斓的佛像缓缓地显现了。先是胸部，然后到脖子、嘴巴、鼻子、眼睛、额头，最后，整个佛都呈现出来了。当佛像完全显现，太阳也刚好就升上东方的山顶，把佛像整个地照亮了。整个的过程不过20分钟，操作得相当准确、精确。没有任何多余的程序，没有任何象征性的东西。晒佛就是佛像和晒的操作，如果这个动作有何象征的话，我想它是在看的人们的心里。

这是一幅用彩色丝绸织成的巨大的释迦牟尼像，辉煌无比。人们必须离开它很远才能完全看清楚它，在它附近的人，只能看到它的局部。当佛像呈现之际，人群是一片静默，许多人张大了嘴巴，伸长了脖子。当一个人在那时一看见，他就会立即被光辉笼罩，他就会感动，无论他是否信仰。这佛像展开在高山之间，在十几公里外的地方都能清楚地看到它。它令我想到克里斯托的大地艺术，颇具后现代的效果。劳森伯之所以要到西藏来办展览，恐怕不是一时心血来潮。精神活动一旦达于极致，它必然呈现"后"的特征，呈现为行动、波普。自古以来，宗教就是艺术最伟大的守护者，它强迫艺术在它特定的精神轨道中运行，在这种轨道中，艺术再也找不到比宗教更完全的保护神了。我早就在山上找好了位置，我是俗人，我找的位置是为了拍照片。我原来想好好把整个晒佛的过程看完，但心中俗念太多，看一会儿，又东张西望一阵，结果，佛的眼睛呈现的一刹那，我没有看见，人虽来了，也是没有缘分的人。

当佛像完全展开之后，人们就纷纷涌上去，朝佛像献哈达、钱币，这些东西一会儿就在佛像的四周堆积起来。僧人们沿着佛像的边沿站着，把佛像的边翻起来，让人们用头去拱，用手去摸。许多人拱过摸过，还呆若木鸡地站在佛像旁不动，双掌合拢，微闭双目，念念有词。或一群，或一个，形成了一组组充满神性的雕塑。后面的人群又不安地往前涌，把这些已如了愿的雕塑冲走了。赞美的声音响成一片，佛光把周围的人们映衬得鲜明无比。

那时阳光已完全统治了山谷，天空中不时飞过一些秃鹫，本色是黑色的凶鸟，也被阳光和佛光映照成了五彩的神鸟。抚摸过佛像的人们四散在山谷中，或席地而坐，饮酒弹琴；或闻歌起舞，或闭目诵经。喇嘛们则四处游走，看朝佛的人们的新奇生动之处。整个山谷犹如古代的大地，处于人神同乐的场景中。

　　我再无心思照相，我分不出哪是属于神的世界，哪是属于人的世界。我看那个被晒的巨人，分明是一脸沉浸于世俗的阳光之中的样子。我看那些西藏人、汉人、外国人，一个个都是神性翼翼，欲仙欲痴的样子。忽然旁边那个架着高音喇叭的小棚子前人声鼎沸，挤过去看，只见有三个金发碧眼的老外被一群红色的僧侣围在中间，他们一男二女，男的扛着一把小提琴。一个气度不凡的喇嘛将麦克风递给他们，那个男的就拉起了小提琴，那两个女的就应和着唱起歌来，声音是教堂唱诗班式的，唱的大约是赞美上帝和永生的歌。

　　在山谷的另一处，一个披着羊皮、脸颊如炭，目光炯炯的康巴人在一片草地之间自弹自唱，他风尘仆仆，想必在数小时前还在山地和草原上奔走。他的歌声清朗辽阔，想必来自那种无边无际的地方。如果从神而不是从世俗的审美原则来看，那么我要说这人是一个美男子。在他身上蕴藏着原始的生殖力、劳动力和创造力。他令我想到希腊。人们共同地直觉到这人的歌声不同凡响，纷纷把耳朵移植过来，在歌手的脚前，不一会就堆起了一座钱币聚集成的小山。

　　更多的人在看过晒佛之后，就到哲蚌寺去拜佛。有无数的道路通向哲蚌寺，这个没有围墙的寺院是西藏最伟大的寺院之一。从未有一座寺院像西藏的寺院这样吸引过我，它们几乎全都无一例外地令人着迷。当我进入它之际，简直是晕头转向，我完全无法把握它的结构。它是依据一些我完全陌生的原则建立起来的，它没有山墙、一天门、二天门一类的东西。这些寺院是不设防的，开放的，你可以找到很多进入它的道路，这些寺院与其说是一个院，不如说它们是一座座神的城堡。它们全都高踞山冈，散发着中世纪以来的色泽和光芒。它们庞大无比，犹如迷宫，难以穷尽。它们并不严格地区分神殿和修行者居住的区域，神殿和喇嘛的寓所混杂而建，神和人是同居的、亲密的关系。建筑全是用石头，乍看上去这些石头全是清一色的，但你仔细看时：会发现那些石头作为不同建筑的组成部分，其颜色在光辉中呈现出不同色调，从白到黑，从灰调子到黄调子，其中还有许多层次的过渡色。那些过渡色厚重无比，犹如来自一只16世纪佛罗伦萨的油画调色盘。在这些古代的石头墙壁的高处，有一些排列整齐的镶着黑框的窗子，这些窗子似乎是通向巨人灵魂深处的入口，神秘莫测。墙和墙之间的道路相当狭窄，有的仅容一人通过。当你一个人在这些废墟似的墙壁之间穿行，那感觉是行走在神的手指经络之间。而头上是西藏蓝得恐怖狰狞的天空，你忽然想到，这是世界上最蓝的天了，没有比它更蓝的了。

当你抵达一座辉煌的神庙之前，周围的建筑并没有什么暗示，在那些幽暗、狭窄的灰色石头墙壁之间走着走着，转眼之间，一座金碧辉煌的神庙就出现了。我进入这些不知名的神殿，仿佛在那些有着几千年历史的幽暗、烛光和无所不在的酥油味之间，心中充满的是恐惧和兴奋，我忍不住想下跪、叩首；想许愿，想求这些不同凡响的神保佑我从此闲着吃喝玩乐；离神位这么近，内心却全是最世俗的念头。在日常人生中远离神的人们看来，神是一种现世的存在，它司掌着对善与恶的审判，并且他就住在神庙里。在神庙以外的地方，人可以对神不恭不敬，在神庙里他就得诚惶诚恐，他对此地是又怕又想，他们对神的了解无非来自幼时的道听途说罢了，他们凭着从老一辈那里听来的传说相信，到这里来，就像吃补品一样，会有某种好处。而他们一生中又恰恰难得有几回到神殿里来（何况还是西藏的神殿！），平时也不会读有关的书，对宗教方面的一套规矩、操作方式也是略知一二。因此一个俗人在神庙里的心态是既恐惧害怕又万念俱生。他一方面处处小心，唯恐动作不周得罪了神祇；又懵懵懂懂，面对那么多或慈悲、或狰狞的神像，不知道拜哪一个好，不知道磕几个头才对，只好模仿别人；另一方面又要抓紧这千载难逢的机会，许几个最关键的大愿：一叩首，保佑我发财；二叩首，保佑我老婆；三叩首，保佑我生儿子……说不定出了庙门，就烦恼皆空，只消去享荣华富贵去了。这等俗人由于心理负担太重，所以往往从庙门出来，一个个面如死灰，并且还要有好长一段时间不会得安宁，因为他又要想，是不是许错了，头磕多了等等。我是彻底的俗人，一分钟也不想成仙，哪怕放着面前有仙人指路也不想成仙。在一阵由于遗传的惯性所致的动摇之后，我终于克制了想磕头许愿的骚动，在神殿里肆无忌惮地东张西望起来。抬起头来细看，才看出那些个坐在神座上的全是人模人样，只是少了人的生动，我说不出他们是好看还是难看，他们不动，我就无法用词语来区分或描述他们。

　　我唯一可以与神殿交流的方式就是抚摸。我发现所有的西藏人都在抚摸，只要是人的手可以够到的地方，都被抚摸得光滑发亮。人们用手去抚摸神的脚、饰物；抚摸那些来自过去时代的历史，来自西藏各地，来自印度、尼泊尔的黄金、宝石；抚摸墙壁、布、丝绸、柱子、门、门环，跪下来亲吻门槛。人们的手上粘满酥油，弄得整个殿内，位于人的高度范围内的什物都油腻腻的。这些抚摸者与我们不同，他们的抚摸是一种日常行为，他们在神位前抚摸，不在神位前的时候也在抚摸。我曾在拉萨看到过这些抚摸者，他们从早到晚，每一天都在对着大昭寺做五体投地的叩拜，这是一种很需工夫的体操式的运动。我曾模仿着做了几个，弄得我双膝和腹肌生疼了几天。他们每一个都一丝不苟地做，甚至还有专门的叩拜工具。经年累月，地上的石板竟被手磨出了深深的槽。我见到许多衣着褴褛的香客，靠乞讨度日，但他们脖子上挂着的念珠却价值上万，卖掉一颗，就足以令他们过上俗人们在神位前所乞求的那种生活。而据说，那些价值惊人的珠宝，仅仅是为了有一天"扑通"一声扔到神湖羊卓庸湖里去，献给神。这些抚摸者对于我生活的那个世界，是陌生的一族，是不可言说的。

在神殿里，人们的关心全在神位上。艺术珍品、不朽的壁画默默无闻隐身于黑暗中，无人注意。这些伟大的作品仍然是神的工具，而不是展览品。这是一个卢浮宫之前的卢浮宫。我是俗人，我把神当雕塑看，把神殿当卢浮宫看。我于是在那些幽暗的殿堂的更暗之处，饱览了米开朗琪罗式的造型、波提切利式的春天、清明上河图式的人生、达利或波依斯式的超现实、马蒂斯或康定斯基式的色彩狂欢。在这些伟大的神庙里，我感知到西藏的智慧，作为历史也作为现场的那些与永恒有关的智慧，这种智慧甚至比神更永恒，因为神也是它们所创造的。

在哲蚌寺，许多神殿隐藏在迷宫式的建筑之间，我只能涉足其中的几个。并且，对它们，我永远也无法说出个所以然来。我出了哲蚌寺，在中午的阳光中，尾随着那些引领我到哲蚌寺来的人们走下山冈，山冈开阔而平坦，来的时候想象它艰险曲折，现在才走在它的真相中。来的时候人们全循着一定的路线，为的是不绕路，易行。现在人们却自由地创造了无数的道路。

那佛像仍然在高处展开着，慈悲无比，我再次回头看他，我想如果从他所在的高度看我们这些在太阳的照耀下从四面八方向山冈下走去的人，也许会像是一些蚂蚁。

回忆五台山车祸

蒋子龙

　　在 1987 年的"中国文坛大事记"里，最具轰动效应的事件是三十多位作家、编辑在五台山遭遇车祸。事后，经历那次车祸的人分成两种态度：一种是著文立说大讲车祸的过程和感受；一种是三缄其口，只字不提车祸的事。我属于后一种，原因是觉得有些现象很蹊跷，说不清楚。当时我曾想当然地认为，车祸跟文人们轻慢无羁、在五台山上胡言乱语不无关系，既已受到惩罚，怎敢再造次，口无遮拦！

　　但我始终未能淡忘那次车祸，对每一个细节，每个人说的话，都还记得清清楚楚。人活一世有些事情是终生都不会忘的。实际上正是那次车祸使我开始有意识地修正自己对一些事物的看法，自觉渐渐改变了许多。于是15年后的今天，我要回顾一下那次车祸了……

1987年的夏天，山西省作家协会发起组织了"黄河文学笔会"。一批当时文坛上的名士英秀云集太原，第二天便乘一辆大轿车直发五台山。车一开起来响声颇大，摇荡感也很强烈，而且椅背上没有扶手，车里的人没抓没挠，无法固定自己，身体便随着车厢摆动的节奏摇来荡去。我脑子里曾闪过一个念头：这辆车跑山道保险吗？遇有紧急刹车抓哪儿呢？我看到前面的椅背高而窄，两个椅背之间缝隙很大，心想遇到特殊情况就抱紧前面的椅子背。天地良心，当时就只是脑子胡乱走了那么一点神儿，对那次出行并无不祥之感，更不会想到以后真会出车祸。何况那大轿车连同司机都是从检察院借来的，检察院嘛，总是能给人以安全感。而且司机的老婆孩子也坐在车上，这就给行车安全打上了双保险！

大家一路上说说笑笑，兴致很高，中午在忻州打尖。名为打尖，实际上忻州文联招待得很好，下午轻轻松松地就上了五台山。由于时间尚早，大家迫不及待地去参观寺院。有的人见佛就拜，该烧香的烧香，该磕头的磕头。入乡随俗，既到了佛教圣地，就该随佛礼，大家千里迢迢来五台，不就冲着它是佛教名山吗？当大家来到"法轮常转"的地方，忽然异常活跃起来，有人这样转，有人那样转，笔会中一位漂亮得很抢眼的年轻女编辑最抢风头，她说我就反着转，又能怎样？紧跟着就又有几个人也反拨法轮……一时间叽叽嘎嘎，高声喧闹，在肃静的庙堂里颇为招摇。

傍晚，僧人们聚集到一个大殿里做法事。由于天热，抑或就是为了让俗人观摩，大殿门窗大开。难得赶上这样的机会，游客们都站在外面静静地看，静静地听。忽然又有人指指划划起来，自然还是参加笔会的人，也不能没有那位漂亮的女编辑，他们发现一位尼姑相貌娟美，便无所顾忌地议论和评点起来，这难免搅扰大殿里庄严的法事活动。后来那尼姑不知是受不了这种指指点点，还是为了不影响法事进行，竟只身退出大殿，急匆匆跑到后面去了。

就这样，文人们无拘无束地度过了色彩丰富的"黄河笔会"的头一天。

第二天，气候阴沉，山峦草木间水气弥漫。笔会安排的第一个活动是参观"佛母洞"。大轿车载着所有参加笔会的人爬上了一座不算太高的山峰，山顶有个很小的洞口，据说谁若能钻进去再出来，就像被佛母再造，获得了新生，因此也就具备了大德大量大智慧，百病皆消。一位知名的评论家首先钻了进去，不巧这时候下起了小雨，如烟如雾，随风乱飘，隐没了四野的群峰，打湿了地面的泥土，人们或许担心会弄脏衣服，便不再钻洞。评论家可能在洞里感到孤单，就向洞外喊话，极力怂恿人们再往里钻。于是就信口开河：我真的看到了佛母的心肝五脏……上海一位评论家在洞外问：你怎知那就是佛母的心肝？他说：跟人的一个样。上海人又问：你见过人的心肝五脏吗？他说：我没见过人的还没见过猪的嘛！

任他怎样鼓动，也没有人再往洞里钻，他只好又钻了出来。领队见时间已到就让大家上车，奔下一个景点。别看大家对登山钻洞积极性不高，一坐进汽车精神头立刻就上来了，文人们喜欢聊天，似乎借笔会看风景是次要的，大家聚在一起聊个昏天黑地一逞口舌之快，才是最过瘾的。车厢里如同开了锅，分成几个小区域，各有自己谈笑的中心话题。每个人都想把自己的话清晰地送进别人的耳朵，在闹哄哄的车厢里就得提高音量，大家都努力在提高音量，结果想听清谁的话都很困难，车内嗡嗡山响，车外叽里咣当……忽然，车厢里安静下来，静得像没有一个人！

震耳欲聋的声响是汽车自身发出来的，轰轰隆隆，喊流哗啦……大轿车头朝下如飞机俯冲一般向山下疾驰。车厢剧烈地摇荡，座位像散了架，我觉得自己的身体有了悬空的感觉，心里却是一片死样的沉静。车上没有一个人出声，不是因为恐惧，实际也来不及恐惧，来不及紧张，脑子像短路一样失去了思维。大轿车突然发出了更猛烈的撞击声，然后就是一阵接一阵的稀里哗啦，我感到自己真的变成一个圆的东西，在摇滚器里被抛扔，被摔打，最后静下来了……人和车都没有动静了，山野一片死寂！

隔了许久，也许只是短短的几秒钟，打破死寂第一个发出声响的是司机的儿子，他先是哭，跟着就骂他爸爸。这时候我也知道自己还活着，脑袋和四肢都在，并无疼痛感，这说明没有事。而且双手还在紧紧抱着前面的椅背，我完全不记得是在什么时候完成了这样一个搂抱自救的动作。我再回想刚才车祸发生时的感受，还是一片空白，什么感觉都找不到。所以许多影视作品在表现车祸发生时让人们大呼小叫、哭喊一片，是不真实的，只证明创作人员没有经历过车祸。我恢复思维能力后说的第一句话是喊史铁生：铁生，你怎么样？我佛慈悲，千万别让他再雪上加霜。他应声了，说：我没事。他正坐在倒了个儿的车门口台阶上，不知是怎样从椅子上被甩下来的。

车祸使大家感到每个人的生不再是个体，死也不再是个体。这时候车厢内有了响动，大家的教养都不错，尽管有人满脸是血，那位偏要将法轮倒转和议论尼姑最放肆的姑娘，前额被撞开了一道大口子；广东的评论家谢望新前胸一片血红，面色惨白；有人还在昏迷，不知是死是活……但没有人哭叫咒骂、哼哼唧唧。能活动的都慢慢直起身子，这才看清刚才发生了什么事情：大客车翻倒在左侧的山沟里，幸好山沟不深，但汽车也报废了，车内车外都成了一堆烂铁。钢铁制造的汽车摔成了一堆破烂，我们这些坐在汽车里的由碳水化合物组成的肉体竟绝大多数完好无损，这不能不说是个奇迹。

——这里毕竟是五台山啊！

没有受伤或受伤较轻的人帮助那些一时不能行动的人离开了翻倒的汽车，站到路边等待救援。这时候有人发现，刚才在山上曾钻进“佛母洞”的那位评论家，没有伤到别处却唯独撞伤了嘴巴，肿得老高，让人一下子联想到猪的长嘴，显得异常滑稽好笑，却没有一个人笑得出来，直觉得毛骨悚然！因为人们都还记得他在“佛母洞”里那番关于猪的亵渎……以后许多写这次五台山车祸的文章都回避了这一细节，我想是不知该如何表达。其实他的嘴肿未必跟佛有什么关系，佛博大精深，慈悲宽容，即便真听到了他的亵渎也不会狭隘到立马就报复他。坐汽车碰伤了嘴毫不足奇，而嘴一肿就长，让人极容易联想到猪。这说明文人们觉悟了，开始忏悔，他们意识到在此之前的许多话很不得体。你可以对佛不信、不拜，但既到佛山来，就该对佛有起码的尊重。就像你去一个人家里串门，总不能故意寻衅闹事污辱主人吧？这时有看热闹的人开始向车祸现场聚拢，他们先看到被摔烂了的汽车，问的第一句话是：还有活着的吗？其实我们都在道边好好地站着，刚才被摔昏或震昏的人也已苏醒过来，死的是一个都没有。虽然有人挂彩见红，但是不是就伤得很重还难说。不知围观者常有的是一种什么心态，难道真是"看打架的嫌架打得小，看着火的嫌火烧得小，看车祸的嫌死的人少"？

有人见出了这么大的车祸竟然没有死人，触景生智开始大发别的感慨：去年有三十多个北京的万元户（那时候在人们的眼里万元户就是富翁了），集体来游览五台山，在另一个山道上也出了车祸，全部遇难，没留下一个活的。看来五台山喜欢惩罚名利场中人！福建一位老编辑接了腔：名利场中人又怎么得罪了五台山？今天这么大的车祸没有死一个人，说明五台山对文人还是格外关爱的……其实这也许只是俗人的想法，在佛眼里众生平等，分什么名利高低？如果世间有个名利场，那非名利场中又是些什么人呢？现代人无不生活在市场经济的竞争之中，难道都该受到惩罚？

不管怎样说，"黄河笔会"很难再继续下去了。笔会组织者请山上的医疗急救人员为受外伤的人做了紧急处理，但无法做彻底检查。于是我们换成旅游公司崭新的大客车，直奔大同。一路无话，到了大同，先安排大同市最好的第一人民医院给每个人做详细检查。担惊受怕作了大难的山西作家协会主席焦祖尧找到我，说原来他们跟大同市负责接待的部门有协议，参加笔会的作家来后要给大同的文学爱好者和一部分机关干部讲课。现在虽因车祸笔会不能进行下去了，但我们还是来到了大同，而且给大同添的麻烦更大，讲课不能取消，人家已经通知下去了，就在今天下午。原定是我跟刘心武一起撑半天，现在刘心武疼得上不了台，只好让我一个人顶。我无法拒绝，就在去年夏天我也组织过一次大型"森林笔会"，在分头活动时一辆吉普车翻倒，砸断了一位我非常尊敬的作家的小腿，因此深知焦祖尧此时心里的滋味。用写一笔好字的唐达成的话说，参加笔会要一路写字或一路讲课，是给自己换饭票，无论如何都不能推托。再说现在的人们还有兴趣要你的字，想听你讲些有趣或无趣的话，这是对你的抬举，怎可不知好歹？

焦祖尧让我先去检查身体，然后再上台。我又没有受伤，不想去检查。他说无论如何也要去除疑心病，不然等你回到天津发现有问题，我们怎么担当得起？这家伙是怕我后半生赖上他，我就跟他先去见医生，胳膊腿加一个脑袋明摆着没有受伤，就只对骨头和内脏进行了一番透视和照相，然后就上台了。到傍晚我讲完课回到住处，所有参加笔会的人都用一种古怪的似同情似疑惑的眼光盯着我看，原来所有人检查完内脏和骨头都没有事，个别人血流满面也只是皮肉伤，缝合几针就解决问题了。独我，"右边第九根肋骨轻微骨折"！

呀，从接过诊断书的那一刻起，我感到右侧的肋条真的有点疼。笔会组织者已经为我们买好了当晚就回北京的火车票，第二天上午九点多钟，一辆早就准备好的小车等在北京站台，拉上我就往天津跑。天津的朋友圈里已经轰动，碰上这种事大家都喜欢尽情地发挥想象力，五台山上的车祸还能小得了吗？说是肋条断了，那是怕家里人着急……将近中午我回到天津，作协的同志不让我进家先去全市最好的骨科医院，一照相："未见骨折"。

哈，这就有点意思了！此后的两天我又跑了四家医院，两家说是骨折，两家说没有骨折，正好是一半对一半。这太怪异了，完全没有道理……或许这是一种警示，想告诉我点什么？世间能说出的道理都是有局限的，狭隘的。唯有讲不出的道理，才是最庞大最广阔的。没有道理就是最大的道理。

我从此闭口不再谈那次车祸，不能像讲故事一样一遍又一遍甚至是添油加醋地叙述那次车祸的经历，并从叙述中获得某种奇怪的快感，或者是解脱。但我会经常回想那场车祸，车祸刚发生后觉得人离死很近，生命极其脆弱，灾难会在你没有感觉的时候突然降临，喉管里的这口气说断就断！随着人们健康地将车祸看成了一次惊险而富有刺激的经历，就会觉得人离死很远，出了那么大的车祸都没有死一个人，可见死也不是一件容易的事情。而且，"大难不死，必有后福"！我决定不再去医院，转而求教一位高人。

　　他叫胡克铨，是贵州省水利厅小水电处处长。"文化大革命"期间被批斗得受不住，躲到贵州大山里当了"野人"，因祸得福发现了"龙宫"——后来开发成异常奇妙的旅游景观，就是四年前我在看"龙宫"的时候认识了他。当时天色将晚，"龙宫"已经关门，可我还舍不得离开，围着"龙宫"四周转悠，就见一人在"龙宫"北侧束身长坐，神气清穆，风鉴朗拔，不由得上前攀谈。他谈天说地，博学多识，立刻能让人神思融净，身心豁然。于是我们便成了朋友，我更多的是把他视为智者，遇有委决不下的事情愿意跟他商量。他说：你的肋骨没有骨折，不信等会儿下楼跑十圈，没有一个肋骨骨折的人能够跑动。这不过是五台山跟你开了个玩笑，或者是想提醒你一下。你仗着个子高，架子大，想看圣山却又对佛表现得大不敬，看到年轻人恃才傲物，言语轻狂，竟不加劝阻。五台山无所谓，但五台山满山遍野都是去朝圣的人，唯你们这些人出洋相，逆向而动，焉能不伤？佛不怪人人自怪，是你们这些人的心里在捣鬼，要谨防自己的心啊！

　　我放下电话就下楼了，真的围着自己住的楼跑了十圈，刚开始感到右肋有些不自在，渐渐地就浑身发热，酣畅淋漓起来。从此我不再理会"第九根肋条"，它也就真的没有再给我添麻烦。但我却无法淡忘那次车祸，出车祸是不幸，在车祸中没有人死或受重伤，又是不幸中之大幸。不幸是伟大的教师，不幸中的大幸更是伟大的教师，祸福相贯，生死为邻。刘禹锡说："祸必以罪降，福必以善来。"以后我再看山或进庙，提前都要有所准备，一定是自己真想看和真想进的，先在心里放尊重，不多说多道。守住心就是守住嘴，特别是对自己不了解的事情，绝不妄加评判。

改变自己很难，但车祸的教训也非同一般，人很难做到不被生死祸福累其心。渐渐我觉得自己的脾性真的变得沉稳多了，心境也越来越平和，有时竟感到活出了一份轻松和舒缓。心一平连路也顺了，每年总还要外出几次，继续东跑西颠，却从未再有过惊险。

所以，我感谢五台山，感谢那次车祸！

长安寺

萧红

接引殿里的佛前灯一排一排的，每个顶着一颗小灯花燃在案子上。敲钟的声音一到接近黄昏时候就稀少下来，并且渐渐地简直一声不响了。因为烧香拜佛的人都回家去吃着晚饭。

大雄宝殿里，也同样哑默默地，每个塑像都站在自己的地盘上忧郁起来，因为黑暗开始挂在他们的脸上。长眉大仙，伏虎大仙，赤脚大仙，达摩，他们分不出哪个是牵着虎的，哪个是赤着脚的。他们通通安安静静地同叫着别的名字的许多塑像分站在大雄宝殿的两壁。

只有大肚弥勒佛还在笑眯眯地看着打扫殿堂的人，因为打扫殿堂的人把小灯放在弥勒佛脚前的缘故。

厚沉沉的圆圆的蒲团，被打扫殿堂的人一个一个地拾起来，高高地把它们靠着墙堆了起来。香火着在释迦牟尼的脚前，就要熄灭的样子，昏昏暗暗地，若下去寻找，简直看不见了似的，只不过香火的气息缭绕在灰暗的微光里。

接引殿前，石桥下边池里的小龟，不再像日里那样把头探在水面上。用胡芝麻磨着香油的小石磨也停止了转动。磨香油的人也在收拾着家具。庙前喝茶的都戴起了帽子，打算回家去。冲茶的红脸的那个老头，在小桌上自己吃着一碗素面，大概那就是他的晚餐了。

过年的时候，这庙就更温暖而热气腾腾的了，烧香拜佛的人东看看，西望望。用着他们特有的悠闲，摸一摸石桥的栏杆的花纹，而后研究着想多发现几个桥下的乌龟。有一个老太婆背着一个黄口袋，在右边的胯骨上，那口袋上写着"进香"两个黑字，她已经跨出了当门的殿堂的后门，她又急急忙忙地从那后门转回去。我很奇怪地看着她，以为她掉了东西。大家想想看吧！她一翻身就跪下，迎着殿堂的后门向前磕了一个头。看她的年岁，有六十多岁，但那磕头的动作，来得非常灵活，我看她走在石桥上也照样的精神而庄严。为着过年才做起来的新缎子帽，闪亮地向着接引殿去朝拜了。佛前钟在一个老和尚手里拿着的钟锤下当当地响了三声，那老太婆就跪在蒲团上安详地磕了三个头。这次磕头却并不像方才在前面殿堂的后门磕得那样热情而慌张。我想了半天才明白，方才，就是前一刻，一定是她觉得自己太疏忽了，怕是那尊面向着后门口的佛见她怪，而急急忙忙地请他恕

六界众生本来都具一颗孤明如灯的心灵，这就是本性。只是由于蒙上妄念的尘垢，而坠入迷障。于是禅的修炼不过是使众生回归它那无尘垢的本心，"即时豁然，还得本心"。那就必须"死却心猿，杀却意马"，远离颠倒梦想，此时方能做到妄息心空，真知自现。

遥想当日我佛说法，必是绚烂、壮美。即使是家常情景，只要释迦开口，你一定会目眩神移。如果释迦和耶稣坐在一起，耶稣就是个寡言的木匠，而孔子或苏格拉底则是简朴的夫子，释迦也许是其中最具神性光芒的一位，他曾是王子，他的声音中有浩大的富丽，是无穷无尽、汹涌澎湃的繁华。

如果我们不能了解"佛"的观念在人类心理上的意义，不能
领会超越生死烦恼的一种终极的追求，那么我们仍然无法欣
赏佛像。如果"生动"是指肌肤的模仿，情感的表露，那么，
佛像不但不求生动，而且正是要远离这些。佛像要在人的形
象中扫除其人间性，而表现不生不灭、圆满自足的佛性。

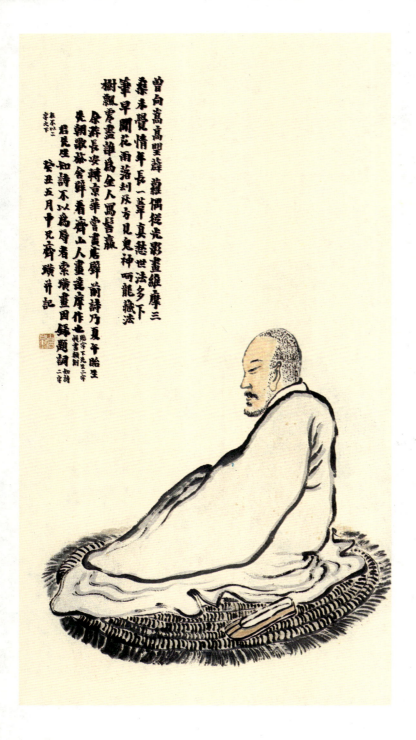

泼墨简笔描之难，在于它和禅家一样重心悟而离言说，在技法上的"妙悟者不在多言"也与禅理相通。请记住上面黄檗断际禅师的名言："不是一番寒彻骨，怎得梅花扑鼻香。"艺术家达到禅境之不易亦如是。

罪的意思。

卖花生糖的肩上挂着一个小箱子，里边装了三四样糖，花生糖，炒米糖，还有胡桃糖。卖瓜子的提着一个长条的小竹篮，篮子的一头是白瓜子，一头是盐花生。而这里不大流行难民卖的一包一包的"瓜子大王"。青茶，素面，不加装饰的，一个铜板随手抓过一撮来就放在嘴上嗑的白瓜子，就已经十足了。所以这庙里吃茶的人，都觉得别有风味。

耳朵听的是梵钟和诵经的声音；眼睛看的是些悠闲而且自得的游庙或烧香的人；鼻子所闻到的，不用说是檀香和别的香料的气息。所以这种吃茶的地方确实使人喜欢，又可以吃茶，又可以观风景看游人。比起重庆的所有的吃茶店来都好。尤其是那冲茶的红脸的老头，他总是高高兴兴的，走路时喜欢把身子向两边摆着，好像他故意把重心一会放在左腿上，一会放在右腿上。每当他掀起茶盅的盖子时，他的话就来了，一串一串的，他说：我们这四川没有啥好的，若不是打日本，先生们请也请不到这地方。他再说下去，就不懂了，他谈的和诗句一样。这时候他要冲在茶盅的开水从壶嘴如同一条水落进茶盅来。他拿起盖子来把茶盅扣住了，那里边上下游着的小鱼似的茶叶也被盖子扣住了，反正这地方是安静得可喜的，一切都是太平无事。

××坊的水龙就在石桥的旁边和佛堂斜对着面。里边放置着什么，我没有机会去看，但有一次重庆的防空演习我是看过的，用人推着哇哇的山响的水龙，一个水龙大概可装两桶水的样子，可是非常沉重，四五个人连推带挽。若着起火来，我看那水龙到不了火已经落了。那仿佛就写着什么××坊一类的字样。唯有这些东西，在庙里算是一个不调和的设备，而且也破坏了安静和统一。庙的墙壁上，不是大大地写着"观世音菩萨"吗？庄严静妙，这是一块没有受到外面侵扰的重庆的唯一的地方。他说，一花一世界，这是一个小世界，应作如是观。

但我突然神经过敏起来——可能有一天这上面会落下了敌人的一颗炸弹。而可能的那两条水龙也救不了这场大火。那时，那些喝茶的将没有着落了，假如他们不愿意茶摊埋在瓦砾场上。

我顿然地感到悲哀。

幽冥钟

汪曾祺

"姑苏城外寒山寺，夜半钟声到客船。"很早很早以前（大概从宋朝开始）就有人提出过怀疑，认为夜半不是撞钟的时候。我从小就觉得很奇怪：为什么夜半不是撞钟的时候呢？我的家乡就是夜半撞钟的。而且只有夜半撞。半夜，子时，十二点。别的时候，白天，还听不到撞钟。"暮鼓晨钟"，我们那里没有晨钟，只有夜半钟。这种钟，叫作"幽冥钟"。撞钟的是承天寺。

关于承天寺，有一个传说。传说张士诚是在这里登基的。张士诚是泰州人。泰州是我们的邻县。史称他是盐贩出身。盐贩，即贩私盐的。中国的盐，秦汉以来，就是官卖。卖盐的店，称"官盐店"。官盐税重，价昂。于是有人贩卖私盐。卖私盐是犯法的事。这种人都是亡命之徒，要钱不要命。遇到缉私的官兵，便要动武。这种人在官方的文书里被称为"盐匪"。瓦岗寨的程咬金就贩过私盐。在苏北里下河一带，一提起"私盐贩子"或"贩私盐的"，大家便知道这是什么角色。张士诚就是这样一个角色。元至正十三年，他从泰州起事，打到我的家乡高邮。次年，称"诚王"，国号"周"。我的家乡还出过一位皇帝（他不是我们县的人，他称王确是在我们县），这实在应该算是我们县历史上的第一号大人物。我们县的有名人物最古的是秦王子婴。现在还有一条河，叫子婴河。以后隔了很多年，出了一个秦少游。再以后，出了王念孙、王引之父子。但是真正叱咤风云的英雄，应该是张士诚。可是我前几年回乡，翻看县志，关于张士诚，竟无一字记载，真是怪事！

但是民间有一些关于张士诚的传说。

张士诚在承天寺登基，找人来写承天寺的匾。来了很多读书人。他们提起笔来，刚刚写了两笔，就叫张士诚拉出去杀了。接连杀了好几个。旁边的人问他："为什么杀他们？"张士诚说："你看看他们写的是什么？'了'，是个了字！老子才当皇帝就'了'了，日他妈妈的！"后来来了个读书人。他先写了一个"王"字，再写了左边的"ノ"，右边的"乀"，再写上边的"一"，然后一竖到底。张士诚一看大喜，连说："这就对了——先称王，左有文臣，右有武将，戴上平天冠，皇基永固，一贯到底！——赏！"

我小时读的小学就在承天寺的旁边，每天都要经过承天寺，曾经细看过承天寺山门的石刻的匾额，发现上面的"承"字仍是一般笔顺，合乎八法的"承"字，没有先称王、左文右武、戴了皇冠、一贯到底的痕迹。

　　我也怀疑张士诚是不是在承天寺登的基，因为承天寺一点也看不出曾经是一座皇宫的格局。

　　承天寺在城北西边，挨近运河。城北的大寺共有三座。一座善因寺，庙产甚多，最为鲜明华丽，就是小说《受戒》里写的明海受戒的那座寺。一座是天王寺，就是陈小手被打死的寺。天王寺佛事较盛。寺西门外有一片空地，时常有人家来"烧房子"。烧房子似是我乡特有的风俗。"房子"是纸扎店扎的，和真房子一样，只是小一些。也有几层几进，有堂屋卧室，房间里还有座钟、水烟袋，日常所需，一应俱全。照例还有一个后花园，里面"种"着花（纸花）。房子立在空地上，小孩子可以走进去参观。房子下面铺了一层稻草。天王寺的和尚敲着鼓磬铙钹在房子旁边念一通经（不知道是什么经），这一家的一个男丁举火把房子烧了，于是这座房子便归该宅的先人冥中收用了。天王寺气象远不如善因寺，但房屋还整齐——因此常常驻兵。独有承天寺，却相当残破了。寺是古寺。张士诚在这里登基，虽不可靠，但说不定元朝就已经有这座寺。

　　一进山门，哼哈二将和四大天王的颜色都暗淡了。大雄宝殿的房顶上长了好些枯草和瓦松。大殿里很昏暗，神龛佛案都无光泽，触鼻是陈年的香灰和尘土的气息。一点声音都没有，整座寺好像是空的。偶尔有一两个和尚走动，衣履敝旧，神色凄凉——不像善因寺的和尚，一个一个，都是红光满面的。

　　大殿西侧，有一座罗汉堂。罗汉也多年没有装金了。长眉罗汉的眉毛只剩了一只，那一只不知哪一年脱落了，他就只好捻着一只单独的眉毛坐在那里。罗汉堂外面，有两棵很大的白果树，有几百年了。夏天，一地浓荫。冬天，满阶黄叶。

罗汉堂东南角有一口钟，相当高大。钟用铁链吊在很粗壮的木架上。旁边是从房梁挂下来的撞钟的木杵。钟前是一尊地藏菩萨的一尺多高的金身佛像。地藏菩萨戴着毗卢帽，跏趺而坐，低眉闭目，神色慈祥。地藏菩萨前面点着一盏小油灯，灯光幽微。

在佛教的菩萨里，老百姓最有好感的是两位。一位是观世音菩萨，因为他（她）救苦救难。另一位便是地藏菩萨。他是释迦灭后至弥勒出现之间的救度天上以至地狱一切众生的菩萨。他像大地一样，含藏无量善根种子。他是地之神，是一位好心的菩萨。

为什么在钟前供着一尊地藏菩萨呢？因为这钟在半夜里撞，叫"幽冥钟"，是专门为难产血崩而死的妇人而撞的。不知道为什么，人们以为血崩而死的女鬼是居处在最黑最黑的地狱里的——大概以为这样的死是不洁的，罪过最深。钟声，会给她们光明。而地藏菩萨是地之神，好心的菩萨，他对死于血崩的女鬼也会格外慈悲的，所以钟前供地藏菩萨，极其自然。

撞钟的是一个老和尚。相貌清癯，高长瘦削。他已经几十年不出山门了。他就住在罗汉堂里。大钟东侧靠墙，有一张矮矮的禅榻，上面有一床薄薄的蓝布棉被，这就是他的住处。白天，他随堂粥饭，洒扫庭除。半夜，起来，剔亮地藏菩萨前的油灯，就开始撞钟。

钟声是柔和的、悠远的。

"东——嗡……嗡……嗡……"

钟声的振幅是圆的。"东——嗡……嗡……嗡……"，一圈一圈地扩散开。

就像投石于水，水的圆纹一圈一圈地扩散。"东——嗡……嗡……嗡……"

钟声撞出一个圆环，一个淡金色的光圈。地狱里受难的女鬼看见光了。她们的脸上现出了欢喜。"嗡……嗡……嗡……"金色的光环暗了，暗了，暗了……又一声，"东——嗡……嗡……嗡……"又一个金色的光环。光环扩散着，一圈，又一圈……

夜半，子时，幽冥钟的钟声飞出承天寺。

"东——嗡……嗡……嗡……"

幽冥钟的钟声扩散到了千家万户。

正在酣睡的孩子醒来了，他听到了钟声。孩子向母亲的身边依偎得更紧了。

承天寺的钟，幽冥钟。

女性的钟，母亲的钟……

一九八五年十二月四日中午，飘雪。

山中杂信（选录）

周作人

第一封信

伏园兄：

　　我已于本月初退院，搬到山里来了。香山不很高大，仿佛只是故乡城内的卧龙山模样，但在北京近郊，已经要算是很好的山了。碧云寺在山腹上，地位颇好，只是我还不曾到外边去看过，因为须等医生再来诊察一次之后，才能决定可以怎样行动，而且又是连日下雨，连院子里都不能行走，终日只是起卧屋内罢了。大雨接连下了两天，天气也就颇冷了。般若堂里住着几个和尚，买了许多香椿干，摊在芦席上晾着，这两天的雨不但使它不能干燥，反使它更加潮湿。每从玻璃窗望去，看见廊下摊着湿漉漉的深绿的香椿干，总觉得对于这班和尚们心里很是抱歉似的——虽然下雨并不是我的缘故。

般若堂里早晚都有和尚做功课，但我觉得并不烦扰，而且于我似乎还有一种清醒的力量。清早和黄昏时候的清澈的磬声，仿佛催促我们无所信仰、无所皈依的人，拣定一条这路精进向前。我近来的思想动摇与混乱，可谓已至其极了，托尔斯泰的无我爱与尼采的超人，共产主义与善种学，耶佛孔老的教训与科学的例证，我都一样的喜欢尊重，却又不能调和统一起来，造成一条可以行的大路。我只将这各种思想，凌乱的堆在头里，真是乡间的杂货一料店了——或者世间本来没有思想上的"国道"，也未可知。这件事我常常想到，如今听他们做功课，更使我受了激刺。同他们比较起来，好像上海许多有国籍的西商中间，夹着一个"无领事管束"的西人。至于无领事管束，究竟是好是坏，我还想不明白。不知你以为何如？

寺内的空气并不比外间更为和平。我来的前一天，般若堂里的一个和尚，被方丈差人抓去，说他偷寺内的法物，先打了一顿，然后捆送到城内什么衙门去了。究竟偷东西没有，是别一个问题，但吊打恐总非佛家所宜。大约现在佛徒的戒律，也同"儒业"的三纲五常一样，早已成为具文了。自己即使犯了永为弃物的波罗夷罪，并无妨碍，只要有权力，便可以处置别人，正如护持名教的人却打他的老父，世间也一点都不以为奇。我们厨房的间壁，住着两个卖汽水的人，也时常吵架。掌柜的回家去了，只剩了两个少年的伙计，连日又下雨，不能出去摆摊，所以更容易争闹起来。前天晚上，他们都不愿意烧饭，互相推诿，始而相骂，终于各执灶上的铁通条，打仗两次。我听他们叱咤的声音，令我想起《三国志》及《劫后英雄略》等书里所记的英雄战斗或比武时的威势，可是后来战罢，他们两个人一点都不受伤，更是不可思议了。从这两件事看来，你大约可以知道这山上的战氛罢。

因为病在右肋，执笔不大方便，这封信也是分四次写成的。以后再谈罢。

一九二一年六月五日

第二封信

近日天气渐热，到山里来住的人也渐多了。对面的那三间屋，已于前日租去，大约日内就有人搬来。般若堂两旁的厢房，本是"十方堂"，这块大木牌还挂在我的门口。但现在都已租给人住，以后有游方僧来，除了请到罗汉堂去打坐以外，没有别的地方可以挂单了。

三四天前大殿里的小菩萨，失少了两尊，方丈说是看守大殿的和尚偷卖给游客了，于是又将他捆起来，打了一顿，但是这回不曾送官，因为次日我又听见他在后堂敲那大木鱼了。（前回被抓去的和尚已经出来，搬到别的寺里去了。）当时我正翻阅《诸经要集·六度部》的《忍辱篇》，道世大师在《述意缘》内说道"……岂容微有触恼，大生嗔恨，乃至角眼相看，恶声厉色，遂加杖木，结恨成怨"，看了不禁苦笑。或者丛林的规矩，方丈本来可以用什么板子打人，但我总觉得有点矛盾。而且如果真照规矩办起来，恐怕应该挨打的却还不是这个所谓偷卖小菩萨的和尚呢。

山中苍蝇之多，真是"出人意表之外"。每到下午，在窗外群飞，嗡嗡作声，仿佛是蜜蜂的排衙。我虽然将风门上糊了冷布，紧紧关闭，但是每一出入，总有几个混进屋里来。各处桌上摊着苍蝇纸，另外又用了棕丝制的蝇拍追着打，还是不能绝灭。英国诗人勃来克有《苍蝇》一诗，将蝇来与无常的人生相比，日本小林一茶的俳句道："不要打哪！那苍蝇搓他的手，搓他的脚呢。"我平常都很是爱念，但在实际上却不能这样的宽大了。一茶又有一句俳句，序云：

捉到一个虱子，将他掐死固然可怜，要把他舍在门外，让他绝食，也觉得不忍，忽然的想到我佛从前给与鬼子母的东西，成此。

虱子呵，放在和我味道一样的石榴上爬着。

《四分律》云："时有老比丘拾虱弃地，佛言不应，听以器盛若绵拾着中。若虱走出，应作筒盛；若虱出筒，应作盖塞。随其寒暑，加以腻食将养之。"一茶是诚信的佛教徒，所以也如此做，不过用石榴喂它却更妙了。这种殊胜的思想，我也很以为美，但我的心底里有一种矛盾，一面承认苍蝇是与我同具生命的众生之一，但一面又总当它是脚上带着许多有害的细菌，在头上面爬的痒痒的，一种可恶的小虫，心想除灭他。这个情与知的冲突，实在是无法调和，因为我笃信"赛老先生"的话，但也不想拿了他的解剖刀去破坏诗人的美的世界，所以在这一点上，大约只好甘心且做蝙蝠派罢了。

对于时事的感想，非常纷乱，真是无从说起，倒还不如不说也罢。

六月二十三日

第 四 封 信

近日因为神经不好，夜间睡眠不足，精神很是颓唐，所以好久没有写信，也不曾做诗了。诗思固然不来，日前到大殿后看了御碑亭，更使我诗兴大减。碑亭之北有两块石碑，四面都刻着乾隆御制的律诗和绝句。这些诗虽然很讲究的刻在石上，壁上还有宪兵某君的题词，赞叹他说"天命乃有移，英风殊难泯"！但我看了不知怎的联想到那塾师给冷于冰看的草稿，将我的创作热减退到近于零度。我以前病中忽发野心，想做两篇小说，一篇叫《平凡的人》，一篇叫《初恋》，幸而到了现在还不曾动手，不然，岂不将使《馍馍赋》不但无独而且有偶么？

我前回答应告诉你游客的故事，但是现在也未能践约，因为他们都从正门出入，很少到般若堂里来的。我看见从我窗外走过的游客，一总不过十多人。他们却有一种公共的特色，似乎都对于植物的年龄颇有趣味。他们大抵问和尚或别人道，"这藤萝有多少年了？"答说："这说不上来。"便又问，"这柏树呢？"至于答案，自然仍旧是"说不上来"了。或者不问柏树的，也要问槐树，其余核桃石榴等小树，就少有人注意了。

　　我常觉得奇异，他们既然如此热心，寺里的人何妨就替各棵老树胡乱定出一个年岁，叫和尚们照样对答，或者写在大木板上，挂在树下，岂不一举两得么？

　　游客中偶然有提着鸟笼的，我看了最不喜欢。我平常有一种偏见，以为作不必要的恶事的人，比为生活所迫，不得已而作恶者更为可恶，所以我憎恶蓄妾的男子，比那卖女为妾——因贫穷而吃人肉的父母，要加几倍。对于提鸟笼的人的反感，也是出于同一的源流。如要吃肉，便吃罢了（其实飞鸟的肉，于养生上也许非必要），如要赏鉴，在他自由飞鸣的时候，可以尽量的看或听：何必关在笼里，擎着走呢？我以为这同喜欢缠足一样的是痛苦的赏玩，是一种变态的残忍的心理。贤首于《梵网戒疏》盗戒下注云："善见云，盗空中鸟，左翅至右翅，尾至头，上下亦尔，俱得重罪。准此戒，纵无主，鸟身自为主，盗皆重也。"鸟身自为主——这句话的精神何等博大深厚，然而又岂是那些提鸟笼的朋友所能了解的呢？

　　《梵网经》里还有几句话，我觉得也都很好。如云："若佛子，故食肉——一切肉不得食。——断大慈悲性种子，一切众生见而舍去。"又云："一切男子是我父，一切女人是我母，我生生无不从之受生，故六道众生皆我父母。而杀而食者，即杀我父母，亦杀我故身。一切地水，是我先身；一切火风，是我本体……"我们现在虽然不能再相信六道轮回之说，然而对于这普亲观平等观的思想，仍然觉得他是真而且美。英国勃来克的诗：

　　　　被猎的兔每一声叫，

　　　撕掉脑里的一枝神经；

　　　云雀被伤在翅膀上，

　　　一个天使止住了歌唱。

　　这也是表示同一的思想。我们为自己养生计，或者不得不杀生，但是大慈悲性种子也不可不保存，所以无用的杀生与快意的杀生，都应该避免的。譬如吃醉虾，这也罢了；但是有人并不贪他的鲜味，只为能够将半活的虾夹住，直往嘴里送，心里想道"我吃你！"觉得很快活。这是在那里尝得胜快心的滋味，并非真是吃食了。《晨报》杂感栏里曾登过松年先生的一篇《爱》，我很以他所说的为然。但是爱物也与仁人很有关系，倘若断了大慈悲性种子，如那样吃醉虾的人，于爱人的事也恐怕不大能够圆满的了。

　　　　　　　　　　　　　　　　　　　七月十四日

正定三日

铁凝

少年时听父亲讲过正定。建国前后正定曾是培养革命知识分子的摇篮，著名的华大、建设学校校址都曾设在那里。

那些身着灰布制服的学员生活、学习在一座颇具规模的教堂里。当时教堂虽已萧条，但两座高入云霄的钟塔却仍然矗立在院内。每逢礼拜，塔内传来钟声，黑衣神父从灰制服武装起来的学生中间目不斜视地穿插而过，少时，堂内便传出布道声。学生们则趁着假日，从街上买回正定人自制的一千六百旧币一支的挤不出管的牙膏。

在哥特式的彩窗陪伴下，两种信仰并存着：一种坚信人是由猿猴变化而来；一种则执拗地讲述着上帝一日造光，二日造天，六日造人……

庭园内簇簇月季却盛开在这个共同的天地里。神父种植的月季，学员也在精心浇灌。空气中弥漫着浓郁的花香，仿佛是那些月季把两种信仰协调了起来。

成年之后，每逢我乘火车路过正定，望见那一带灰黄的宽厚城墙，便立刻想到那教堂、那钟声和月季。

不知为什么，父亲讲正定却很少讲那里的其他：那壮观的佛教建筑群"九楼四塔八大寺"，那俯拾即是的民族文化古迹。

我认识的第一位正定人是作家贾大山。几年前他做了县文化局长，曾几次约我去正定走走。我只是答应着。直到今年夏天大山正式约我，我才真的动了心，却仍旧想着那教堂。但大山约我不是为了这些，那座"洋寺庙"的文化并未在他身上留下什么痕迹。相反，他那忠厚与温良、质朴与幽默并存的北方知识分子气质，像是与这座古常山郡的民族文化紧紧联系着。

一个深秋绵绵细雨的日子，我来到正定。果然，大山陪我走进的首先就是那座始建于隋的隆兴寺。

人所共知，隆兴寺以寺里的大佛而闻名。一座大悲阁突立在这片具有北方气质的建筑群中，那铜铸的大佛便伫立在阁内，同沧州狮子、定州塔、赵州大石桥被誉为"河北四宝"。

隆兴寺既是以大佛而闻名，游人似乎也皆为那大佛而来。大佛高二十余米，浑身攀错着四十二臂，游人在这个只有高度、没有纵深的空间里，须竭力仰视才可窥见这个大悲菩萨的全貌。而他的面容靠了这仰视的角度，则更显出了居高临下、悲天悯人，既威慑着人心、又疏远着人心的气度。他是自信的，这自信似渗透着它那四十二臂上二百一十根手指的每一根指尖。人在他那四十二条手臂的感召之下，有时虽然也感到自身一刹那的空洞，空洞到你就要拜倒在他的脚下。然而一旦压抑感涌上心境，距离感便接踵而来。人对他还是敬而远之的居多。这也许就是大悲菩萨自身的悲剧。

　　距大悲阁不远是摩尼殿。在摩尼殿内，在释迦牟尼金装坐像的背面，泥塑的五彩悬山之中，有一躯明代成化年间塑绘的五彩倒坐观音像。和大悲菩萨比较，她虽不具他那悲天悯人的气度，却表现出了对人类的亲近，她那十足的女相，那被人格化了的仪表，一扫佛教殿堂的外在威严，因而使殿堂弥漫起温馨的人性精神。她那微微俯视的身姿，双手扶膝、一脚踏莲、一脚踞起、端庄中又含几分活泼的体态，她那安然、聪慧的目光，生动、秀丽的脸庞，无不令人感受着母性光辉的照耀。松弛而柔韧的手腕给了她娴雅；那轻轻翘起的脚趾又给了她些许俏皮。她的右眼微微眯起，丰满的双唇半启开，却形成了一个神秘的有意味的微笑。这微笑不能不令人想起达·芬奇的蒙娜丽莎。一位意大利的艺术巨匠，同我国明代这位无名工匠，在艺术上竟是这样的不谋而合。他们都刻画了一个宁静的形象，然而这种宁静却是寓于不宁静之中的；蒙娜丽莎被称作"永远的微笑"，这尊倒坐观音为什么不能？

　　没有人能够窥透她的微笑，没有人能够明悉这微笑是苦难之后的平静，抑或是平静之后的再生。这微笑却浓郁了摩尼殿，浓郁了隆兴寺，浓郁了人对于人生世界之爱。不可窥透的微笑才可称作永远的微笑。

游人却还是纷纷奔了那著名的大悲阁而去，摩尼殿倒像是一条参观者和朝拜者的走廊。

走出寺门，我用心思索着大悲菩萨和倒坐观音，谁知威严无比的大悲菩萨我竟无从记起，眼前只浮起一个意味无穷的微笑。原来神越是被神化则越是容易被人遗忘，只有人格化了的神，才能给人深切的印象。

人却愿意被自己的同类奉若神明，人的灾难也大多开始于此吧。当神以人的心灵去揣度人心、体察世情时，盛世景象不是才会从此时升起吗？

次日，我再去隆兴寺。

此次进寺，是专程去看天王殿北面那座大觉六师殿。

实际大觉六师殿已无殿可看。殿宇早已坍毁，只有一方阔大的台基和几十尊柱础袒露在翠柏包围之下。台基正中兀自立着一只汉白玉莲座，莲座上的空香炉映衬着正北那绚烂华美的摩尼殿，更增添了这殿址的寂寥。

这大觉六师殿曾是寺内的主殿，创建于北宋元丰年间，寺志记载着殿内的规模，仅五彩石罗汉就有一百零八尊，还有高一丈六尺的金装佛三尊，高一丈六尺的金装菩萨四尊，还有其他各种五彩泥塑罗汉、菩萨……加起来约有八、九十尊。可见这主殿确实颇具些规模的。

六师是指同释迦牟尼相对立的六派代表人物，与释迦牟尼同时代，因与佛教主张不同，被称为"六师外道"。

六师各有其论，如其中富兰那·迦叶的"无因无缘论"；删阇夜·毗罗尼仔的"怀疑论"和"不可知论"以及"顺世论"，"无有今世，亦无后世论"……那么，大觉六师殿当是供奉这六位反释迦牟尼的代表人物了。而大觉六师殿又同供奉释迦牟尼的摩尼殿同在一寺，且仅几十米之遥。是谁为他们创造了这种"宽松、和谐"？原来当年的隆兴寺内也是这种宽松、和谐的范例。

据说大觉六师殿毁于民国初年。问及当地老者，都说只见过当年大殿塌陷过一角，却无人说得清大殿究竟是怎样片瓦无存。那丈余高的金装菩萨、金装佛呢？那百余尊五彩石罗汉呢？那嵌于四壁的宋代壁画呢？它们究竟在何时销声匿迹，如今连研究人员也无从回答。

这谜一样的殿，这毁殿的谜，它仿佛是应了一种神明的召引乘风而去；又仿佛是派系之争，使一方终无容膝之地，才拔地而起。莫非洞悉其中奥妙的只有摩尼殿中的倒坐观音，她那永远的微笑里，也蕴含了对释迦和六师的嘲讽么？

然而六师同释迦牟尼毕竟在这里共存过，那袒露着的台基便是证明。是那各派共享一寺的盛景丰富了正定的文化。

我又想起了那座曾作过革命者摇篮的教堂。原来它和隆兴寺仅一墙之隔。当年，寺内伴着朝霞而起的声声诵经，随着晚风而响的阵阵檐铃，是怎样与隔壁教堂的悠远钟声在空中交织、碰撞？正定给予神和人的宽容是那么宏博、广大。东西方文化滋润了这座古城镇，这古城又慷慨地包容了这一切。

正定的秋雨很细，如柳丝一般绿。

第三日，我本来决心去专访那教堂的，但教堂早就变成了一所部队医院。那两座高入云霄的塔楼也已不复存在。向门内望去，不见月季，只有三五成群的身着白衣白帽的医护人员。我忽然失去了进门的兴致，却仍然像个当年的革命者那样从门前走过，走上街头，去寻找正定制造的一千六百元一管的牙膏。

闲逛着，我进了一家很小的木器店。店里摆着精巧的折叠小木椅。问过价钱，竟是分外的便宜。我向售货员试探，能不能允许我挑两把？一位富态的中年女售货员不仅欣然应允，还说若是挑不好再去库里为我拿。我竟有些惶惑，之后便是受宠若惊——毕竟我还未能解除大城市的武装：大城市绝少这种宽待顾客的俞允。

我挑遍了铺面上的小木椅，售货员果无厌烦之色。我便得寸进尺起来，要求她从库房再拿些出来。谁知售货员更慷慨了，径直将我领进了库房。

许多年来，买东西的过程从未给过我乐趣，只在这秋雨中的小店，我才寻到了这本该有滋有味的买主和卖主矛盾中的和谐。

后来才知道，这种木椅是正定木器厂的出口产品。原来正定不仅拥有着厚重的文化古迹，那一千六百元一支的挤不出管的牙膏也早已无证可查，如今正定在经济上的腾飞和发展也是令邻县艳羡的。那漂亮的常山影剧院售票处前的盛况便是证明。

穿扮入时的青年男女们远离了寺钟和木鱼，讲经和布道，他们要坐在现代化的剧场里欣赏爵士乐演唱、电声乐队和新潮歌星。于是当隆兴寺的寺门紧闭时，正定的夜生活还在延长着。宽松、和谐仍然充盈着这古城。

怀着一点难言的惆怅，我和大山也朝常山影剧院走去，去欣赏一场外地来的青春歌舞。一路上大山谈的却是京剧。原来他是个京戏迷，能讲能唱，讲着讲着就唱了起来。在雨后清新的空气里，他的嗓音不高但格外够味儿，好像我们将要走进的并不是那电声变化莫测的现代剧场。

然而，那裸露着胳膊和腿的少女，那爵士鼓的狂躁还是包围了我们……

也许这是通往真正文明的必经阶段？也许正定青年现在热衷的正是有一天他们厌倦的？他们仍会返回自己赖以生存的文化中追寻生命的意义，伴着古老的寺钟，去寻找新鲜的一天，新鲜的开始。

回来的路上，大山谈论的是刚才眼前的一切。那谈论中很少满足，却充满着惆怅的疑虑。

在不变之中发现变化的该是智者吧？在万变之中窥见那不变之色的亦非愚公。

我不是智者，也不是愚公。我只是想到，一方水土养一方人。正定悠久的历史文化陶冶了这土地上一代又一代的人们，灾荒、战乱、文化浩劫都未能泯灭这儿人们内有的情趣。这其中的珍贵不亚于那大觉六师殿内的堂皇。

倘若人心荒漠，纵然寺院成群，这古郡的意义又何在？一台不算雅致的青春歌舞，难道真能包容正定人的好恶？

当我远离了正定，回首凝望它那宽厚雄浑的古城墙里，那错落有致的四塔，连同那片如大鹏展翅般的寺庙屋脊，携了历史的风尘安然屹立。它们灿烂了正定的历史，充盈了正定的今日。

正定毕竟是怀了希望朝前走的。是伴着钟磬的齐鸣，是伴着爵士鼓的骚乱，是伴着那教堂的月季花香，是伴着大山那字正腔圆的唱段？也许都是，也许都不是。

能够回答的，终将是古老而又年轻的正定。

襟怀云水

千年一叹（节选）

余秋雨

玄奘和法显

一九九九年十二月六日，伊斯兰堡，
夜宿 Marriott 旅馆。

塔克西拉有一处古迹的名称很怪，叫国际佛
学院，很像现代的宗教教育机构，其实是指乔里
央（Jaulian）的讲经堂遗址。由于历史上这个讲
经堂等级很高，又有各国僧人荟萃，说国际佛学
院倒是并不过分的。它在山上，须爬坡才能抵达。

一开始我并不太在意，觉得在这佛教文化的早期重心，自然会有很多讲经堂的遗址。但讲经堂的工作人员对我们一行似乎另眼相看，一个上了年纪的棕脸白褂男子，用他那种不甚清楚的大舌头英语反复地给我们说着一句话，最后终于明白，这是我们唐代的玄奘停驻过的地方！

他见我们的表情将信将疑，就引着我们走过密密层层的僧人打坐台，来到一个较大的打坐台前，蹲下，指给我们看底座上一尊完整的雕像，说这是佛教界后人为了纪念玄奘的停驻所修，这尊雕像就是玄奘，是整个讲经堂里最完美的两尊雕像之一。

他不说这个打坐台是玄奘坐过的，只说是后人的纪念性修筑，这种说法有一种令人信赖的诚实。他还说，玄奘不仅在这里停驻过，还讲过经。这我是相信的，一切佛教旅行家跋涉千万里，名为"取经"，实则是沿途寻访和探讨，一路上少不了讲经活动。

这一来我就长时间地赖在这个讲经堂里不愿离开了。讲经堂分两层，与中国式的庙宇有很大差别，全是泥砖建造，极其古朴。爬上山坡后首先进入一个拥挤的底层，四周密密地排着一个个狭小的打坐间，中间厅堂里则分布着很多打坐台，我们只能在打坐台之间的弯曲夹道中小心穿行。看得出来，坐在中间打坐台上的僧人，在级别上应该高一点，他们已经可以把个人小间里的打坐，挪移到大庭广众中来了。中间打坐台也有大小，玄奘的纪念座属于最大的一种。这一层的壁上还有很多破残的佛像，全都属于犍陀罗系列，破残的原因可能很多，不排斥后来其他宗教兴盛时的破坏，但主要是年代久远，自然风化。这些佛像有些是泥塑，有些由本地并不坚实的石料雕成，这与希腊、埃及看到的"大石文化"相比，有一种材质上的遗憾。这是没有办法的，一种从两河流域就开始的遗憾。

第二层才是真正讲经的地方。四周依然是一间间打坐听经的小间，中间有一个宽大平整的天井，便是一般听讲者席地而坐的所在。由此可知，拥有四周小间的，都应该是高僧大德，这与底层正好相反。天井的一角有一间露顶房舍，现在标写着"浴室"，当然谁也不会在庄严的讲堂中央洗澡，那应该是讲经者和听讲者用清水涤手的地方。与讲经堂一墙之隔，是饭厅和厨房，僧人们席地而坐，就着一个个方石墩用餐，石墩还留下四个。饭厅紧靠山崖，山崖下是一道现在已经干涸的河流，隔河有几座坡势平缓的山，据说当时来听讲的各地普通僧人，就在对面山坡上搭起一个个僧寮休息。我们的玄奘，则不必到山坡上去，一直安坐在底楼的打坐台上，待到有讲经活动，也能拥有楼上的一小间，偶尔则在众人崇敬而好奇的目光中，以讲经者身份走到台前。

玄奘抵达犍陀罗大约是公元六三〇年或稍迟，他是穿越什么样的艰难才到达这里的，我们在《大唐西域记》里已经读到过。他在大戈壁沙漠上九死一生的经历且不必说，从大戈壁到达犍陀罗，至少还要徒步翻越天山山脉的腾格里山，再翻越帕米尔高原，以及目前在阿富汗境内的兴都库什山，这些山脉即便在今天装备精良的登山运动员看来也是难以逾越的世界级天险，居然都让这位佛教旅行家全部踩到了脚下。当他看到这么多犍陀罗佛像的时候立即明白，已经到了"北天竺"，愉悦的心情可想而知。他把一路上辛苦带来的礼物如金银、绫绢分赠给这儿的寺庙，住了一阵，然后开始向印度的中部、东部、南部和西部进发。这里是他长长喘了一口气的休整处，这里是他进入佛国圣地的第一站。因此，我在讲经堂的上上下下反复行走的时候，满脑满眼都是他的形象。我猜度着他当年的脚步和目光，很快就断定，他一定首先想到了法显。法显比玄奘早两百多年已经到达过这里，这位前代僧人的壮举，一直是玄奘万里西行的动力。

法显抵达犍陀罗国是公元四〇二年，这从他的《佛国记》中可推算出来。法显先是穿越了塔克拉玛干大沙漠，然后也是翻过帕米尔高原到达这里的。他比玄奘更让人惊讶的地方是，玄奘翻越帕米尔高原时是三十岁，而法显已经六十七岁！法显出现在犍陀罗国时是六十八岁，而这里仅仅是他考察印度河、恒河流域佛教文化的起点。考察完后，这位古稀老人还要到达今天的斯里兰卡，再走海路到印度尼西亚北上回国，那时已经七十九岁。从八十岁开始，他开始翻译带回来的经典，并写作旅行记《佛国记》，直至八十六岁去世。这位把彪炳史册的壮举放在六十五岁之后的老人，实在是对人类的年龄障碍作了一次最彻底的挑战，也说明一种信仰会产生多大的生命能量。

站在塔克西拉的犍陀罗遗址中，我真为中国古代的佛教旅行家骄傲。更让我敬佩的是，他们虽然是佛教徒，但他们也是中国人，中国文化的史记传统使他们养成了文字记述的优良习惯，为历史留下了《佛国记》和《大唐西域记》。结果，连外国历史学家也承认，没有中国人的这些著作，一部佛教史简直难于梳理。甚至连印度的普通历史，也要借助这些旅行记来填补和修订。

记得我和孟广美坐在塞卡普遗址的讲台前聊天时，她曾奇怪，为什么这些融汇多种文明的浮雕中没有中华文明的信息？我说，喜马拉雅山和帕米尔高原太高，海路又太远，中华文明在公元前与这一带的关系确实还没有认真建立，但你可知道这些遗址是靠什么发现的？靠玄奘的《大唐西域记》和法显的《佛国记》。中国人的来到虽然晚了一点，但用准确的文字记载填补了这里的历史、指点了这里的蕴藏、复活了这里的遗迹，这说明，中国人终究没有缺席。

洁 净 的 起 点

一九九九年十二月二十日，印度瓦拉纳西，
夜宿 Taj Ganges 旅馆。

终于置身于瓦拉纳西（Varanasi）了。

这个城市现在又称贝拿勒斯（Benares），无论在印度教徒还是在佛教徒心中都是一个神圣的地方。伟大的恒河就在近旁，印度人民不仅把它看成母亲河，而且看成是一条通向天国的神圣水道。一生能来一次瓦拉纳西，喝一口恒河水，在恒河里洗个澡，是一件幸事，很多老人感到身体不好就慢慢向瓦拉纳西走来，睡在恒河边，只愿在它的身躯边结束自己的生命，然后把自己的骨灰撒入恒河。正由于这条河、这座城的神圣性，历史上有不少学者和作家纷纷移居这里，结果这里也就变得更加神圣。我们车过恒河时已经深夜，它的夺人心魄的气势，它的浩浩荡荡的幽光，把这些天在现实世界感受的烦躁全洗涤了。

贴着恒河一夜酣睡，今早起来神清气爽。去哪里？这要听我的了，向北驱驰十公里，去鹿野苑（Sarmath），佛祖释迦牟尼初次讲法的圣地。

很快就到，只见一片林木葱茏，这使我想起鹿野苑这个雅致地名的来历。这里原是原始森林，一位国王喜欢到这里猎鹿，鹿群死伤无数。鹿有鹿王，为保护自己的部属，每天安排一头鹿牺牲，其他鹿则躲藏起来。国王对每天只能猎到一头鹿好生奇怪，但既然能猎到也就算了。有一天他见到一头气度不凡的鹿满眼哀怨地朝自己走来，大吃一惊，多亏手下有位一直窥探着鹿群的猎人报告了真相，这才知，每天一头的猎杀已使鹿群锐减，今天轮到一头怀孕的母鹿牺牲，鹿王不忍，自己亲身替代。国王听了如五雷轰顶，觉得自己身为国王还不及鹿王，立即下令不再猎鹿，不再杀生，还辟出一个鹿野苑，让鹿王带着鹿群自由生息。

就在这样一个地方，大概是在公元前五三一年的某一天，来了一位清瘦的中年男子，来找寻他的五位伙伴。这位中年男子就是佛祖释迦牟尼，前些年曾用苦行的方法在尼连禅河畔修炼，五位伙伴跟随着他。但后来他觉得苦行无助于精神解脱，决定重新思考，五位伙伴以为他想后退，便与他分手到鹿野苑继续苦修。释迦牟尼后来在菩提迦耶的菩提树下真正悟道，便西行二百公里找伙伴们来了。

他在这里与伙伴们讲自己的参悟之道，五位伙伴听了也立即开悟，成了第一批弟子。不久，鹿野苑附近的弟子扩大到五十多名，都聚集在这里听讲，然后以出家人的身份四处布道。因此这个地方非常关键。初次开讲使一人之悟成了佛法，并形成第一批僧侣，佛、法、僧三者齐全，佛教也就正式形成。

佛祖释迦牟尼初次开讲的地方，有一个直径约二十五米的圆形讲坛，高约一米，以古老的红砂石砖砌成。讲坛边沿是四道长长的坐墩，应该是五个首批僧侣听讲的地方；讲坛中心现在没有位置座位，却有一个小小的石栓，可作固定座位之用，现在不知被何方信徒盖上了金箔，周围还撒了一些花瓣。

讲坛下面是草地，草地上错落有致地建造着一个个石砖坐墩，显然是僧侣队伍扩大后听讲或静修的地方。讲坛北边有一组建筑遗迹，为阿育王时代所建，还有一枚断残的阿育王柱，那是真正阿育王立的了，立的时间应在公元前三世纪七十年代初，那时这里已成为圣地。这份荣誉带来了热闹，差不多热闹了一千年，直到公元七世纪玄奘来的时候还"层轩重阁，丽穷规矩"，《大唐西域记》中的描写令人难忘。

佛教在印度早已衰落，这里已显得过于冷寂。对于这种冷寂，我在感叹之余也有点高兴，因为这倒真实地传达了佛教创建之初的素朴状态。没有香烟缭绕，没有钟磬交鸣，没有佛像佛殿，没有信众如云，只有最智慧的理性语言，在这里淙淙流泻。这里应该安静一点，简陋一点，借以表明，世界三大宗教之一的佛教，在本质上是一种智者文明。

先有几个小孩在讲坛、石墩间爬攀，后来又来了翻越喜马拉雅山过来的西藏佛教信徒，除此之外只有我们。树丛远远地包围着我们，树丛后面已没有鹿群。听讲石墩铺得很远，远处已不可能听见讲坛上的声音，坐在石墩上只为修炼。

我在讲坛边走了一圈又一圈，主持人李辉和编导张力、樊庆元过来问我在想什么。我说："我见过很多辉煌壮丽的佛教寺院，更见过祖母一代裹着小脚跋涉百十里前去参拜。中国历史不管是兴是衰，民间社会的很大一部分就是靠佛教在调节着精神，普及着善良。这里便是一切的起点。想到这么一个讲坛与辽阔的中华大地的关系，与我们祖祖辈辈精神寄托的关系，甚至与我这么一个从小听佛经诵念声长大的人的关系，心里有点激动。"

作为一个影响广远的世界性宗教，此时此刻，佛教的信徒们不知在多少国家的寺庙里隆重礼拜，而作为创始地，这里却没有一尊佛像、一座香炉、一个蒲团！这种洁净使我感动，我便在草地上，向着这些古老的讲坛和石座深深作揖。

鹿野苑东侧有一座圆锥形的古朴高塔，叫达麦克塔（Dhamekh Stupa），奇怪的是塔的上半部呈黑褐色，下半部呈灰白色。一问，原来在佛教衰微之后，鹿野苑与这座塔的下半部都湮灭了，只留下塔的上半截在地面上，年代一久蒙上了尘污。十八世纪有一位英国的佛教考古学家带着猜测开挖，结果不仅挖出了塔，也挖出了鹿野苑。这个佛教圣地的重新面世还是在二十世纪，为时不久。

沉寂千年的讲坛又开始领受日光雨露，佛主在冥冥之中可能又有话说？

潭柘寺·戒台寺

朱自清

　　早就知道潭柘寺戒台寺。在商务印书馆的《北平指南》上，见过潭柘的铜图，小小的一块，模模糊糊的，看了一点没有想去的意思。后来不断地听人说起这两座庙：有时候说路上不平静；有时候说路上红叶好。说红叶好的劝我秋天去；但也有人劝我夏天去。有一回骑驴上八大处，赶驴的问逛过潭柘没有，我说没有。他说潭柘风景好，那儿满是老道，他去过，离八大处七八十里地，坐轿骑驴都成。我不大喜欢老道的装束，尤其是那满蓄着的长头发，看上去啰里啰唆龌里龌龊的。

更不想骑驴走七八十里地，因为我知道驴子与我都受不了。真打动我的倒是"潭柘寺"这个名字。不懂不是？就是不懂的妙。躲懒的人念成"潭拓寺"，那更莫名其妙了。这怕是中国文法的花样；要是来个欧化，说是"潭和柘的寺"，那就用不着咬嚼或吟味了。还有在一部诗话里看见近人咏戒台松的七古，诗腾挪天矫，想来松也如此。所以去。但是在夏秋之前的春天，而且是早春；北平的早春是没有花的。

这才认真打听去过的人。有的说住潭柘好，有的说住戒台好。有的人说路太难走，走到了筋疲力尽，再没兴致玩儿；有人说走路有意思。又有人说，去时坐了轿子，半路上前后两个轿夫吵起来，把轿子搁下，直说不抬了。于是心中暗自决定，不坐轿，也不走路；取中道，骑驴子。又按普通说法，总是潭柘寺在前，戒台寺在后，想着戒台寺一定远些；于是决定住潭柘，因为一天回不来，必得住。门头沟下车时，想着人多，怕雇不着许多驴，但是并不然——雇驴的时候，才知道戒台去便宜一半，那就是说近一半。这时候自己忽然逞起能来，要走路。走罢。

这一段路可够瞧的。像是河床，怎么也挑不出没有石子的地方，脚底下老是绊来绊去的，教人心烦。又没有树木，甚至于没有一根草。这一带原是煤窑，拉煤的大车往来不绝，尘土里饱和着煤屑，变成暗淡的深灰色，教人看了透不出气来。走一点钟光景，自己觉得已经有点办不了，怕没有走到便筋疲力尽；幸而山上下来一条驴，如获至宝似地雇下，骑上去。这一天东风特别大。平常骑驴就不稳，风一大真是祸不单行。山上东西都有路，很窄，下面是斜坡；本来从西边走，驴夫看风势太猛，将驴拉上东路。就这么着，有一回还几乎让风将驴吹倒；若走西边，没有准儿会驴我同归哪。

想起从前入画风雪骑驴图，极是雅事；大概那不是上潭柘寺去的。驴背上照例该有些诗意，但是我，下有驴子，上有帽子眼镜，都要照管；又有迎风下泪的毛病，常要掏手巾擦干。当其时真恨不得生出第三只手来才好。

东边山峰渐起，风是过不来了；可是驴也骑不得了，说是坎儿多。坎儿可真多。这时候精神倒好起来了：崎岖的路正可以练腰脚，处处要眼到心到脚到，不像平地上，人多更有点竞赛的心理，总想走上最前头去；再则这儿的山势虽然说不上险，可是突兀，丑怪，巉刻的地方有的是。我们说这才有点儿山的意思；老像八大处那样，真教人气闷闷的。于是一直走到潭柘寺后门；这段坎儿路比风里走过的长一半，小驴毫无用处，驴夫说："咳，这不过给您做个伴儿！"

墙外先看见竹子，且不想进去。又密，又粗，虽然不够绿。北平看竹子，真不易。又想到八大处了，大悲庵殿前那一溜儿，薄得可怜，细得也可怜，比起这儿，真是小巫见大巫了。进去过一道角门，门旁突然亭亭地矗立着两竿粗竹子，在墙上紧紧地挨着；要用批文章的成语，这两竿竹子足称得起"天外飞来之笔"。

正殿屋角上两座琉璃瓦的鸱吻，在台阶下看，值得徘徊一下。神话说殿基本是青龙潭，一夕风雨，顿成平地，涌出两鸱吻。只可惜现在的两座太新鲜，与神话的朦胧幽秘的境界不相称。但是还值得看，为的是大得好，在太阳里嫩黄得好，闪亮得好；那拴着的四条黄铜链子也映衬得好。寺里殿很多，层层折折高上去，走起来已经不平凡，每殿大小又不一样，塑像摆设也各出心裁。看完了，还觉得无穷无尽似的。正殿下延清阁是待客的地方，远处群山像屏障似的。屋子结构甚巧，穿来穿去，不知有多少间，好像一所大宅子。可惜尘封不扫，我们住不着。话说回来，这种屋子原也不是预备给我们这么多人挤着住的。寺门前一道深沟，上有石桥；那时没有水，若是现在去，倚在桥上听潺潺的水声，倒也可以忘我忘世。边桥四株马尾松，枝枝覆盖，叶叶交通，另成一个境界。西边小山上有个古观音洞。洞无可看，但上去时在山坡上看潭柘的侧面，宛如仇十洲的《仙山楼阁图》；往下看是陡峭的沟岸，越显得深深无极，潭柘简直有海上蓬莱的意味了。寺以泉水著名，到处有石槽引水长流，倒也涓涓可爱。只是流觞亭雅得那样俗，在石地上楞刻着蚯蚓般的槽；那样流觞，怕只有孩子们愿意干。现在兰亭的"流觞曲水"也和这儿的一鼻孔出气，不过规模大些。晚上因为带的铺盖薄，冻得睁着眼，却听了一夜的泉声；心里想要不冻着，这泉声够多清雅啊！寺里并无一个老道，但那几个和尚，满身铜臭，满眼势利，教人老不能忘记，倒也麻烦的。

　　第二天清早，二十多人满雇了牲口，向戒台而去，颇有浩浩荡荡之势。我的是一匹骡子，据说稳得多。这是第一回，高高兴兴骑上去。这一路要翻罗喉岭。只是上山，可是道儿窄，又曲折；虽不高，老那么凸凸凹凹的。许多处只容得一匹牲口过去。平心说，是险点儿。想起古来用兵，从间道袭敌人，许也是这种光景罢。

　　戒台在半山上，山门是向东的。一进去就觉得平旷；南面只有一道低低的砖栏，下边是一片平原，平原尽处才是山，与众山屏蔽的潭柘气象便不同。进二门，更觉得空阔疏朗，仰看正殿前的平台，仿佛汪洋千顷。这平台东西很长，是戒台最胜处，眼界最宽，教人想起"振衣千仞冈"的诗句。三株名松都在这里。"卧龙松"与"抱塔松"同是偃仆的姿势，身躯奇伟，鳞甲苍然，有飞动之意。"九龙松"老干槎丫，如张牙舞爪一般。若在月光底下，森森然的松影当更有可看。此地最宜低回流连，不是匆匆一览所可领略。潭柘以层折胜，戒台以开朗胜；但潭柘似乎更幽静些。戒台的和尚，春风满面，却远胜于潭柘的；我们之中颇有悔不该住潭柘的。戒台后山上也有个观音洞。洞宽大而深，大家点了火把嚷嚷闹闹地下去；半里光景的洞满是油烟，满是声音。洞里有石虎，石龟，上天梯，海眼等等，无非是凑凑人的热闹而已。

　　还是骑骡子。回到长辛店的时候，两条腿几乎不是我的了。

徐志摩

天目山中笔记

佛于大众中　说我尝作佛

闻如是法音　疑悔悉已除

初闻佛所说　心中大惊疑

将非魔作佛　恼乱我心耶

——《莲花经譬喻品》

　　山中不定是清静。庙宇在参天的大木中间藏着，早晚间有的是风，松有松声，竹有竹韵，鸣的禽，叫的虫子，阁上的大钟，殿上的木鱼，庙身的左边右边都安着接泉水的粗毛竹管，这就是天然的笙箫，时缓时急的掺和着天空地上种种的鸣籁。静是不静的；但山中的声响，不论是泥土里的蚯蚓叫或是轿夫们深夜里"唱宝"的异调，自有一种个别处：它来得纯粹，来得清亮，来得透澈，冰水似的沁入你的脾肺；正如你在泉水里洗濯过后觉得清白些，这些山籁，虽则一样是音响，也分明有洗净的功能。

夜间这些清籁摇着你入梦，清早上你也从这些清籁的怀抱中苏醒。

山居是福，山上有楼住更是修得来的。我们的楼窗开处是一片葱葱的林海；林海外更有云海！日的光，月的光，星的光，全是你的。从这三尺方的窗户你接受自然的变幻；从这三尺方的窗户你散放你情感的变幻。自在；满足。

今早梦回时睁眼见满帐的霞光。鸟雀们在赞美；我也加入一份。它们的是清越的歌唱，我的是潜深一度的沉默。

钟楼中飞下一声宏钟，空山在音波的磅礴中震荡。这一声钟激起了我的思潮。不，潮字太夸；说思流罢。耶教人说阿门，印度教人说"欧姆"（o—m），与这钟声的嗡嗡，同是从摄口外摄到合口内包的一个无限的波动：分明是外扩，却又是内潜；一切在它的周缘，却又在它的中心：同时是皮又是核，是轴亦复是廓。"这伟大奥妙的"（o—m）使人感到动，又感到静；从静中见动，又从动中见静。从安住到飞翔，又从飞翔回复安住；从实在境界超入妙空，又从妙空化生实在：

闻佛柔软音，深远甚微妙。

多奇异的力量！多奥妙的启示！包容一切冲突性的现象，扩大刹那间的视域，这单纯的音响，于我是一种智灵的洗涤。花开，花落，天外的流星与田畦间的飞萤，上缩云天的青松，下临绝海的魄岩，男女的爱，珠宝的光，火山的熔液：一婴儿在它的摇篮中安眠。

这山上的钟声是昼夜不间歇的，平均五分钟鸣一次。打钟的和尚独自在钟头上住着，据说他已经不间歇地打了十一年钟，他的心愿是打到他不能动弹的那天。钟楼上供着菩萨，打钟人在大钟的一边安着他的"座"，他每晚是坐着安神的，一只手挽着钟槌的一头，从长期的习惯，不叫睡眠耽误他的职司。"这和尚，"我自忖，"一定是有道理的！和尚是没道理的多：方才那知客僧想把七窍蒙充六根，怎么算总多了一个鼻孔或是耳孔；那方丈师的谈吐里不少某督军与某省长的点缀；那管半山亭的和尚更是贪嗔的化身，无端摔破了两个无辜的茶碗。但这打钟和尚，他一定不是庸流，不能不去看看！"他的年岁在五十开外，出家有二十几年，这钟楼，不错，是他管的，这钟是他打的（说着他就过去撞了一下），他每晚，也不错，是坐着安神的，但此外，可怜，我的俗眼竟看不出什么异样。他拂拭着神龛，神座，拜垫，换上香烛，掇一盂水，洗一把青菜，捻一把米，擦干了手接受香客的布施，又转身去撞一声钟。他脸上看不出修行的清癯，却没有失眠的倦态，倒是满满的不时有笑容的展露；念什么经；不，就念阿弥陀佛，他竟许是不认识字的。"那一带是什么山，叫什么，和尚？""这里是天目山。"他说。"我知道，我说的是那一带的。"我手点着问。"我不知道。"他回答。

山上另有一个和尚，他住在更上去昭明太子读书台的旧址，盖着几间屋，供着佛像，也归庙管的，叫作茅棚。但这不比得普陀山上的真茅棚，那看了怕人的，坐着或是偎着修行的和尚没一个不是鹄形鸠面，鬼似的东西。他们不开口的多，你爱布施什么就放在他跟前的篓子或是盘子里，他们怎么也不睁眼，不出声，随你给的是金条或是铁条。人说得更奇了。有的半年没有吃过东西，不曾挪过窝，可还是没有死，就这样冥冥地坐着。他们大约离成佛不远了，单看他们的脸色，就比石片泥土不差什么，一样是黑刺刺，死僵僵的。"内中有几个，"香客们说，"已经成了活佛，我们的祖母早三十年来就看见他们这样坐着的！"

　　但天目山的茅棚以及茅棚里的和尚，却没有那样的浪漫出奇。茅棚是尽够蔽风雨的屋子，修道的也是活鲜鲜的人，虽则他并不因此减却他给我们的趣味。他是一个高身材、黑面目、行动迟缓的中年人；他出家将近十年，三年前坐过禅关，现在这山上茅棚里来修行；他在俗家时是个商人，家中有父母兄弟姊妹，也许还有自身的妻子；他不曾明说他中年出家的缘由，他只说"俗业太重了，还是出家从佛的好"。但从他沉着的语音与持重的神态中可以觉出他不仅是曾经在人事上受过折磨，并且是在思想上能分清黑白的人。他的口，他的眼，都泄漏着他内里强自抑制，魔与佛交斗的痕迹；说他是放过火杀过人的忏悔者，可信；说他是个回头的浪子，也可信。他不比那钟楼上人的不着颜色，不露曲折：他分明是色的世界里逃来的一个囚犯。三年的禅关，三年的草棚，还不曾压倒，不曾灭净他肉身的烈火。"俗业太重了，不如出家从佛的好"，这话里岂不颤栗着一往忏悔的深心？我觉得好奇；我怎么能得知他深夜趺坐时意念的究竟？

佛于大众中　说我尝作佛

闻如是法音　疑悔悉已除

初闻佛所说　心中大惊疑

将非魔作佛　恼乱我心耶

　　但这也许看着太深奥了。我们承受西洋人生观洗礼的，容易把做人看得太积极，人世的要求太猛烈，太不肯退让，把住这热乎乎的一个身子一个心放进生活的轧床去，不叫他留存半点汁水回去。非到山穷水尽的时候，决不肯认输，退后，收下旗帜。并且即使承认了绝望的表示，他往往直接向生存本体的取决，不来半不阑珊地收回了步子向后退：宁可自杀，干脆的生活的断绝，不来出家，那是生命的否认。不错，西洋人也有出家做和尚做尼姑的，例如亚佩腊与爱洛绮丝，但在他们是情感方面的转变，原来对人的爱移作对上帝的爱，这知感的自体与它的活动依旧不含糊地在着；在东方人，这出家是求情感的消灭，皈依佛法或道法，目的在自我一切痕迹的解脱。再说，这出家或出世的观念的老家，是印度不是中国，是跟着佛教来的；印度何以会发生这类思想，学者们自有种种哲理上乃至物理上的解释，也尽有趣味的。中国何以能容留这类思想，并且在实际上出家做尼僧的今天不比以前少（我新近一个朋友差一点做了小和尚）！这问题正值得研究，因为这分明不仅仅是个知识乃至意识的浅深问题，也许这情形尽有极有趣味的解释的可能。我见闻浅，不知道我们的学者怎样想法，我愿意领教。

佛教圣迹巡礼

季羡林

　　我第二次来到了孟买，想到附近的象岛，由象岛想到阿旃陀，由阿旃陀想到桑其，由桑其想到那烂陀，由那烂陀想到菩提迦耶，一路想了下来，忆想联翩，应接不暇。我的联想和回忆又把我带回到三十年前去了。

　　那次，我们是乘印度空军的飞机从孟买飞到了一个地方。地名忘记了。然后从那里坐汽车奔波了大约半天整，天已经黑下来了，才到了阿旃陀。我们住在一个颇为古旧的旅馆里，晚饭吃的是印度饭。餐桌上摆着一大盘生辣椒。陪我们来的印度朋友看到我吃印度饼的时候，居然大口大口地吃起辣椒来，他大为吃惊。于是吃辣椒就成了餐桌上闲谈的题目。从吃辣椒谈了开去，又谈到一般的吃饭。印度朋友说，印度人民中间有很多关于中国人民吃东西的传说。他们说，中国人使用筷子已经到了出神入化的境界，用筷子连水都能喝。他们又说，四条腿的东西，除了桌子以外，中国人什么都吃；水里的东西，除了船以外，中国人也什么都吃。这立刻引起我们的哄堂大笑。印度朋友补充说，敢想敢吃并不是一件简单的事情。敢吃才能添加营养，增强体质。印度有一些人却是这也不吃，那也不吃。结果是体质虚弱，寿命不长，反而不如中国人敢想敢吃的好。有关中国人的这些传说虽然有些荒诞不经，但反映出印度老百姓对中国既关心又陌生的情况。于是餐桌上越谈越热烈，有时间杂着大笑。外面是黑暗的寂静的夜，这笑声仿佛震动了外面黑暗的、一点声音都没有的夜空。

我从窗子里看出去，模模糊糊看到一片树的影子，看到一片山陵的影子。在欢笑声中，我又时涉遐想：阿旃陀究竟在什么地方呢？它是在黑暗中哪一个方向呢？我们什么时候才能看到它呢？我真有点望眼欲穿了。

第二天一大早，我们就起身向阿旃陀走去。穿过了许多片树林和山涧，走过一条半山小径，终于到了阿旃陀石窟。一个个的洞都是在半山上凿成的。山势形成了半圆形，下临深涧，涧中一泓清水。洞子有大有小，有深有浅，有高有低，沿着半山凿过去，一共有二十九个。窟内的壁画、石像，件件精美，因为没有人来破坏，所以保存得都比较完整。印度朋友说，唐朝的中国高僧玄奘曾到这里来过。以后这些石窟就湮没在荒榛丛莽中，久历春秋，几乎没有人知道这里还有这样一些洞了。一百多年前，有一个什么英国人上山猎虎，偶尔发现了这些洞，这才引起人们的注意。以后印度政府加以修缮，在洞前凿成了曲曲折折的石径，有点像中国云南昆明的龙门。从此阿旃陀石窟就成了全印度全世界著名的佛教艺术宝库了。

我们走在洞前窄窄的石径上，边走边谈，过谈边看，注目凝视，潜心遐想。印度朋友告诉我说，深涧对面的山坡上时常有成群成群的孔雀在那里游戏、舞蹈，早晨晚上孔雀出巢归巢时鸣声响彻整个山涧。我随着印度朋友的叙述，心潮腾涌，浮想联翩。我仿佛看到玄奘就踽踽地走在这条石径上，在阴森黑暗的洞中出出进进，时而跪下拜佛，时而喃喃诵经。对面山坡上成群的孔雀好像能知人意，对着这位不远万里而来的异国高僧舞蹈致敬。天上落下了一阵阵的花雨，把整个山麓和洞子照耀得光辉闪闪。

"小心！"印度朋友这样喊了一声，我才从梦幻中走了出来。眼前没有了玄奘，也没有了孔雀。盼望玄奘出现，那当然是完全不可能的。但是，盼望对面山坡上出现一群孔雀总是可能的吧。我于是眼巴巴地望着山涧彼岸的山坡，山坡上绿树成荫，杂草丛生，榛莽中一片寂静，郁郁苍苍，却也明露荒寒之意。大概因为不是清晨黄昏，孔雀还没有出巢归巢，所以只是空望了一番而已。我们这样就离开了阿旃陀。石壁上绚丽的壁画，跪拜诵经的玄奘的姿态，对面山坡上跳舞的孔雀的形象，印度朋友的音容笑貌，在我眼前织成一幅迷离恍惚的幻影。

离开阿旃陀，我们怎样又到了桑其的，我现在已经完全记不清楚了。在我的记忆里，这一段经过好像成了一段曝了光的底片。

越过了这一段，我们已经到了一个临时搭成的帐篷里，在吃着什么，或喝着什么。然后是乘坐吉普车沿着看样子是新修补的山路，盘旋驶上山去。走了多久，拐了多少弯，现在也都记不清楚了。总之是到了山顶上，站在举世闻名的桑其大塔的门前。说是塔，实际上同中国的塔是很不一样的。它是一个大冢模样的东西，北海的白塔约略似之。周围绕着石头雕成的栏杆，四面石门上雕着许多佛教的故事，主要是佛本生故事。大塔的来源据说可以追溯到公元前阿育王时代。无论如何这座塔总是很古很古的了。据说，它是同释迦牟尼的大弟子大目犍连的舍利有联系的。现在印度学者和世界其他国家学者之所以重视它，还是由于它的美术价值。这一点我似乎也能了解一点。我看到石头浮雕上那些仙人、隐士、老虎、猴子、花朵、草叶、大树、丛林，都雕得形象逼真，生动饱满，简简单单的几个人和物就能充分表达出一个完整的故事。内行的人可以指出哪一块浮雕表现的是哪一个故事。艺术概括的手段确实是非常高明的。我完全沉浸在艺术享受中了。

事隔这样许多年，我们在那座小山上待的时间又非常短，我现在得再三努力搅动我的回忆；但是除了那一座圆圆的所谓塔和周围的石雕栏杆以外，什么东西也搅动不出。山势是什么样子？我说不出。塔的附近是什么样子？我说不出。那里的山、水、树、木都是什么样子？我也说不出。现在在我的记忆里，就只剩下一座圆圆的、光秃秃的、周围绕着石栏杆、栏杆上有着世界著名的石雕的大塔，矗立在荒烟蔓草之间……

我们怎样到的那烂陀，现在也记不清楚了。对于这个地方我真是"久仰大名，如雷贯耳"。在长达几百年的时间内，这地方不仅是佛学的中心，而且是印度学术中心。从晋代一直到唐代，中国许多高僧如法显、玄奘、义净等都到过这里，在这里求学。玄奘在《大唐西域记》里面对那烂陀有生动的描述。《大唐大慈恩寺三藏法师玄奘传》里对那烂陀的描述更是详尽：

　　六帝相承，各加营造，又以砖垒其外，合为一寺，都建一门。庭序别开，中分八院。宝台星列，琼楼岳峙；观竦烟中，殿飞霞上。生风云于户牖，交日月于轩檐。加以渌水逶迤，青莲菡萏，羯尼花树，晖焕其间。庵没罗林，森竦其外。诸院僧室，皆有四重重阁。虬栋虹梁，绿栌朱柱，雕楹镂槛，玉础文楯。薨接摇辉，栋连绳彩。印度伽蓝，数乃万千；壮丽崇高，此为其极。僧徒主客，常有万人。

对于玄奘来至挞里的情况，这书中也有详尽生动的叙述：

　　向幼日王院安置于觉贤房第四重阁。七日供养已，更安置上房，在护法菩萨房北，加诸供给。日得瞻步罗果一百二十枚，槟榔子二十颗，豆蔻二十颗，龙脑香一两，供大人米一升。其米大于乌豆，作饭香鲜，余米不及。唯摩揭陀国有此粳米，余处更无。独供国王及多闻大德，故号为供大人米。月给油三升，酥乳等随日取足，净人一人，婆罗门一人，免诸僧事，行乘象舆。

除了玄奘以外，还有别的一些印度本地的大师。《大唐西域记》里写道：

　　至如护法、护月，振芳尘于遗教；德慧、坚慧，流雅誉于当时；光友之清论；胜友之高谈；智月则风鉴明敏；戒贤乃至德幽遵。

　　看了这段描述，我眼前仿佛出现了一座极其壮丽宏伟的寺院兼大学。四层高楼直刺入印度那晴朗悠远的蓝天。周围是碧绿的流水，水里面开满了荷花，和煦的微风把荷香吹入我的鼻中。我仿佛看到了上万人的和尚大学生，不远千里万里而来，聚集在这里，攻读佛教经典和印度传统的科学宗教理论，以及哲学理论。其中有几位名扬国内外的大师，都享受特殊的待遇。这些大师都峨冠博带，姿态肃穆，或登坛授业，或伏案著书。整个那烂陀寺远远超过今天的牛津、剑桥、巴黎、柏林等等著名的大学。梵呗之声遏云霄，檀香木的香烟缭绕檐际。夜间则灯烛辉煌，通宵达旦。节日则帝王驾临，慷慨布施。我眼前是一派堂皇富丽，雍容华贵的景象。

　　我仿佛看到玄奘也居于这些大师之中，住在崇高的四层楼上，吃着供大人米，出门则乘着大象。我甚至仿佛看到玄奘参加印度当时召开辩论大会的情况。他在辩论中出言锋利，如悬河泻水，使他那辩论的对手无所措手足，终至伏地认输。输掉的一方，甚至抽出宝剑，砍掉自己的脑袋。我仿佛看到玄奘参加戒日王举行的大会，他被奉为首座。原野上毡帐如云，象马如雨，兵卒多如恒河沙数，刀光剑影，上冲云霄。戒日王高踞在宝帐中的宝座上，玄奘就坐在他的身旁……

　　所有这一些幻象都是非常美妙动人的。但幻象毕竟是幻象，一转瞬间，就消逝了。书上描绘的那种豪华的景象早已荡然无存，我眼前看到的只是一片废墟，连断壁颓垣都没有，只有从地里挖掘出来的一些墙壁的残迹。"庭序别开，中分八院"，约略可以看出来。至于崇楼峻阁，则只能相寻于幻想中。如果借用旧诗词的话，那就是"西风残照，汉家陵阙"。

　　我们在这一片废墟中徘徊瞻望。抚今追昔，感慨万端；虽然眼前已没有什么东西可看，但是又觉得这地方很亲切而为之流连忘返。为了弥补我们幻想之不足，我们去参观了旁边的那烂陀展览馆。那是一座不算太大的楼房，里面陈列着一些从那烂陀遗址中挖掘出来的文物。还陈列着一些佛典，记得还有不少是从斯里兰卡送来的东西。所有这一切，似乎也没能给我们留下多么深刻的印象。只有玄奘的影子好像总不肯离开我们。中国唐代的这一位高僧不远万里，九死一生，来到了印度，在那烂陀住了相当长的时间，攻读佛典和印度其他的一些古典。他受到了印度人民和帝王的极其优渥的礼遇。他回国以后完成了名著《大唐西域记》，给当时的印度留下极其翔实的记载，至今被印度学者和全世界学者视为稀世珍宝。在印度人民中，一直到今天，玄奘这名字几乎是家喻户晓，妇孺皆知，我们在印度到处都听到有人提到他。在中国，伟大的文学家鲁迅在他的《中国人失掉自信力了吗？》这篇文章中，列举了埋头苦干的人，拼命硬干的人，为民请命的人，舍身求法的人，明白地说这些人都是"中国的脊梁"。他虽然没有提到玄奘的名字，但在"舍身求法的人"中显然有玄奘在。我们同鲁迅一样，对宗教并不欣赏，也不宣扬，但玄奘却不仅仅是一个宗教家。对于这样一位高僧，我平常也是非常崇敬的。今天来到印度，来到了他长期学习生活过的地方，回想到他不是很自然的吗？他的影子不肯离开我们不也是很容易理解的吗？我们抚今追昔，把当时印度人民对待玄奘的情况，同今天印度人民热情款待我们的情况联想起来，对比起来，看到了中印友谊的源远流长；看到这友谊还会长期存在下去，发展下去，我们心里就会热乎乎的，不也是很自然的吗？我们就是怀着这样的心情依依不舍地离开了那烂陀。回望那些废墟又陡然化成了崇楼峻阁，画栋雕梁，在我们眼里闪出异样的光芒。

我们从巴特另乘坐印度空军的飞机，飞到菩提迦耶，在一个小小的比较简陋的飞机场上降落，好像没用了多长时间。

这里是佛教史上最著名的圣迹。根据古代佛典的记载，释迦牟尼看破红尘出家以后，曾到处游行，寻求大道。碰了许多钉子，曾一度修过苦行，饿得眼看就要活不了了，于是决定改弦更张，喝了一个村女献给他的粥，身体和精神都恢复了一下。最后来到菩提迦耶这个地方，坐在菩提树下，发下宏愿大誓：如果不成正道，就决不离开这个地方。

这个故事究竟可靠到什么程度，今天的佛教学者哪一个也不敢确说。究竟有没有一个释迦牟尼？释迦牟尼是否真到这里来过呢？这些问题学者们都提起过。我们来到这里参观访问，对这些传说都只能姑妄言之姑妄听之。听一听的话，也会觉得很好玩，很有趣，也可以为之解颐。至于追根究底去研究，那是专家学者的事，我们眼前没有那个余裕，没有那个兴趣。就让这个地方涂上一些神话的虹彩，又何尝不可呢？眼前的青山、绿水、竹篱、茅舍，比那些宗教祖师爷对我更有内容，更有吸引力。

同在那烂陀寺一样，法显、玄奘和义净等等著名的中国和尚都是到这里来过的。他们留下的记载都很生动、翔实，又很有趣。当然他们都是虔诚的佛教信徒，对这一切神话，他们都是坚信不疑的。我们没有也不可能有那种坚定的信仰。我们只是踏在印度土地上，想看一看印度土地上的一切现实情况，了解一下印度人民的生活情况，如此而已。对于菩提迦耶，我们也不例外。

我们于是就到处游逛，到处参观。现在回想起来，这里的宝塔、寺庙，好像是非常多。详细的情景，现在已经无从回忆起。在我的记忆中，只是横七竖八地矗立着一些巍峨古老的殿堂，大大小小的宝塔，个个都是古色斑斓，说明了它们已久历春秋。其中最突出的一座，就是紧靠金刚座的大塔。我已经不记得有关这座大塔的神话传说，我也不太关心那些东西，我只觉得这座塔非常古朴可爱而已。

紧靠这大塔的后墙，就是那棵闻名世界的菩提树。玄奘《大唐西域记》第八卷说：

> 金刚座上菩提树者，即毕钵罗之树也。昔佛在世，高数百尺，屡经残伐，犹高四五丈。佛坐其下成等正觉，因而谓之菩提树焉。茎干黄白，枝叶青翠，冬夏不凋，光鲜无变。每至如来涅槃之日，叶皆凋落，顷之复故。是日也，诸国君王，异方法俗，数千万众，不召而集，香水香乳，以溉以洗，于是奏音乐，列香花，灯炬继日，竞修供养。

今天我们看到的菩提树大概也只高四五丈，同玄奘看到的差不多，至多不过有一二百年的寿命。从玄奘到现在，又已经历了一千多年。这一棵菩提树恐怕也已经历了几番的"屡经残伐"了。不过玄奘描绘的"茎干黄白，枝叶青翠，冬夏不凋，光鲜无变"，今天依然如故。在虔诚的佛教徒眼中，这是一棵神树。他们一定会肃然起敬，说不定还要跪下，大磕其头；然而在我眼中，它只不过是一棵枝叶青翠、叶子肥绿的树，觉得它非常可喜可爱而已。

树下就是那有名的金刚座。据佛典上说，这个地方"贤劫初成，与土地俱起，据三千大千之中，下极金轮，上齐地际，金刚所成"，世界动摇，独此地不动，简直说得神乎其神。前几年，唐山地震，波及北京，我脑海里曾有过一闪念：现在如果坐在金刚座上，该多么美呀！这当然只是开开玩笑，我们是决不会相信那神话的。

但是我们也有人，为了纪念，在地上捡起几片掉落下来的叶片。当时给我们驾驶飞机的一位印度空军军官，看到我们对树叶这样感兴趣，出于好心，走上前去，伸手抓住一条树枝，从上面把一串串的小树枝条折了下来，让我们尽情地摘取树叶。他甚至自己摘落一些叶片，硬塞到我们手里。我们虽然知道这棵树的叶片是不能随便摘取的，但是这位军官的厚意难却，我们只好每个人摘取几片，带回国来，做一个很有意义的纪念品了。

同在阿旃陀和那烂陀一样，在这里玄奘的身影又不时浮现到我的眼前。不过在这里，不止是玄奘一个人，还添了法显和义净。我仿佛看到他们穿着黄色的袈裟，跪倒在地上磕头。我仿佛看到他们在这些寺院殿塔之间来往穿行。我仿佛看到他们向那一棵菩提树顶礼膜拜。我仿佛看到他们从金刚座上撮起一小把泥土，小心翼翼地包了起来，准备带回中国。我在这里看到的玄奘似乎同别处不同：他在这里特别虔诚，特别严肃，特别忙碌，特别精进。我小时候阅读《西游记》时已经熟悉了玄奘。当然那是小说家言，不能全信的。现在到了印度，到了菩提伽耶，我对中国这一位舍身求法的高僧，心里不禁油然涌起了无限的敬意。对于增进中印两国人民的友谊，他的作用是不可估量的。在中国人民心目中，在印度人民心目中，他实际上变成了中印友谊的象征，他将长久地活在人民的心中。

我眼前不但有过去的人物的影子，也还有当前的现实的人物。正当我们在参观的时候，好像从地里钻出来一样，突然从远处跑来了一个年老的中国妇女，看样子已经有七十多岁了。她没有削发，却自称是个尼姑。她自己说是湖北人，前清时候来到印度。详细的过程我没有听清楚，也没听清楚她住在什么地方。总之是，她来到了菩提伽耶，朝佛拜祖，在这里带发修行。印度的农民供给她食用之需，待她非常好。看样子她也不懂多少经文，好像连字——不管是中国字还是印度字，也不认识。她缠着小脚，走路一瘸一拐的，却飞也似的冲着我们跑过来，直跑得上气不接下气。恐怕她已经好久没有看到祖国来的人了。今天忽然听说祖国人来，她就不顾一切，拼命跑了过来。她劈头第一句话就是："老爷们的行李下在哪个店里？"我乍听之下，不禁心里一抖：她"不知秦汉，无论魏晋"。我们同她之间的距离已经大到无法想象的程度了，我们好像已经不是同一个世纪的人物了。她对祖国的感情，对祖国来的亲人的感情看样子是非常浓厚的，但是她无法表达。我们对她这样一个桃花源中的人物，也充满了同情。在离开祖国万里之外的异域看到这样一个人物，心里酸甜苦辣，什么滋味都有。我们又是吃惊，又是怜悯，又是同情，又是高兴，但是我们也无法表达。我脑海中翻腾出许许多多的问题：在现在这个世界上，怎么还能有这样的人物呢？在过去漫长的四五十年中，她的生活是怎样过的呀？她不懂印度话，同印度人民是怎样往来呀？她是住在茅庵里，还是大树上呀？她吃饭穿衣是怎样得来的呀？她形单影孤，心里想些什么呀？西天佛祖真能给她以安慰吗？如果我们现在告诉她祖国的情况，她能够理解吗？如此等等，一系列的问号涌上心头。面对着这样一个诚恳朴实又似乎有点痴呆的老年妇女，我们简直不知说些什么好，简直是无所措手足。我们唯一的办法就是给她一些卢比，期望她的余年过得更好一点，此外再也没有什么话可说了。在她那一方面，也似乎有些不知所措。她伸手接过我们给的钱，又激动，又吃惊，又高兴，又悲哀，眼睛里涌出了泪水，说话声音也有些颤抖了。当我们的汽车开动时，她拖着那一双小脚一瘸一拐地跟在我们车后紧跑了一阵。我们从汽车的后窗里看到她的身影，眼睛里也不禁湿润起来……

鸡足朝山记（选二）

费孝通

灵鹫花底

以前我常常笑那些手执"指南"，雇用"向导"的旅行者，游玩也得讲内行，讲道地，实在太煞风景。艺术得创造，良辰美景须得之偶然。我这次上鸡足山之前仍抱着原来的作风，并没有特别去打听过为什么这座山不叫鸭脚，鹅掌，而叫鸡足。我虽听说这是个佛教圣地，可是也不愿去追究什么和尚开山起庙，什么宗派去那里筑台讲经。

事情却有不太能如愿的时候。那晚到了金顶

没有被褥，烤火待旦，觉得太无聊了，桌上有一本《鸡足山志》，为了要消磨些时间，结果却在无意中违反了平素随兴玩景的主张，在第二天开始游山之前，看了这一部类似指南的书。这部志书编得极坏，至于什么人编的和什么时候出版的我全没有注意，更不值得记着。零零散散，无头无绪的一篇乱账，可是却有一点好处，因为编者并不自充科学家，所以很多常识所不能相信的神话，他也认真的记了下来，这很可满足我消夜之用。

依这本志书说：鸡足山之成为佛教圣地由来已久。释迦的大弟子迦叶在山上守佛衣俟弥勒，后来就在山上修成正果。在时间上说相当于中土的周代，这山还属于当时所谓的西域。这个历史，信不信由你。可是一座名山没有一段动人的传说，自然有如一个显官没有圣人做祖宗一般，未免自觉难以坐得稳。说实话，鸡足山并没有特别宏伟的奇景。正如地理学家张公当我决定要加入这次旅行时所说，你可别抱着太大的希望，鸡足山所有的绝壁悬崖，如果搬到了江南，自可称霸一方，压倒虎丘；但是在这个山国里实在算不得什么，何况洱西苍山，这样的逼得近，玉龙雪山又遥遥在望，曾经沧海难为水，鸡足山在风景上哪处不是日光中的爝火。可是正因为它没有自然的特长，所以不能不借助于不太有稽的神话以自高于群山了。而且居然因为有这个神话能盛极一时，招致许多西番信徒，与峨眉并峙于西南。

我本性是不近于考据的，而且为了成全鸡足山，还是不必费事去罗列一些太平常的历史知识。一个人不论他自己怎样下流，不去认贼作父，而还愿意做圣贤的子孙，至少也表示他还有为善之心；否则为什么他一定要和一个大家崇拜的人过不去，用自己的恶行来亵渎自己拉上的祖宗，被人骂一声不肖之外也得不到什么光荣呢？对于这类的事，我总希望考据学家留一点情。

　　我们就慕鸡足山的佛名，不远千里，前来朝山。说起我和佛教的因缘却结得很早，还在我的童年。我祖母死后曾经有一个和尚天天在灵帐前护灯，打木鱼，念经。我对他印象很好，也很深。因为当我一个人在灵堂里时，他常常停了木鱼哄着我玩，日子久了，很亲热。这时我还不过十岁。在我看来他很像是一个普通人，一样的爱孩子，也一样贪吃，所以我也把他当作普通可以亲近的人。除了他那身衣服有些不讨我喜欢外，我不觉得他有什么别致之处。我的头当时不也是剃得和他一样光而发亮的么？也许正因为这个和尚太近人，给我的印象太平凡，以致佛教也就引不起我的好奇心。至今我对于这门宗教和哲学还是一无所知。迦叶，阿难，弥勒等名字对我也十分生疏。

　　我所知道的佛教故事不多，可是有一段却常常记得，这就是灵山会上拈花一笑的事。我所以记得这段故事的原因是我的口才太差，有些时候，自己有着满怀衷情，讷讷不能出口，即使出口了，自己也觉得所说的决非原意，人家误解了我，更是面红口拙。为了我自己口才的差劲，于是怀疑了语言本身的能力，心传之说当然正中下怀了。我又是一个做事求急功、没有耐性的人。要我日积月累地下水磨工夫，实在不敢尝试，有此顿悟之说，我才敢放心做学问。当人家骂我不努力，又不会说话时，我就用这拈花故事自解自嘲。可是这故事主角的名字我却一向没有深究，直到读了《鸡足山志》才知道就是传说在鸡足山成佛的迦叶。我既爱这段故事，于是对于鸡足山也因此多了一分情意。

　　那晚坐到更深人静的时候，也许是因为人太累，倦眼惺忪，神魂恍惚，四周皆寂，有无合一；似乎看见一动难静的自己，向一个无底的极限疾逝。多傻？我忽然笑了。谁在笑？动的还在动，这样的认真，有的是汗和泪，哪里来了这个笑？笑的是我，则我不在动，又何处有可笑的呢？——窗外风声把我吹醒，打了一个寒噤。朋友们躺着的在打呼，烤火的在打盹。我轻轻地推门出去，一个枪上插着刺刀的兵，直直地站在星光下，旁边是那矗立的方塔。哪个高，哪个低？哪个久，哪个暂？……我大约还没有完全醒。一天的辛劳已弄糊涂了这个自以为很可靠的脑子。

做和尚吧！突然来了这个怪想。我虽则很想念祖母灵前那个护灯的和尚，可又不愿做他。他爱孩子，而自己不能有孩子。那多苦？真的高僧不会是这样的吧？他应该是轻得如一阵清烟，邀游天地，无往有阻。这套世俗的情欲，一丝都系不住他。无忧亦无愁，更无所缺，一切皆足。我要做和尚就得这样。鸡山圣地，灵鹫花底，大概一定有这种我所想做的和尚吧。我这样想，也这样希望。

金顶的老和尚那天晚上我们已经会过，真是个可怜老菩萨，愁眉苦脸，既怕打又怕吊，见了我们恨不得跪下来。他还得要我们援救，怎能望他超度我们？

第二天，我们从金顶下山，不久就到了一个寺，寺名我已忘记，寺前有一个枯枝扎成的佛棚，供着一座瓷佛，一个和尚在那里打木鱼，一个和尚在那里招揽过路的香客，使我想起了天桥的杂耍和北平街上用军乐队前导穿着黑制服的女救世军。这寺里会有高僧么？我不敢进去了，怕里面还有更能吸引香客的玩意。我既没有带着充足的香火钱，还是免得使人失望为是。于是我借故在路旁一棵大树旁坐了下去，等朋友们在这寺里游了一阵出来才一同再向前。他们没有提起这庙里的情形，我也没有问他们。

我记不清走了多少寺，才到了山脚。这里有个大庙。我想在这个宏丽壮大建筑里大概会有一望就能使人放下屠刀的高僧了。一到寺门前但见红绿标语贴满了一墙，标语上写着最时髦的句子，是用来欢迎我们这旅队中的那一半人物的。我忽然想起别人曾说过慧远和尚作过一篇《沙门不敬王者论》。现在这世界显然不同了，这点苦衷我自然能领会。

一路的标语，迎我们到当晚要留宿的一座庙里。当我们还没有到山门时，半路上就有一个小和尚双手持着一张名片在等我们，引导我们绕过黄墙。一大队穿黄的和穿黑的和尚站着一上一下地打躬，动作敏捷，态度诚恳，加上打鼓鸣钟，热烘烘的，我疑心自己误入了修罗道场。误会的自然是我自己，这副来路能希望得到些其他的什么呢？

和老和尚坐定，攀谈起来，知道是我江苏同乡。他的谈吐确是文雅，不失一山的领袖。他转转弯弯的有能力使听者知道他的伯父是清末某一位有名大臣的幕僚，家里还有很大的地产，子女俱全，但是这些并不和他的出门相左，说来全无矛盾。他还盼望在未死之前可以和他多年未见面的姐姐见一面，言下颇使我们这一辈漂泊的游子们归思难收。我相当喜欢他，因为他和我幼年所遇到的那位护灯和尚，在某一方面似乎很相像。可是我却不很明白，他既然惦记家乡和家人，为什么不回家去种种田呢？后来才知道这庙里不但有田，而且还有一个铜矿。他说很想把那个铜矿经营一下，可以增加物资，以利抗战。想不到鸡足山的和尚首领还是一个富于爱国心的企业家。这个庙的确办得很整齐，小和尚们也干净体面，而且还有一个藏经楼，楼上有一部《龙藏》，保存得好好的，可是不知道是否和我们大学里的图书馆一般，为了安全装箱疏散，藏书的目的是在保存古物。

佛教圣地的鸡足山有的是和尚，可是会过了肯和我们会面的之后，我却很安心地做个凡夫俗子了。人总是人，不论他穿着什么式样的衣服，头发是曲的，还是直的，甚至剃光的，世界也总是这样的世界，不论在几千尺高山上，在多少寺院名胜所拥托的深处，或是在霓虹灯照耀的市街。我可以回家了，幻想只是幻想。

过了一夜，又跨上了那匹古宗马走出鸡足山；若有所失，又若有所得。路上成七绝一首："入山觅度了无垠，名寺空存十丈身。灵鹫花底众僧在，帐前我忆护灯人。"

长 命 鸡

我们从短墙的缺口，绕进了山脚的一个寺院，后殿的工程还没有完毕，规模相当大，向导和我们说："这是鸡足山最大的寺院，名称石钟寺。"我从山巅一直下来，对这佛教圣地多少已有一点失望，大概尘缘未绝，入度无因了。我抱着最后的一点奢望，进入石钟寺。一转身，到了正殿：两厢深绿的油漆，那门秀丽惹眼，尽管小门额上写着"色即是空"，也禁不住有一些不该在这地方发生的身入绣阁之感。正殿旁放着一张半桌，桌上是一本功德簿。前殿供着一行长生禄位，下面有不少名将的勋爵。山门上还悬着木刻对联，和两块在衙门前常见的蓝底白字的招牌，有一块好像是写着什么佛学研究会筹备处一类的字样。我咽了一口气，离开了这鸡足山最大的名刹。

离寺不远，有一个老妪靠着竹编的鸡笼在休息。在山上吃了一天斋，笼中肥大的雄鸡，特别引起了我的注意。岂是这绿绮园里研究佛学的善男信女们还有此珍品可享？我用着一点好奇的语调问道："这是送给老和尚的么？"虔诚的老妪却很严肃地回答说："这是长命鸡。"自愧和自疚使我很窘，我过分亵渎了圣地。

"这是乡下人许下的愿，他们将要把这只雄鸡在山巅上放生，所以叫作长命鸡。"这是向导给我补充的解释。

长命鸡！它正是对我误解佛教的讽刺。

多年前，我念过 Jack London 写的《野性的呼声》。在这本小说中，作者描写一只都会里被人喂养来陪伴散步的家犬，怎样被窃，送到阿拉斯加去拖雪橇；后来又怎样在荒僻的雪地深林中听到了狼嚎，唤醒了它的野性；怎样在它内心发生着对于主人感情上的爱恋和对于狼群血统上的联系两者之间的矛盾；最后怎样回复了野性，在这北方的荒原传下了新的狼种。

这时我正寄居于泰晤士河畔的下栖区，每当黄昏时节，常常一个人要在河边漫步。远远地，隔着沉沉暮霭，望见那车马如流的伦敦桥。苍老的棱角疲乏地射入异乡作客的心上，引起了我一阵阵的惶惑。都会的沉重压着每个慌乱紧张的市民，热闹中的寂寞，人群中的孤独。人好像被水冲断了根，浮萍似的飘着，一个是一个，中间缺了链。今天那样的挤得紧，明天在天南地北，连名字也不肯低低地唤一声。没有了恩怨，还有什么道义，文化积成了累。看看自己正在向无底的深渊中没头没脑死劲地下沉，怎能不心慌？我盼望着野性的呼声。

　　若是我敢于分析自己对于鸡足山所生的那种不满之感，不难找到在心底原是存着那一点对现代文化的畏惧，多少在想逃避。拖了这几年的雪橇，自以为已尝过了工作的鞭子，苛刻的报酬，深刻里，双耳在转动，哪里有我的野性在呼唤？也许，我这样自己和自己很秘密地说，在深山名寺里，人间的烦恼会失去它的威力，淡朴到没有了名利，自可不必在人前装点姿态，反正已不在台前，何须再顾及观众的喝彩。不去文化，人性难绝。拈花微笑，岂不就在此谛。我这一点愚妄被这老妪的长命鸡一声啼醒。

　　在山巅上，开了笼门，让高冠华羽的金鸡，返还自然，当是一片婆心。从此不仰人鼻息，待人割宰了。可是我从山上跑了这两天，并没有看见有长命鸡在野草里傲然独步。我也没有听人说起这山之所以名鸡是因为有特产鸡种。金顶坐夜之际，远处传来的只是狼嚎。在这自然秩序里似乎很难为那既不能高飞，又不能远走的家鸡找个生存的机会。笼内的家鸡即使听到了野性的呼声，这呼声，其实也不过是毁灭的引诱，它若祖若宗的顺命寄生已注定了不喂人即喂狼的运命，其间即可选择，这选择对于鸡并不致有太大的差别。

　　长命鸡长命鸡！人家尽管给你这样的美名，你自己该明白，名目改变不了你残酷的定命，我很想可怜你，你付了这样大的代价来维持你被宰割前的一段生命，可是我转念，我该可怜的岂止是你呢？

　　想做 Jack London 家犬的妄念，我顿时消灭了，因为我在长命鸡前发现了自己。我很惭愧地想起从金顶下山一路的骄傲，我无凭无据蔑视了所遇的佛徒，除非我们能证明喂狼的价值大于喂人，我们从什么立场能说绿漆的围廊，功德的账簿，英雄的崇拜，不该成为名寺的特征呢？从此我就很安心的能欣赏金刚栅上红绿的标语了。第二天我还在石钟寺吃了一顿斋，不但细细地尝着每一碟可口的素菜，而且那肥胖矮小的住持对我们殷勤的招待，也特别亲切有味。

既做了鸡，即使有慈悲想送你回原野，也不会长命的罢？

广化寺

张中行

广化寺是北京北城鼓楼以西一个规模相当大的佛寺，寺前（南面）有守门双石狮和红色大照壁，如果没有这个照壁，就正好面对后海。照壁之外是空地，有两层楼高的土丘，土丘之东有两个水池。如果借周围景色来吹嘘，说是城市山林也不能算妄语。寺的规制是完全依照传统：前有山门、弥勒殿，中有大雄宝殿，后面是楼，两层，下是禅堂，上是藏经阁；还有东西旁院，西院住人，东院存物。

三十年代后期，由于偶然的机会，我迁到寺

的西邻李家院内。这李家占据寺的西南一角，我住后院，房后就是寺的方丈院。北京有个迷信，是宁住庙前，不住庙后，宁住庙左，不住庙右。我住的是庙右，所以曾有好心的长者指出我卜居的失计。其时我已经受了西学的沾染，就不以为意，还是住下来。因为成了近邻，对于寺的身世就颇有兴趣。查志书，寺的家世并没有多少显赫的，只说有明朝崇祯皇帝赐曹化淳的御笔草书碑，可是我没见过。可见的是清朝末年一些痕迹。据说寺的大施主是恭亲王奕䜣，他每天下朝，总是先到广化寺休息。这大概是真的，有不少蛛丝马迹可证。寺有十顷香火地，在北京和通县之间，自己雇人耕种，寺靠这个支撑门面，僧人靠这个吃饱肚子，这样多的土地，推想必是超级人物施舍的。大雄宝殿里有个紫檀雕的供桌，大而精致，殿东偏有个青花瓷鱼缸，也是大而精致，据说都是恭王府中物。直到四十年代，奕䜣的孙子溥心畬，其时已是名画家，还常常到寺里来消夏，所以寺里僧人几乎人人有溥的赠画。再有清末民初，寺还是北京图书馆的发祥地，其时名京师图书馆，馆长是名目录学家缪荃孙，读者更不乏知名之士，其中之一是鲁迅先生。

　　我结邻的时期，图书馆已经迁走三十年以上，仅存的书香是藏经阁上的经版和散见于各室的佛经。这同我家的生活简直是水米无干。有干系的是每天清晨和尚上殿的念经声，不知怎的，总使我想到世间和出世间。孩子们睡得沉，听不见梵呗声，他们最感兴趣的是一年一度旧七月十五日的盂兰盆会，寺门口放着纸糊的大船，法事之后要烧，烟火冲上半天，很好看。其次是冬天，有的年头在寺里开粥厂，排队领一碗稠粥，不要钱，孩子们觉得很好玩。

　　四十年代中期，一个朋友赵君迁到寺内东院住。他同寺的住持有交谊，因而经过介绍、交往，我同寺里的许多人就渐渐熟起来。大小和尚认识不少。说到所得，很遗憾，即使有，也是偏于消极方面的。比如我写过一篇小文章，谈出世，分析的结果是，以逆人情为顺教义，即使并非绝对荒诞，也总是非一般人所能做到。坐而能言，起而不能行，作为人生之道，其价值就微乎其微了。这样的认识，或说感触，一部分就是来自与出家人的交往。不过，依古训，我们也不当厚责于人，证涅槃高不可及，可以降而求其次，出了家，真能够信受奉行的也未尝不可传。这方面，有三位似乎可以说一说。

　　一是方丈玉山，河南人，因为朴实而当了住持，即所谓一寺之主。他文化程度不高，不要说法相，就是寺里标榜的临济宗，恐怕也不知道是怎么回事。但他信，无理由地相信依清规做就是好。寺很富，内有很高明的厨师，据说其中之一是来自御膳房，外出有人力车和马车。可是他向来不坐车，远近都是步行。吃斋，寺里有规定：除初一、十五改善，吃白面面条以外，平时都是玉米面窝头。他随着小和尚吃，不特殊。上殿念经也是这样，从来不贪睡缺席。因为他这样规规矩矩，解放以后受到优待，分配他到东郊某工厂工作。有一次我遇见他，问他在厂里做什么。他说喂猪，接着立刻说明："我觉得这也没有什么，反正我不杀生，不吃肉。"后来，他年岁渐大，厂里照顾他，让他值夜班。有一天早晨，我见他从厂里回来，问他为什么不在厂里就近休息，他说："出家人只能在寺里睡，这是清规，决不能犯。""文化大革命"开始以后，我没有再看见他。七十年代中期听一个旧邻人说，他因为患什么病，死在寺里。

　　另一位是了尘，东北人，我四十年代认识他，他已经近七十岁。人瘦小，和善。我曾问他的经历，他说是刻木板的工人，因为觉得奔波劳碌没意思，所以出了家。他安静，不大说话，我看他那凝重慈祥的目光，总觉得他在想："我虽然已经觉悟，却原谅你们的迷惑。"如果真是这样，那就正是《高僧传》里的人物。大概是五十年代初期，他离开这个寺，推想也早已不在人世了。

还有一位是修明，俗姓贾，北京人，经历与前两位大异。他既在国内上了大学，又到法国上了大学。据说是因为某事大失意，患了难愈之症，万念俱灰而出了家。我同他交往不少，可是这样会勾起烦恼的经历不便问，因而对于他和佛理的关系究竟密切到什么程度，也就始终不清楚。他信，是古代尾生性质的呢，还是今人弘一性质的呢？不过我觉得，不管是哪种信，信行一致总是难得的。

一九六六年秋季，我眼看这个寺遭了浩劫，某学校的红卫兵进驻一个月左右，塑像全部砸毁，门外堆成土山。其后不久，我离开这住了三十余年的旧居。是十年之后，有一天我从寺前走过，发现山门还在，只是守门的两个大石狮子无影无踪了。

两晤卢舍那大佛

林 非

好几年前，我曾漫游过洛阳的龙门石窟，沿着挺立的峭岩，挨个儿地寻觅着大大小小的洞穴，仔仔细细地打量那些丰腴或清癯的雕像，不能不生出一阵阵失望的情绪来。

从几千里外赶来，一路上风尘仆仆，十分劳累，就是想要鉴赏这闻名已久的佛像，好了却平生的夙愿，哪里会知道瞅见的这些脸儿，却都显得平平常常、庸庸碌碌，找不到多少令人神往的表情。

我早就翻阅过不少有关的资料，知道这赫赫

有名的龙门石窟，远在一千五百年前已经开始建造镌刻，在宗教史和雕塑史上都有着无限珍贵的价值。然而我既不是美术史家，也不是宗教学家，我只想领略山川胜景的雄壮或俊秀和观摩古往今来的艺术作品究竟美在何处，好用它来鼓舞和充实自己的生命。如果瞧见的古老雕像，哪怕它已经穿越了几千年的时间，却只是显出一副僵死或模糊的面容，而并无丝毫美感的话，我也会觉得索然无味，惆怅万分。

真是的，历史如果是干枯和贫瘠的，而不是蓬勃和丰盈的，那么不管它如何的悠久和绵长，它的价值也会大大地打了折扣。

我正是怀着这种懊丧的情绪，跨出了没精打采的步伐，登上一座通往山顶的石梯，气喘吁吁地往高处攀去。我的视线刚接触到一大片整齐的平台，猛地抬起头来，就瞧见陡直的岩壁底下，端庄地坐着一尊光彩照人的雕像，在紧紧缠住头颅的发髻下边，这副异常丰满和秀美的脸庞，透出一股堂堂正正的英气；在弯弯的娥眉下边，这一双含情脉脉的大眼，似乎向受尽苦难的人们倾诉着衷情，悄悄地抚慰着他们痛楚的心灵，而在端正和挺拔的鼻翼下边，微微地翘着嘴角，双唇却默默地抿住了，似乎在关切地倾听着人们的答话。

我的精神顿时就振作起来，像一阵阵奔腾呼啸的波涛，激烈地冲撞着自己的心弦。我曾瞧见过多少雕像，这肯定是最完美的一座。尽管卢舍那大佛这个名字，似乎显得有点儿陌生，这五丈多高的魁伟身躯，也好像是过于庞大了。然而这庄严却又温柔的面容，这宽宏而又睿智的神情，对于我来说实在是太熟悉了，曾在多少回的梦幻和想象中间瞧见过。这座冠以佛名的雕像，其实是在尽情地讴歌着人的完美与善良。这里没有丝毫神秘的宗教气息，也并不被当作神来顶礼膜拜，如果这样的话就不值得珍贵了，如果这样的话就会引起人们出自内心的憎恶，因为那些威风凛凛和居高临下的偶像，总是肆意地摆布芸芸众生跪在地下崇拜自己，鼓吹人们盲目地服从自己，于是这无限膨胀的权力意志，一定会造成人世间的灾祸。

　　我默默地瞧着这首次晤面却又似乎见过多少回的朋友，从心中萌生出一种相见恨晚的感叹。这深沉而又和蔼的禀赋，雍容而又博大的气度，始终在吸引着我的眼睛，震撼着我的心弦，让我于顷刻间回忆着毕生中全部美好的经历，想起了父母和妻子儿女缱绻的深情，师长和亲友诚挚的关注。多少人间的温馨，在这儿获得了又一回重新的感受。

　　从洛阳回来以后，我常常会想起卢舍那大佛，有时在深夜里伏案写作，抬头张望着墙壁上描绘的多少花卉里面，分明瞧见了它朦胧的影子，还在跟我诉说着无穷无尽的话语，依旧十分关怀地提醒着我，要永远投身于寥廓的世界中间，不懈地去寻找美好的境界。

　　正因为在心里老是飘荡着卢舍那大佛的身影，这一回去郑州开会时，我又兴冲冲地跟随着朋友们前往洛阳，刚穿过龙门石窟外面的牌坊，就急忙奔往奉先寺。我又瞧见了这仪态万方的神情，又瞧见了这像一汪秋水般注视着我的双眼。庄严得凛然不可侵犯，却又宽容得不屑去计较世俗的争吵；英勇得不会向任何人屈服，却又大度得不会向任何人施加压力。好一副泱泱大国的气概，这绝对不是乔装打扮出来，而是融汇于浑身的气质，在茫然不觉中挥发了出来。

　　我曾云游过多少天南地北的大小庙宇，常常从大殿里佛像两侧的对联中，瞧见过"容天下难容之事"这样的字眼，然而那些佛像镌刻得着实太拙劣了，只能依稀看到张口顽笑的相貌，哪里有卢舍那大佛这样洋洋洒洒的千种风情。

艺术的锤炼真是万分艰难，美的创造确乎是谈何容易的事情。在我观摩过的多少古代雕塑中间，能够长久地打动自己，始终藏在心中的，仔细地回想和咀嚼起来，也就是面前的这尊卢舍那大佛了。我一会儿走到它左侧凝眸张望，一会儿又走到它右侧默默思忖，我真钦佩一千多年前那些无名的唐代工匠，怎么能够塑造出这样令人赞叹和陶醉的石像？这真是高唱出了一曲人的凯歌，人确实应该活得更庄重、更温柔、更开阔、更宽容、更博大才好。

人们的精神世界应该获得升华，这或许跟美的创造同样艰难，却必须孜孜不倦，全力以赴，因为在人生中最重大的奋斗目标，本来就在不断地完善和提高自己。

游佛光寺

冯骥才

　　辛巳深秋，应邀赴晋中考察民居保护，奔忙一阵后，主人表达盛情，说要请我们北上去往五台山一游。我说五台山寺庙一百二十座，先看哪一座？我这话里自然是含着心中的一种期待。

　　主人如在我心中，笑着说："先看佛光寺。"此语使我直叫出好来。好叫出声，乃是心声。

　　当然，这一切都根于梁思成和林徽因那个中国文化史上闻名而神奇的故事。一九三六年他们先是在敦煌六十一号石窟的唐代壁画《五台山图》上，发现了这座古朴优美的寺庙；转年他们来五台山考察时，在五台县以北的深山幽谷中竟然发现佛光寺还幸存世上。于是，这座被忘却了千年的罕世奇珍一时惊动了世界。

　　那么，我们就要去这佛光寺吗？仰头就能看到唐人宁遇公写在东大殿顶梁上那一行珍贵的墨书题记？还有梁思成他们用照相机留下的那些迷人的画面？可是忽又想，如今旅游日盛，佛光寺也会变得花花绿绿吧。

　　车子穿过太原，经新城、阳曲一直向北，至忻州而西。过定襄、河边、五台，窗外景物的现代气息渐渐淡化。然而车子纵入山路，道路随山曲转，路面多是碎石，车子颠簸如船。透过车轮卷起的黄土，却见山野入秋，庄稼割过，静谧中含着一些寂寞，只有阳光在切割过的根茬上烁烁闪亮。偶见人迹，大都是荒村野店。时而会有一座小小的孤庙从车窗上一闪而过。这种庙全都是一道褪了色的朱墙，里边只一道殿，一两株古松昂然多姿伸展出来。这些都是早已没了僧人的野庙吧！原先庙中的老僧呢？无人能答。只有一些僧人的墓塔零星散落在山野间，有的立在山坡，面对阳光，依旧有些神气；有的半埋草丛间，沉默不语，几乎消没于历史。这些墓塔有石有砖，大都残破，带着漫长而无情的岁月的气息。塔的形制，无一雷同。有的形似经幢，有的状如葫芦，有的如一间幽闭的石室。它们的样子都是塔内僧人各自的性格象征么？每个塔内一定都埋藏着永远缄默的神秘又孤独的故事吧。

　　这时，我已是在时光隧道中穿行了。

　　恍恍惚惚间，我的车子变成了梁思成和林徽因所坐的马车。好像阎锡山还派了一小队士兵护着他们。在那兵荒马乱的年代，他们长途跋涉来到这里为了什么？当时他们在这路上，对佛光寺还是一无所知呢！

车子一停，我的眼睛忽然一亮。一尊朱砂颜色的古庙就在眼前。佛光寺！它优雅、苍劲、浑朴、高逸，像一位尊贵的老者，站在山坳间的高岗上含着笑意迎候着我。背面是重峦叠嶂，危崖巨石，长草大木。使我感到特别庆幸的是，这里的道路艰辛，来一趟十分不易。今日旅者多好游玩，不知访古与品古，佛光寺地处南台之外，没有人肯辛辛苦苦跑到这里来。而且，此处又属文保单位，不是宗教场所，没有香火，香客不至。所能买到的一种介绍性的小书，还都是八十年代初出版的。于是，它就与当年梁思成和林徽因初到这里时所见的情景全然一样了。

我感觉自己就像梁思成先生那样踏入寺门。站在寥阔而清净的院中，一抬头，我实实在在感受到梁林二位当时的震惊！

东大殿远远建在高台之上。不必去品鉴它这举折平缓而舒展的屋顶、翼出的单檐、雄硕的拱架、阔大的体量，我想，单凭这雍容放达的气度，梁思成必定一眼就看出这是千年之前唐人的杰作！

殿门前，左右并立着两株参天的古松，不就像唐人塑造的天王力士把守门前？若要走进殿门，辄必穿松而过。除去佛光寺，哪里的寺庙会有这样奇观？虬枝龙干，剑拔弩张，力士一般的英武刚雄。繁茂的松叶鲜碧如洗，生机蓬勃，哪里的千年古松依然这样正当盛年？

哎，林徽因曾经站在这殿前拍过一张照片吧。好像她还在殿内菩萨和供养人宁遇公的塑像前也拍过一些照片呢！这些塑像虽然经过清代翻新的彩绘，但那形体、神态、形制、气息，以及发冠、服饰和面孔，一望而知，仍是唐风。且看佛前那几尊供养菩萨的姿态，不是唯唐代才特有的"胡跪"？至于殿内一块橑板上的壁画，简直就像从敦煌某一个唐人的洞窟搬来的。

尤其画上翱翔的飞天，一准是大唐画工所为。那么，在大殿梁架上找不到寺庙建造纪年的林徽因，为什么还不肯善罢甘休？直到她在院中的经幢上切切实实地找到"大中十一年十日建造"这几个字，悬在心中的石头才算落地？

我忽然记起一本书记载着林徽因为了寻找这大殿的建寺题记，徒手爬上极高的梁架。她在漆黑的顶棚里，发现一个十分可怕的景象，上千只蝙蝠悬挂在上边！待她爬下来后，身上奇痒难忍，竟有许多臭虫。原来这些臭虫都是蝙蝠的寄生虫。

我还在一张照片上看到纤弱的林徽因登高弄险，站在院中一丈多高的经幢上，她正在丈量经幢的高度。

于是，面对着佛光寺，我很感动。正是梁、林二位学者不惧艰辛的学术探求和确凿无疑的考古发现，才使得这座千年宝刹从历史的遗忘中被解救出来。否则，在近六七十年多灾多难的历史变迁中，谁能担保它会避免不幸！

中华之文物，侥幸逃过千年的，却大多逃不过这近百年。

于是，学者迷人的魅力与宝刹的魅力融为一体。那美好感觉如同身在春天，说不好来自明媚的春日，还是一如芬芳地亲吻于面颊的春风。但觉丽日和风，享受其中。

临行时，陪伴我的主人见我痴痴站着，说我被佛光寺迷住了。我笑了，却没说出那二位感染着我的先人的名字。因为那不只是名字，而是一种无上的文化精神。

艺海慈航

佛像和我们（节选）

熊秉明

佛 像 盲

谈佛像艺术，对不少人来说是一个相当遥远而陌生的题目。对我自己，也曾经是如此的，所以我将追述一下个人的经验，从我的幼年说起，从我尚未与佛像结缘时说起。

我出生在五四运动之后，所以是在"科学与民主"口号弥漫的空气中成长起来的。父亲属于把现代西方科学引入中国的第一代，他曾在不同的大学里创办了数学系。我入的小学，首先是南京东南大学附设的大石桥实验小学，后来是北京清华大学附设的成志小学。可见我在童年和佛教是毫无缘分的。母亲确曾供着一座观音白瓷像，但对于孩子的我说来，那是家里的一件摆设，并不觉得有什么特殊意义。有时随大人去参观寺院，看见有人烧香磕头，便自己解释说，那是乡下老太婆的迷信，觉得可笑又可悯。我听叔叔讲述，他如何在乡间扫除迷信，跑到庙里砸泥菩萨，我也觉得有些滑稽。泥菩萨本是泥的，膜拜固是无知，认真地砸起来，也显得多事。

中学时代，每有远足去游什么古寺，对于山中的钟声、翠丛后的飞檐有着难名的喜爱。对于大殿中的金佛，觉得那是必须有的装饰，和铜香炉、蜡烛台、木鱼、挂幡……共同构成古色古香的气氛，没有了很可惜，古诗里"南朝四百八十寺，多少楼台烟雨中"的情调就无处可寻了。至于佛像本身，则从未想到当作艺术作品去欣赏。在学校里读古文，不见有一篇文章说到佛教雕塑。读古诗，记得韩愈有：

僧言古壁佛画好，以火照来所见稀。（《山石》）

似乎老僧会说壁画如何精美，却不会说塑像如何好，因为画是欣赏的对象，有所谓好坏；而塑像是膜拜的对象，求福许愿的对象，只有灵验不灵验的问题，并无所谓好坏吧！稍长，习书法，听长辈高论《北魏造像题记》，却从未听到他们谈到造像本身的艺术价值。

当时艺术界也并非没有人谈云冈、龙门、敦煌，但是那已受西方艺术史家的影响了。按中国传统看法，造型艺术统指书画，而不包括雕刻。只有一本书对于历代雕刻史实记载颇为详尽。那是日人大村西崖写的《中国美术史》（陈彬龢译）。但作者对雕刻的艺术价值说得很空洞。例如关于龙门之武后的造像，他写道：

> 一变隋风，其面貌益圆满，姿态益妥帖，衣褶之雕法益流利，其风格与印度相仿，有名之犍陀罗雕刻不能专美于前也。（第111页）

这样的解说实在不能使读者对佛像欣赏有什么帮助。文中又有：

> 碑像石像之制作，至高齐其隆盛达于绝顶。

所谓"隆盛"是指量的多呢？还是质的精呢？并未说明。接下去说：

> 有用太白山之玉石，蓝田之青石等者，其竞争用石之美，以齐代为盛。（第51页）

难道"隆盛于绝顶"乃指"用石之美"？石质之精美与艺术价值之高低显然没有必然的关系。

中学时期，对于艺术知识的主要来源，先是丰子恺的《西方绘画史》和谈艺术的散篇，稍后是朱光潜的《谈美》《文艺心理学》。后来读到罗曼·罗兰的艺术家传记（傅雷译），厨川白村的《出了象牙之塔》（鲁迅译），板垣鹰穗的《近代美术史潮论》（鲁迅译）。这些书的性质各不相同，为追求着的青年人的心灵打开了不同的窗户，拓出不同的视野。达·芬奇、拉斐尔、米叶、梵·高这些名字给我们展示了生命瑰丽的远景。以痛苦为欢乐，雕凿巨石到九十岁的米开朗基罗的生平更给我们以无穷的幻想。

一九三九年考入西南联合大学，二年级时转入哲学系，上希腊哲学史的那一年，和一个朋友一同沉醉于苏格拉底、柏拉图、亚里士多德的哲学，一面也沉醉于希腊的神殿和神像。那许多阿波罗和维纳斯以矫健完美的体魄表现出猛毅的意志与灵敏的智慧，给我们以极大的震撼。那才是雕刻。我们以为。西山华亭寺的佛像也算雕刻吗？我们怀疑。

后来读到里尔克（Rilke）的《罗丹》（梁宗岱译）。这一本暗黄土纸印的小册子是我做随军翻译官，辗转在滇南蛮山丛林中的期间，朋友从昆明寄给我的。白天实弹操演，深夜大山幽谷悄然，在昏暗颤抖的烛光下读着，深邃的诗的文字引我们进入一个奇异的雕刻的世界，同时是一个灵魂的世界，那激动是难于形容的。人要感到他的存在，往往需要一种极其遥远的向往，不近情理的企望。

我们的土地多难，战火连天，连仅蔽风日的住屋也时时有化为瓦砾残垣的可能，如何能竖起雕刻？在什么角落能打凿石头？在什么时候能打凿石头？又为谁去打凿？然而我们做着雕刻的梦。

那时，我们也读到不少唯物史观的艺术论，也相信艺术必须和现实结合，但我们不相信艺术只是口号和宣传画。我们以为有一天苦难的年代过去了，这些苦难的经验都将会走入我们的雕刻里去。

抗战胜利了，从前线遣散，欢喜欲狂的心静下来，我们迫切的希望是：到西方去，到巴黎去，到有雕刻与绘画的地方去。一九四七年我考取公费留学。

回顾东方

到了欧洲，到了久所企慕的城市和美术馆，看见那些原作与实物，走进工作室，接触了正在创造当今艺术的艺术家，参加了他们的展览会和沙龙，对于西方有了与前不同的看法。"西方"是一个与时俱迁的文化活体。我们曾向往的文艺复兴早已代表不了西方，德拉夸的浪漫主义，古尔贝的写实主义，乃至莫奈的印象主义，梵·高、塞尚、罗丹也都成为历史。毕加索、柏拉图、马蒂斯……是仍活着的大师，但是第二次世界大战之后，又有新起之秀要向前跨出去了。新的造型问题正吸引着新一代的艺术家，这是我们过去所未想到的。

而另一方面，对于"东方"，对于"中国"，也有了不同的看法。我记得五十年代初，去拜访当时已有名气的雕刻家艾坚·玛尔丹（Etienne Martin）。他一见我，知道我是中国人，便高呼道："啊，《老子》！《老子》是我放在枕边的书。那是人类智慧的精粹！"我很吃一惊，一时无以对。后来更多次听到西方人对老子的赞美。辛亥革命以来，"五四"以来，年轻的中国人有几个读过《老子》？更有几个能欣赏并肯定老子？而在西方文化环境中，这五千言的小书发射着巨大的光芒。我于是重读《道德经》，觉得有扩新的领悟。一九六四年在意大利都灵召开的汉学会上，我宣读了一篇《论老子》的报告，从艺术创作的角度谈"无为"。

对佛教雕刻也一样，在中国关心佛教雕刻的年轻人大概极少。我初到欧洲，看见古董商店橱窗里摆着佛像或截断的佛头，不但不想走近去看，并且很生反感，觉得那是中国恶劣奸商和西方冒险家串通盗运来的古物，为了满足西方一些富豪的好奇心和占有欲，至于这些锈铜残石的真正价值实在很可怀疑。这观念要到一九四九年才突然改变。这一年的一月三十一日我和同学随巴黎大学美学教授巴叶先生（Bayer）去访问雕刻家纪蒙（Cimond）。到了纪蒙工作室，才知道他不但是雕刻家，而且是一个大鉴赏家和热狂的收藏家。玻璃橱里、木架上陈列着大大小小的埃及、希腊、巴比伦、欧洲中世纪……的石雕头像，也有北魏、隋唐的佛头。那是我不能忘却的一次访问，因为我受到了猛烈的一记棒喝。把这些古代神像从寺庙里、石窟里窃取出来，必是一种亵渎；又把不同宗教的诸神陈列在一起，大概是又一重亵渎，但是我们把它们放入艺术的殿堂，放在马尔荷所谓"想象的美术馆"中，我们以另一种眼光去凝视、去歌颂，我们得到另一种大觉大悟，我们懂得了什么是雕刻，什么是雕刻的极峰。

在纪蒙的工作室里，我第一次用艺术的眼光接触中国佛像，第一次在那些巨制中认辨出精湛的技艺和高度的精神性。纪蒙所选藏的雕像无不是上乘的，无不庄严、凝定，又生意盎然。在那些神像的行列中，中国佛像弥散着另一种意趣的安详与智慧。我深信那些古工匠也是民间的哲人。我为自己过去的雕刻盲而羞愧。我当然知道这雕刻盲的来源。我背得出青年时代所读过的鲁迅的话：

　　　　我们目下的当务之急是：一要生存，二要温饱，三要发展。当有阻碍这前途者，无论是古是今，是人是鬼，是三坟五典，百宋千元，天球河图，金人玉佛，祖传丸散，秘制膏丹，全都踏倒他。（《华盖集·忽然想到之六》）

在这思想的影响下，我们确曾嘲笑过所谓"国粹"，为了民族生存，我们确曾决心踏倒一切金人玉佛，但是我不再这样想了。我变成保守顽固的国粹派了么？不，我以为我走前一步了，我跨过了"当务之急"，而关心较长远的事物。

后来我读到瑞典汉学家喜龙仁（Siren）的《五世纪至十四世纪的中国雕刻》（一九二六年出版），我于是更明白西方人在佛像中看见了什么。那是我们所未见的或不愿见的。他在这本书里写道：

> 那些佛像有时表现坚定自信；有时表现安详幸福；有时流露愉悦；有时在眸间唇角带着微笑；有时好像浸在不可测度的沉思中，无论外部的表情如何，人们都可以看出静穆与内在的和谐。（第13页）

而最有意味且值得我们注意的是，他把米开朗基罗的雕刻和中国佛像作比较的一段。他写道：

> 拿米开朗基罗的作品和某些中国佛像、罗汉像作比较，例如试把龙门大佛放在摩西的旁边，一边是变化复杂的坐姿，突起的肌肉，强调动态和奋力的戏剧性的衣褶；一边是全然的休憩，纯粹的正向，两腿交叉，两臂贴身下垂。这是"自我观照"的姿态，没有任何离心力的运动。衣纹恬静的节奏，和划过宽阔的前胸的长长的弧线，更增强了整体平静的和谐。请注意，外衣虽然蔽及全身，但体魄的伟岸，四肢的形象，仍然能够充分表现出来。严格地说，衣服本身并无意义，

其作用乃在透露内在的心态和人物的身份。发顶有髻；两耳按传统格式有长垂；面形方阔，散射着慈祥而平和的光辉。几乎没有个性，也不显示任何用力，任何欲求，这面容所流露的某一种情绪融注于整体的大和谐中。任何人看到这雕像，即使不知道它代表什么，也会懂得它具有宗教内容。主题的内在涵蕴显示在艺术家的作品中。它代表先知？还是神？这并不关紧要。这是一件完美的艺术品，一种精神性的追求在鼓动着，并且感染给观者。这样的作品使我们意识到文艺复兴的雕刻虽然把个性的刻画推得那么远，其实那只不过是生命渊泽之上一些浮面的漪澜。（第78页）

显然，在喜氏这样一个西方鉴赏家的眼睛里，佛雕是比米开朗基罗的《摩西》更高一层次的作品。这是怪异的吧，却又是可理解的现象。他所轻视的躯体的威猛正是我们所歌赞的；而他所倾倒的内在的恬静恰是我们所鄙弃的。他看佛像一如我们看《摩西》，我们同样渴求另一个文化的特点来补足自己的缺陷。在这里，并没有谁对谁错的问题。我们这一代中国人倾慕米开朗基罗和罗丹，由于我们的时代处境需要一种在生存竞争中鼓舞战斗精神的阳刚的艺术。我们要像摩西那样充满活力，扭动身躯站起来，要像《行走的人》那样大阔步迈向前去，我们再不能忍受趺坐低眉的典雅与微笑。喜氏相反，从中世纪耶稣被钉在十字架上的惨烈的形象起，甚至更早，从希腊神殿上雕着的战斗的场面起，西方人已描绘了太多的世间的血污与泪水，恐惧与残暴，一旦看到佛的恬静庄严，圆融自在，仿佛在沙漠上遇到绿洲，饮到了甘泉。

我在这两种似乎对立的美学影响下开始学雕刻，那是一九四九年的下半年。

雕刻的本质

我决定进入纪蒙雕塑教室。我完全折服于他对古今雕刻评鉴的眼力，我想，在这样锐利、严格、高明的眼光下受锻炼是幸运的。

纪蒙指导学生观察模特儿的方法和一般学院派很不一样，从出发点便有了分歧了。他从不要学生模仿肌肉、骨骼，他绝不谈解剖。他教学生把模特儿看作一个造型结构，一个有节奏，有均衡，组织精密，受光与影，占三度空间的造型体。这是纯粹雕刻家的要求。按这原则做去，做写实的风格也好，做理想主义的风格也好，做非洲黑人面具也好，做阿波罗也好，做佛陀也好，都可以完成坚实卓立的作品。所以他的教授法极其严格，计较于毫厘，却又有很大的包容性。他对罗丹极为推崇，而他的风格和罗丹的迥然不同，罗丹的作品表面上留着泥团指痕，他的则打磨得光洁平滑。他说看罗丹的作品，不要错认为那是即兴的捏塑，我们必须看到面与面的结构和深层的间架，这是雕刻的本质，雕刻之所以成为雕刻。在佛像中，他也同样以这标准来品评。有的佛像只是因袭陈规茫然制作，对于空间，对于实体，对于光影，对于质地毫无感觉，在他看来根本算不得雕刻。

当然罗丹的雨果、巴尔扎克和佛像反映两个大不相同的精神世界。罗丹的人像记录了尘世生活的历史，历历苦辛的痕迹；佛像相反，表现涤荡人间种种烦恼后，彻悟的澄然寂然。但是从凿打捏塑创造的角度看，它们属于同一品类，凭借同一种表达语言，同样达到表现的极致。

我逐渐明白，我虽然不学塑佛像，但是佛像为我启示了雕刻的最高境界，同时启示了制作技艺的基本法则。我走着不同道路，但是最后必须把形体锤炼到佛像所具有的精粹、高明、凝聚、坚实。

在创作上要达到那境地，当然极不容易；而在欣赏上，要学会品鉴一尊佛像，也非容易的。

应 排 除 的 三 种 成 见

要欣赏佛像，有好几种困难。这些困难来自一些很普遍的成见，如果不能排除，则仍属于雕刻盲。

第一步要排除宗教成见，无论是宗教信徒的成见，还是敌视宗教者的成见。对于一个笃信的佛教徒而言，他千里朝香，迈进佛堂，在香烟缭绕中感激匍匐，我们很难想象他可以从虔诚礼拜的情绪中抽身出来，欣赏佛像的艺术价值：他很难把供奉的对象转化为评鉴的对象。对于一个反宗教者来说，宗教是迷惑人民的"鸦片"，佛像相当于烟枪筒上银质的雕花，并不值得一顾的。同样地，一个反宗教者当然也很难把蔑视、甚至敌视的对象转化为欣赏的对象。所以要欣赏佛像，我们必须忘掉与宗教牵连的许多偏见与联想，也就是我们前面说过的，要把佛像从宗教的庙堂里窃取出来，放入艺术的庙堂里去。

　　第二步是要排除写实主义的艺术成见。一二百年前西方油绘刚传到中国，中国人看不惯光影的效果，看见肖像画的人物半个脸黑，半个脸白，觉得怪诞，认为丑陋。后来矫枉过正，又把传统中国肖像看为平扁，指斥为不合科学，并且基于粗浅的进化论，认为凡非写实的制作都是未成熟的低阶段的产物。到了西方现代艺术思潮传来，狭隘的写实主义观念才又被打破，中国古代绘画所创造的意境重新被肯定。京剧也同样，一度被视为封建落后的艺术形式，西方现代戏剧出现，作为象征艺术的京剧价值重新被认识。佛像的遭遇还不如京剧！因为我们有一个欣赏京剧的传统，却并没有一个欣赏佛像的传统。我们竟然没有一套词汇来描述、来评价雕塑。关于讨论绘画的艺术价值，我们有大量的画论、画品、画谱，议论"气韵""意境""风神""氤氲"……对于雕刻，评者似乎只有"栩栩如生""活泼生动""呼之欲出""有血有肉"一类的描写，显然这是以像不像真人的写实观点去衡量佛像，与佛像的真精神、真价值全不相干。我们必须承认北魏的雕像带石质感，有一定的稚拙意味，如果用"栩栩如生"来描写，那么对罗丹的作品该如何描述呢？如果用"有血有肉"来描写，那么对十七世纪意大利雕刻家贝尼尼的人体又该如何描述呢？

　　第三步，我们虽然在前面排斥宗教成见，却不能忘记这究竟是一尊佛。"佛"是它的内容，这是最广义的神的观念的具体化，所以我们还得回到宗教和形而上学去。如果我们不能了解"佛"的观念在人类心理上的意义，不能领会超越生死烦恼的一种终极的追求，那么我们仍然无法欣赏佛像。如果"生动"是指肌肤的模仿，情感的表露，那么，佛像不但不求生动，而且正是要远离这些。佛像要在人的形象中扫除其人间性，而表现不生不灭、圆满自足的佛性。这是主体的自我肯定，自我肯定的纯粹形式。无论外界如何变幻无常，此主体坚定如真金，"道通百劫而弥固"。要在佛像里寻找肉的颤栗，情的激动，那就像要在十八世纪法国宫廷画家布舍（Boucher）的肉色鲜丽的浴女画里读出佛法或者基督教义来，真所谓缘木求鱼。

造型秩序

　　佛像的内容既然是佛性，要表现这个内容定然不是写实手法所能承担的。找一个真实的人物来做模特儿，忠实地模仿，至多可以塑出一个罗汉。佛性含摄人间性之上的大秩序，只有通过一个大的造型秩序才能体现，所以要欣赏佛像，必须懂得什么是造型秩序。

　　寻找规律与秩序，是人类生存的基本活动。从婴儿到成人，我们一点一点认识客观世界的规律，以及主观世界的规律，学会服从规律，进而掌握规律，进而创定新秩序。因为所提的问题不同，回答的方式不同，于是有科学、艺术、哲学、宗教的分野。凡佛经所讲的五蕴、三界、四谛、十二因缘、八识、圆融三谛，等等种种，都不外是对内外宇宙所说的有秩序的构成，对此构成有贯通无碍的了识便成悟道。

　　佛像艺术乃是用一个具体形象托出此井然明朗的精神世界，以一个微妙的造型世界之美印证一个正觉哲思世界之真；在我们以视觉观赏此造型秩序的时候，我们的知性也似乎昭然认知到此哲思秩序的广大周边；我们的视能与知性同时得到满足。一如灵山法会上的拈花一笑，造型秩序的一瞥，足以涤除一切语言思辨，直探形而上的究竟奥义。

这里的造型是抽象的造型，非写实的。

佛的形象虽然从人的形象转化而来，但人的面貌经过锤铸，升华，观念化，变成知性的秩序，眉额已不似眉额，鼻准已不似鼻准……眉额趋向抛物线的轨迹，鼻准趋近立方体的整净……每一个面的回转都有饱满的表面张力，每一条线的游走顿挫都含几何比例的节奏……其整体形成一座巍然完美和谐的营造，打动我们的心灵。

抽象造型能有如此巨大的效能么？有人会怀疑，那么走到佛坛之前，先驻足在大雄宝殿的适当距离下吧，仰视一番大殿的气象。建筑物并不模仿任何自然物，它只是一个几何结构的立体，然而它的线与面在三度空间中幻化出庄严与肃穆；它是抽象的，然而这些线与面组构成一个符号，蕴涵一种意义，包含一个天地，给我们以惊喜、震慑、慰抚，引我们俯仰徘徊。懂得了这一点，然后可以步入殿内，领略含咀佛像所传达的消息。

石 与 青 铜

"佛"的形象从"人"的形象转化而来，通过岩石与青铜为媒体，佛性弥漫于其中，于其外，始终附着于石，附着于青铜。造型秩序有待于物质材料。雕刻家珍爱他所善用的材料而给作品以雕刻感，也即岩石的感觉，青铜的感觉，即坚固不坏的感觉。真的雕刻家使金石在经过造型秩序的加工后变得更坚硬、更沉着、更凝定、更不可摧毁。原始的存在意志有了必然律的制约，物质获得一个使命，作为佛像的金石在时间中暗示永恒，在空间中暗示真在。

佛禅定于物质中。岩石与青铜一旦变成哲学，粗糙的石面、光泽的铜色都变得更坚，同时变得更灵。大匠并不试着仿造肉的假象，相反，他把朝露的生命固定于钻石。他在金与石中唤醒生命，那是金与石自身的微笑。

密宗称雕刻绘画的佛菩萨为"大曼荼罗"，佛像显现大智慧，"譬如明镜，光映万物"。而佛自身不迁不动，"寂而恒照，照而恒寂"，永固不坏，如金刚，故称"金刚界曼荼罗"。同时又有一种内在的微妙的生命隐隐脉动，有出水芙蓉的脆弱与灵气，如母胎之藏婴儿，故又称"胎藏界曼荼罗"。最高的大曼荼罗当同时兼备金刚的硬度和胎儿的柔软。"佛"比"人"更坚硬，也更虚灵；更属于物质，也更接近精神。在巨匠的凿刀下，煅火中，"永恒"与"生命"两个不可沟通的观念遂相交融，又同时照耀。

懂得造型秩序，懂得岩石与青铜的语言，然后可以读雕刻的书，也只如此才能同时欣赏佛像和十字架上的耶稣，以及无论是史前的，埃及的，希腊的，巴比伦的，印度的，澳洲的，非洲的，中美的……一切人类的凿打与铸造。

记五台山佛光寺

梁思成

山西五台山是由五座山峰环抱起来的，当中是盆地，有一个镇叫台怀。五峰以内称为"台内"，以外称"台外"。台怀是五台山的中心，附近寺刹林立，香火极盛。殿塔佛像都勤经修建。其中许多金碧辉煌、用来炫耀香客的寺院，都是近代的贵官富贾所布施重修的。千余年来所谓文殊菩萨道场的地方，竟然很少明清以前的殿宇存在。

台外的情形，就与台内很不相同了。因为地占外围，寺刹散远，交通不便，所以祈福进香的人，足迹很少到台外。因为香火冷落，寺僧贫苦，所以修装困难，就比较有利于古建筑之保存。

一九三七年六月，我同中国营造学社调查队莫宗江、林徽因、纪玉堂四人，到山西这座名山，探索古刹。到五台县城后，我们不入台怀，折而北行，径趋南台外围。我们骑驮骡入山，在陡峻的路上，迂回着走，沿倚着岸边，崎岖危险，下面可以俯瞰田陇。田陇随山势弯转，林木错绮；近山婉婉在眼前，远处则山峦环护，形式甚是壮伟，旅途十分僻静。风景很幽丽。到了黄昏时分，我们到达豆村附近的佛光真容禅寺，瞻仰大殿，咨嗟惊喜。我们一向所抱着的国内殿宇必有唐构的信念，一旦在此得到一个实证了。

佛光寺的正殿魁伟整饬，还是唐大中年间的原物。除了建筑形制的特点历历可证外，梁间还有唐代墨迹题名，可资考证。佛殿的施主是一妇人，她的姓名写在梁下，又见于阶前的石幢上，幢是大中十一年（公元八五七年）建立的。殿内尚存唐代塑像三十余尊，唐壁画一小横幅，宋壁画几幅。这不但是我们多年来实地踏查所得的唯一唐代木构殿宇，不但是国内古建筑之第一瑰宝，也是我国封建文化遗产中最可珍贵的一件东西。寺内还有唐石刻经幢二座，唐砖墓塔二座，魏或齐的砖塔一座，宋中叶的大殿一座。

正殿的结构既然是珍贵异常，我们开始测绘就唯恐有遗漏或错失处。我们工作开始的时候，因为木料上有新涂的土朱，没有看见梁底下有字，所以焦灼地想知道它的确实建造年代。通常殿宇的建造年月，多写在脊檩上。这座殿因为有"平阁"顶板，梁架上部结构都被顶板隐藏，斜坡殿顶的下面，有如空阁，黑暗无光，只靠经由檐下空隙，攀爬进去。上面积存的尘土有几寸厚，踩上去像棉花一样。我们用手电探视，看见檩条已被蝙蝠盘踞，千百成群地聚集在上面，无法驱除。脊檩上有无题字，还是无法知道，令人失望。我们又继续探视，忽然看见梁架上都有古法的"叉手"的做法，是国内木构中的孤例。这样的意外，又使我们惊喜，如获至宝，鼓舞了我们。

照相的时候，蝙蝠见光惊飞，秽气难耐，而木材中又有千千万万的臭虫（大概是吃蝙蝠血的），工作至苦。我们早晚攀登工作，或爬入顶内，与蝙蝠臭虫为伍，或爬到殿中构架上，俯仰细量，探索唯恐不周到，因为那时我们深怕机缘难得，重游不是容易的，这次图录若不详尽，恐怕会辜负古人的匠心的。

我们工作了几天，才看见殿内梁底隐约有墨迹，且有字的左右共四梁。但字迹被土朱所掩盖。梁底离地两丈多高，光线又不足，各梁的文字，颇难确辨。审视了许久，各人凭自己的目力，揣拟再三，才认出官职一二，而不能辨别人名。徽因素来远视，独见"女弟子宁公遇"之名，深怕有误，又详细检查阶前经幢上的姓名。幢上除有官职者外，果然也有"女弟子宁公遇"者，称为"佛殿主"，名列在诸尼之前。"佛殿主"之名既然写在梁上，又刻在幢上，则幢之建造应当是与殿同时的。即使不是同年兴工，幢之建立亦要在殿完工的时候。殿的年代因此就可以推出了。

为求得题字的全文，我们当时就请寺僧入村去募工搭架，想将梁下的土朱洗脱，以穷究竟。不料村僻人稀，和尚去了一整天，仅得老农二人，对这种工作完全没有经验，筹划了一天，才支起一架。我们已急不能待地把布单撕开浸水互相传递，但是也做了半天才洗出两道梁。土朱一着了水，墨迹就骤然显出，但是水干之后，墨色又淡下去，又隐约不可见了。费了三天时间，才得读完题字原文。可喜的是字体宛然唐风，无可置疑。"功德主故右军中尉王"当然是唐朝的宦官，但是当时我们还不知道他究竟是谁。

正殿摄影测绘完了后，我们继续探视文殊殿的结构，测量经幢及祖师塔等。祖师塔朴拙劲重，显然是魏齐遗物。文殊殿是纯粹的北宋手法，不过构架独特，是我们前所未见；前内柱之间的内额净跨十四公尺余，其长惊人，寺僧称这木材为"薄油树"，但是方言土音难辨究竟。一个小孩捡了一片枥树叶相示，又引导我们登后山丛林中，也许这巨材就是后山的枥木，但是今林中并无巨木，幼树离离，我们还未敢确定它是什么木材。

最后我们上岩后山坡上探访墓塔，松林疏落，晚照幽寂；虽然峰峦萦抱着亘古胜地，而左右萧条，寂寞自如。佛教的迹象，留下的已不多了。推想唐代当时的盛况，同现在一定很不相同。

工作完毕，我们写信寄太原教育厅，详细陈述寺之珍罕，敦促计划永久保护办法。我们游览台怀诸寺后，越过北台到沙河镇，沿滹沱河经繁峙至代县，工作了两天，才听到卢沟桥抗战的消息。战事爆发，已经五天了。当时访求名胜所经的，都是来日敌寇铁蹄所践踏的地方。我们从报上仅知北平形势危殆，津浦、平汉两路已不通车。归路唯有北出雁门，趋大同，试沿平绥，回返北平。我们又恐怕平绥或不得达，而平汉恢复有望，所以又嘱纪玉堂携图录稿件，暂返太原候讯。翌晨从代县出发，徒步到同蒲路中途的阳明堡，就匆匆分手，各趋南北。

图稿回到北平，是经过许多挫折的。然而这仅仅是它发生安全问题的开始。此后与其他图稿由平而津，由津而平，又由社长朱桂莘先生嘱旧社员重抄，托带至上海，再由上海邮寄内地，辗转再三，无非都在困难中挣扎着。

山西沦陷之后七年，我正在写这个报告的时候，豆村正是敌寇进攻台

如果满天星斗不是禅，释迦年尼就不可能因睹明星而觉悟成佛；如果潺潺流水不是禅，洞山良介禅师就不可能因过小溪睹水中影而打破疑团。大自然到处都呈现着禅的空灵与恬静，悠远与超越，真实与现成，所以陶渊明能留下"采菊东篱下，悠然见南山"的千古绝唱，苏东坡能留下"溪声尽是广长舌，山色无非清净身"的禅苑清音。

这使我想到了佛的本义，佛并不是一个名词，并不是一个实体，佛的本义是觉悟，是一个动词，是行为，而不是绝顶的一处宝座。这样，"人人皆可成佛"就可以理解了。"成"不再是一个终点，理想中那个完美的状态与人有着永恒的距离，人即可朝向神圣无止地开步了。谁要是把自己披挂起来，摆出一副伟大的完成态，则无论是光芒万丈，还是淡泊逍遥，都像是搔首弄姿。

历史不像是一条长河，而是一个水潭。像杭州西湖的印月三潭。潭中月影颤颤巍巍，美不胜收，真实的月亮却只有一个，在天上挂着。想起《金刚经》里的一首偈："一切有为法，如梦幻泡影，如露亦如电，应作如是观。"应作如是观？因此而不再有为？心像潭水一样地摇。

追求完美的最好思辨，总是要发现思辨的缺陷，发现心灵无法在思辨里安居。六祖及其以后的禅学便大致如此。无念无无念，非法非非法，从轻戒慢教的理论革命，到最后平常心的吃饭睡觉，一次次怀疑和否定自身，理论最终只能通向沉默。这也是一切思辨的命运。

怀的据点。当时我们对这名刹之存亡,对这唐代木建孤例的命运之惴惧忧惶,曾经十分沉重。解放以后,我们知道佛光寺不唯仍旧存在,而且听说毛主席在那里还住过几天。这样,佛光寺的历史意义更大大地增高了。中央文化部已拨款修缮这罕贵的文物建筑,同时还做了一座精美的模型。现在我以最愉快的心情,将原稿做了些修正,并改为语体文,作为一件"文物参考资料"。

僧寺无尘意自清

陈从周

　　江南夏天的天气总是那么的炎热，人们都以空调降温是唯一的办法，然而此心安处是乐土，关键是在心地了。一天，真禅大和尚冒暑来寒斋，小坐清谈，顿忘溽暑，人间天上，佛法无边。和尚辞归后，我的心神总向往着古寺僧舍，偶然记起宋诗中有一首《游宝林寺》诗："坐如有待思依依，看竹回廊出寺迟；窅窅绿荫清寂处，半窗斜日两僧棋。"太亲切了，正能写出我这几天梦想的境界。建筑美、园林美、闲适美、高尚的美，是诗又是一幅画，能启发人暂时脱离尘世，其神秘微妙的感受，对我来说，只能是冷暖自知了。

佛寺建筑应该是弘法的重要组成部分。建造寺庙心不诚，法不显，感染不深。佛教建筑具有其特殊性，不仅是安置佛像居住僧人的地方，亦不仅仅是诵经拜佛的场所，它有着微妙的功能，起着人们不可思议的作用。诗人啊！画家啊！作家啊！佛学家啊！虔诚的信徒啊！在名山古刹、精舍茅庵中，不因建筑规模与外观之高下，予人在灵感上有所轩轾。致于至善，是人所共鉴的。

隐中有显，显中有隐，是佛寺建筑选址之特征也。名山之中，一寺隐现，远观不见，近则巍然，建造之美。僧人结茅山间，详察地形、水源、风向、日照、景观、交通等，然后定址，天下名山僧建多，皆最好之景点，因此解放后拆佛寺为宾馆、疗养所，亦是看中这一点。化普度众生之寺，而为少数人享受之地，我深为不解。我提出这条规律是为世所公论了，人爱其山，更仰其寺，我陶醉于宁波天童寺前的松径，我痴坐于嵩山少林寺山门前望山，我更盘桓静观过西湖云庵前看三潭，这种梦耶幻耶的境界，逐渐引我入寺院中，俯首世尊之前，是由动到静、入于定的启示，我心无他求。城市中的佛寺，往往占一城之胜，其选址往往仅次于衙署、文庙，有时名则胜之，如常州天宁寺、扬州大明寺等，其在一城中负一城之誉，虽非中心，而选址之巧妙，往往闹中有静，不觉其在繁华人间也，既便信士参拜，又如身置山林中，丛林森森，对城市绿化，起极大作用，养生修心，两全其美了。

山门、弥勒殿、大殿、藏经阁，高低起伏，由浅入深，由小到大，人们的心理中渐入佳境，江南雨水多，所以配有长廊，廊引人随，而院落复翠，清净无尘，其有别于宫殿者，在古木也。政治与宗教不同在此。伽蓝七堂为佛寺布局，其外佛院皆各自成区，在中国民族建筑的传统基础上，又充分体现了佛教气氛与弘法的精神，所以中国的佛寺建筑有其独特的成就。至于因地制宜，依山傍水，楼阁掩映，也有很多精美的实例，敦煌窟檐，以及千佛阁、万福阁、喇嘛庙，百花齐放，但看上去总是中国化的、中国人的佛寺。而佛寺中的"引"字起佛寺建筑最大的作用，引入西方，渡一切苦人，同登彼岸，在佛寺建筑中无处不包含着这个哲理。

暮鼓晨钟，经声佛号，是一个恬静沉思的境界，可以彻悟人生。佛寺建筑是美的，但其所造成予人的感觉，与其他建筑相比，应该说是佛教建筑融和了"道"，在这里教你消除尘念，做一个心灵净化的人。我们游佛寺不是"白相"，亦不希望祈求什么，但至少佛寺建筑是不同于"灯红酒绿"的地方，而是净化心灵的场所。可能我的思想还不够"开放"，近年来修复的佛寺加添了许多世俗化的设施，讨人喜欢，似乎对佛教建筑艺术理解不深吧！

蝉鸣高枝，炎热困人，我无缘在佛寺中消受清凉，也偶然到学校空调室转转，但"洋空气"仅仅是凉而已，却没有凉意，贵在这个"意"字啊！在佛寺中有没有这个"意"字的体会那要看人的悟性了。佛寺建筑是永恒的引人向上行善的地方。对于佛寺建筑如果仅从庸俗的，或形而下的功利主义去看它，那是未能深透的。

我是古建筑研究者，调查踏勘过很多名山大刹、庵堂小寺，也修理过不少佛殿宝塔，但殿顶塔刹我多亲身上去，心地踏实，安详工作，从未出过差池，因有一个信念存在，精神的力量是不可估计与预测的。心诚求之，虽不中不远矣，佛寺建筑在教育我们怎样做人。

近年来，我每到寺院一次，我的思想多一次变化，茫茫尘世，苦海无边，我是由单纯的从古建筑的眼光，观看佛寺，慢慢地进入对佛寺建筑有些新的进境，这是佛教文化。如果研究者能脱离世俗的眼光，超脱一些去着眼、留恋、徘徊、周旋，那我这许多"废话"也许比搞旅游的导游者略高一筹吧？希望大家不要等闲视之。

云冈

郑振铎

云冈石窟的庄严伟大，是我们所不能想象得出的。必须到了那个地方，流连徘徊了几天，几月，才能够给你以一个大略的美丽的轮廓。你不能草草的浮光掠影的跑着走着的看。你得仔细的去欣赏。猪八戒吃人参果似的一口吞下去，永远的不会得到云冈的真相。云冈决不会在你一次两次的过访之时，便会把整个的面目对你显示出来的。每一个石窟，每一尊石像，每一个头部，每一个姿态，甚至每条衣襞，每一部的火轮或图饰，都值得你仔细的流连观赏，仔细的远观近察，仔细的分析研究。七十丈,六十丈的大佛,固然给你宏伟的感觉,即小至一尺二尺,二寸三寸的人物,也并不给你以渺小不足观的缺憾。全部分的结构,固然可称是最大的一个雕刻的博物院,即就一洞、一方、一隅的气氛而研究之,也足以得着温腻柔和,慈祥秀丽之感。他们各有一个完整的布局。合之固极繁赜富丽,分之亦能自成一个局面。

……

经我们三日(十一日到十三日)的奔走周览,全部武州山石窟的形势,大略可知,武州山因其山脉的自然起讫,天然的分为三个部分:每部分都可自成一局面。中有山涧将他们隔绝开。如站在武州河的对岸望过去,那脉络的起讫是极为分明的。今人所游者大抵只为中部;西部也间有游者,东部则问津者最少。所谓东部,指的是,自云冈别墅以东的全部。东部包括的地域最广,惜破坏最甚,洞窟也较为零落。中部包括今日的云冈别墅、石窟寺、五佛洞,一直到碧霞宫为止。碧霞宫以西便算是西部了。中部自然是精华所在。西部虽也被古董贩者糟蹋得不堪,却仍有极精美的雕刻物存在。

我们十一日下午一时二十分由大同车站动身,坐的仍是载重汽车。沿途道路,因为被水冲坏的太多,刚刚修好,仍多崎岖不平处。高坐在车上,被颠簸得头晕心跳,有时猛然一跳,连座椅都跳了起来。双手紧握着车上的铁条或边栏,不敢放松一下,弄得双臂酸痛不堪。沿武州河而行。中途憩观音堂。堂前有三龙壁,也是明代物。驻扎在堂内的一位营长,指点给我们看道:“对山最高处便是马武塞,中有水井,相传是汉时马武做强盗时所占据的地方。”惜中隔一水,山又太高,不能上去一游。

　　三十华里的路，足足走了一个半钟头。渡过武州河两次，因汽车道是就河边而造的。第一次渡过河后，颉刚便叫道："云冈看见了！那山边有许多洞窟的就是。"

　　大家都很兴奋。但我只顾着坚握铁条，不遑探身外望，什么也没有见到；一半也因坐的地方不大好。

　　"看见佛字峪了，过了石窟寒泉了。"颉刚继续的指点道，他在三个月之前刚来过一次。

　　啊，啊，现在我也看见了，云冈全景展布我们之前。几个大佛的头和肩也可远远的见到。我的心是怦怦的急跳着。想望了许久的一千五百年前的艺术的宝窟，现在是要与它相见了！

　　三时到云冈。车停于石窟寺东邻的云冈别墅。这别墅是骑兵司令赵承绶氏建的。这时，他正在那里避暑。因为我们去，他今天便要回大同，让给我们住几天。这里，一切的新式设备俱全——除了电灯外。

　　这一天只是草草的一游。只到石窟寺（一作大佛寺）及五佛洞走走。别的地方都没有去。

　　登上了大佛寺的三层高楼，才和这寺内的一尊大佛的头部相对。四周都是黄的红的蓝的彩色，都是细致的小佛像及佛饰。有点过于绚丽失真。这都是后人用泥彩修补的，修得很不好，特别是头部，没有一点是仿得像原形的。看来总觉得又稚弱又猥琐，毫没有原刻的高华生动的气势。这洞内几乎全部是彩画过的，有的原来未毁坏的，其真容也被掩却。想来装修不止一次。最后的一次是光绪十七年兴和王氏所修的。他"购买民院地点，装彩五佛洞，并修饰东西两楼，金装大佛金身"，不能不说于云冈有功，特别是购买民地、保存佛窟一事。向西到五佛洞，也因被装修彩绘而大失原形。反是几个未被"装彩"过的小洞，还保全着高华古朴的态度。

游五佛洞时，有巡警跟随着。这个区域是属于他们管辖的；大佛寺的几个窟，便是属于寺僧管辖的。五佛洞西的几个窟，有居民，可负保管之责。再西的无人居的地方，便索性用泥土封了洞口，在洞外写道："内有手榴弹，游者小心！"一类的话。其实没有。被封闭的无人看管的若干洞，也尽有好东西在那里。据巡长说，他们每夜都派人在外巡察。此地现已属于古物保管会管辖，故比较的不像从前那样容易被毁坏。

五佛洞西，有几尊大佛的头部，远远的可望见。很想立刻便去一游。但暮色渐渐的笼罩上来，像在这古代宝窟之前，挂上了一层纱帘。我们只好打断了游兴，回到云冈别墅。

武州山下，靠近西部，为云冈堡，一名下堡，堡门上有迎薰、怀远二额，为万历十四年所立。云冈山上还有一座土城屹立于上，那便是云冈堡的上堡。明代以大同为重镇，此二堡皆为边防兵的驻所。

……

十二日一早，我性急，便最先起身，迎着朝暾，独自向东部去周览各窟。沿着大道（这是骡车的道）向东直走，走过石窟寒泉，走过一道山涧，走过佛字峪。愈向东走，石窟愈少愈小。零零落落的简直无可称道。山涧边，半山上有几个古窟，攀登了上去一看，那些窟里是一无所有。直走到尽头处，然后再回头向西来，一窟一窟的细看。

最东的可称道的一窟，当从"左云交界处"的一个碑记的东边算起。这一窟并不大。仅存一坐佛，面西，一手上举，姿态尚好，但面部极模糊，盖为风霜雨露所侵剥的结果。

窟的前壁，向内的一部分，照例是保存得最好的，这个所在，非风势雨力所能侵及，但也一无所有，刀斧斫削之痕，宛然犹在。大约是古董贩子的窃盗的成绩。

由此向西，中隔一山涧，地势较低，即"左云交界处"。道旁零零落落的，小佛窟不少。雕刻的小佛随处可见。一窟内有较大的立佛二，但极模糊。窟西，有一小窟，沙土满中，一破棺埋在那里，尸身的破蓝衣已被狗拖出棺处，很可怕。然此窟小佛像也有不少，窟外壁上有明人朱廷翰的题诗，字很大。由此往西，明人的题刻不少。但半皆字迹剥落，不堪卒读。在明代，此处或有一大庙，为入云冈的头门，故题壁皆萃集于此。

西首有二洞，上下相连，皆被泥土堵塞，想其中必有较完好的佛像。一大窟，在其西邻，也已被堵塞，但从洞外罅隙处，可见其中彩色黝红，极为古艳，一望而知，是元魏时代所特有的鲜红色及绿色，经过了一千五百余年的风尘所侵所曝的结果，绝不是后代的新的彩饰所能冒充得来的。徒在门外徘徊，不能入内。这里便是所谓"石窟寒泉"。有一道清泉，由被堵塞的窟旁涓涓的流出，流量极微。窟上有"云深处"及"山水清音"二石刻，大约也是明人的手笔。

西边有一洞，可入。洞中有一方形的立柱，高约八尺。一佛东向，一佛西向，又一佛西南向，皆模糊不清。西南向者且为泥土所修补的，形态全非，所雕立的、坐的、盘膝的小佛像甚多。但不是模糊，便是头部或连身部俱被盗去。

再西为碧霞洞（并非原名，亦明人所题），窟门有六，规模不小。窟内一无存，多斧凿痕，当然也是被盗的结果。自此以西，便没有石刻可见。颇疑自"左云交界处"自西到碧霞洞，原是以石窟寒泉那个大窟为中心的一组的石洞。在明代，大约这里是士人们来往最为繁密的地方，或窟下的平原上，本有一所大庙，可供士大夫往来住宿的。然今则成为云冈最寥落、最残破的一部分了。

碧霞洞以西，是另成一个局面的结构。那结构的规模的宏伟，在云冈诸窟中，当为第一。数十丈的山壁上，凿有三层的佛像，每层的中间，皆有石孔，当然是支架梁木的所在。故这里，在从前至少是一所高在三层以上的大梵刹。颉刚说："这里便是刘孝标的译经台。"正中是一个大佛窟，窟前有二方形立柱，虽柱上雕刻皆已模糊不可辨识，那希腊风的人形雕刻的格局，却是一看便知的。大窟的两旁，各有一窟，规模也殊不小。和这东西二窟相连的，更有数不清的小窟小龛。惜高处无法攀缘而上，只能周览最下层的一部分。

一进了正中的那个大窟，霉土之气便触鼻而来；还夹着不少鸽粪的特有的臭味。脱落的鸽翎，满地都是。有什么动物，咕咕咕的在低鸣着。拍拍的一扑着翼，成群的飞了出来，那都是野鸽。地上很潮湿，积满了古尘，泥屑和石屑。阴阴的，温度很低冷，如入了地下的古墓室。但一抬起头来，却见的是耀眼的伟大的雕刻物。正中是一尊大佛，总有六十多丈高，是坐像。旁有二尊菩萨的大像，侍立着。诸像腰部以下皆剥落不堪，连形态都不存。但上半身却仍是完好如新。那头部美妙庄严，赞之不尽。反较大佛寺、五佛洞诸大佛之曾经修补者为更真朴可爱。这是东部唯一的一尊大佛。但除此三大像外，这大窟中是空无所有，后壁及东西壁皆被风势及水力或人工所削平，连半点模糊的雕像的形状都看不到。壁上湿漉漉，一抹便是一手指的湿的细尘。窟口的向内的壁上，也平平的不存一物。唯一条条的极整齐的斧凿痕还很清显的在那里，一定是近十余年来的人工破坏的遗迹。

西边的一窟，虽也破败不堪，却还有些浮雕可见到。副窟小龛里，遗物还不少。这西窟的东壁为泥土所堵塞，西壁及南壁，浮雕尚有规模可见。雕顶上刻有"飞天"不少。那半裸体的在空中飞舞着的姿态，是除了希腊浮雕外，他处少见的，肉体的丰满柔和，手足腰肢的曲线的圆融生动，都不是东方诸国的古石刻上所有的。我抬了头，站在那里，好久没有移开。有时，换了一个方向去看。但无论在哪个方向看去，那美妙圆融的姿态总是令人满意、赞赏的。

由此窟向西，可通另一窟，也是一个相连的副窟。我们可称它为西窟第二洞。洞中有三尊坐佛，皆盘膝而坐。这个布置，在诸窟中不多见。东壁的浮雕皆比较的完整。后壁及西壁则皆模糊不堪。

由此向西，不多数步，便是一道山涧，或小山峡，隔开了云冈别墅和这大佛窟的相连。

从云冈别墅开始向西走，便是中部。

中部又可分为五个部分来说。

我依旧是独自一个由云冈别墅继续向西走；他们都已出发到西头去逛了。

第一部分是云冈别墅。别墅的原址是否为一大洞窟，抑系由平地填高了的，今已不能考查。但别墅之后，今尚有好几个石窟，窟内有一佛的，有二佛对坐的，俱被风霜侵蚀得不成形体。小雕像也几于无存。但在那些洞窟中，还堆着不少烧泥的屋瓦和檐饰。显然的这别墅的原址，本是一座小庙。或竟是连合在大佛寺中的一个东偏院。惜不及详问大佛寺的住持以究竟。那些佛窟，决不能独立成为一组，也当是大佛寺的大佛窟的东边的几个副窟。但为方便计，姑算它作中部的第一部分。

第二部分包括大佛寺内的两个大窟。这二窟的前面，各有一楼，高各三层，第三层上有游廊可相通达。三楼之上，更有最高的一层，仿佛另有梯级可通，却寻不到。前面已经说过，大约是较此楼更古的一个建筑物。

第一窟通称为大佛殿：殿前在咸丰辛酉重修碑，有不知年月的满文碑，有同治十二年及光绪二年的满文碑。又有明万历间吴氏的一个刻石。无更古者。

入殿后，冷气飕飕由窟中出。和尚手执一把香燃点起来，为照看雕像之用。楼下一层很黑暗，非用火光，看不到什么。正中是一尊大佛，高约六十丈，身上都装了金。四壁浮雕，都被涂饰上新的彩色。且凡原像模糊不清，或已失去之处，皆一一以彩泥为之补塑。怪不调和的。第二层楼上，光线较好，壁上也多半都是彩泥的佛像。站在这楼，正对大佛的胸部。到了三层楼上，方才和大佛的头部相对。大佛究竟还完好，故虽装了金，还不失其美妙慈祥的面姿。

第二窟俗称如来殿。窟中也极黑暗，结构和大佛殿大不相同。正中是一个方形立柱，每一面有一立佛，像支柱似的站着，柱上雕得极细。但有一佛，已毁，为彩泥所补塑。北壁为泉水所侵害，仅模糊可辨人形。东西壁尚完好，修补较少，较大佛殿稍存原形。登上了三楼，有一木桥可通那四方柱的第二层。这一层雕刻的是四尊坐佛，四边浮雕极多，皆是侍像及花饰，有极美者。这立方柱当是云冈最完好的最精致的一个。

第三部分包括所谓"弥勒殿"及佛籁洞的二窟；这二窟介于大佛寺和五佛洞之间，几成了瓯脱之地，无人经管。弥勒殿前有额曰："西来第一山"，为顺治四年马国柱所题。那结构又自不同。正壁有二佛对坐着，像在谈经。其上层则为三尊佛像。其东西二壁各有八佛龛；每龛的帏饰，各有不同；都极生动可爱。有的是圆帏半悬，有的是绣带轻飘，无不柔软圆和，一点石刻的生硬之感也没有。顶壁的"飞天"及莲花最为完整。六朵莲花，以雕柱隔为六部。第一朵莲花，四周皆绕以正在飞行的半裸体的"飞天"，隔柱上也都雕刻着"飞天"。总有四十位飞天，那姿态却没有一个相同的；处处都是美，都是最圆融的曲线。那设计和雕工是世界上所不多见的。更好的是这窟中的雕像，全为原形，未经后人涂饰。

佛籁洞在其西，破坏已甚。观其结构的形势，当和弥勒殿完全相同。唯无后殿，规模较小。正中的一佛，为后人用彩泥补塑的。原来，照其佛龛的布置及大小，当也是二佛对坐谈经的姿态。

此殿前面，本来有楼，已塌毁。窟门左右，一边有五头佛，一边有三头佛，都显出有威力和严肃的样子，似是把守门口的神道们，同时用来作支柱的。窟外壁上，有浮雕的痕迹甚多，惜剥落殆甚，极为模糊。以上二窟，似也为大佛洞的西首的副窟。

第四部分就是俗称的五佛洞；不知为什么这五佛洞保护得格外周密。有巡警室在其口外。游人入内，必有一警士随之而入。其实，这一部分被装修涂改最厉害，远不及弥勒殿和如来殿的天然秀丽。

说是五佛洞，其实却有六个大窟。最东的一窟，分隔为三进。结构甚类大佛殿。正中有大佛一，高亦有五十余丈，尚完好。后壁低而潮湿，雕像毁败已甚。前窟的许多浮雕都被涂饰得不成形状。但也有尚存原形的。

西为第二窟，结构略同前窟，大佛已毁去。到处都是新修新饰的色彩。唯高处的飞天及立佛尚有北魏的典型。

再西为第三窟，内部较小，结构同如来殿，中为一方形立柱，一方各雕着一佛。四壁皆新修新饰者，原有浮雕皆被彩泥填平，几乎是整个重画过。

再西为第四窟，较大，有两进，外进有四只塔形的支柱，极挺秀，尚未失原形。第二进则完全被涂饰改造过。疑其结构本同弥勒殿，正中的佛龛，原分上下二层，上层为三佛，下层为二坐佛。但今则上下二龛都仅坐着泥塑的二佛。以三佛及二佛的宽敞的地位，安置了一佛，自然要显得大而无当。

再西为第五窟，结构同大佛殿。大佛高约五十丈，盘膝而坐。四壁多为新修饰的彩色泥像。

又西为第六窟。此窟内部已全毁，空无所有，故后人修补，亦不及之。仅窟门的内部，浮雕尚完好。西边即为一道泥墙，和寺外相隔绝。但此窟的外壁，小佛龛颇多，有几尊尚完整的佛像，那坐态的秀美，面姿的清俊，是诸窟内所罕见的。惜头都失去的太多。

再往西走，要出大佛寺，绕过五佛洞的外墙，才是中间的第五部分。这一部分的雕像，我认为最美好，最崇高；却没有人加以保护，任其曝露于天空，任其夷为民居，任其给农民们作为存放稻草及农具之处所。其尚得保存到现在的样子，实在是侥幸之至。到这几个佛窟去，我们都得叩了农民们的大门进去。有时，主人不在家，便要费了大事。有一次，遇到一个病人，躺在床上起不来，没法开门，只好不进去，直等到第二次去，方才看到。

这一部分的第一大窟亦为一大佛洞，洞中有大佛一，高在六十丈以上，远远的便可望见其肩部及头部。壁上的浮雕也有一部分可见到。洞门却被泥墙所堵塞，没法进去。此窟东边，有二小窟；最东一窟有二坐佛，对坐谈经，却败坏已甚。较近的一窟也被堵塞。隐隐约约的看见其中的彩色古艳的许多浮雕，心怦怦动，极力要设法进去一看而不可能。窟外数十丈的高壁上满雕着小佛像，不知其几千几百。功力之伟大，叹观止矣！

向西为第二大窟。这一窟，也在民居的屋后，保存得甚好。正中为一大坐佛，高亦在六十丈左右。两壁有二佛像，一立一坐。此二像的顶上，其"宝盖"却是雕成像戏院包厢似的。三壁的浮雕，也皆完好。

再西也为一大窟（第三窟）。正中一大佛为立像，高约七十丈，礼貌庄严之至。袈裟半披在身上；而袈裟上却刻了无数的小佛像，像虽小而姿态却无粗率草陋者。两旁有四立佛。东壁的二立佛间，诸雕像都极隽好。特别是一个披袈裟而手执水瓶的一像，面貌极似阿述利亚人，袈裟上的红色，至今尚新艳无比。这一像似最可注意。

窟门口的西壁上，有刻石一方，题云："大茹茹……可登□□斯□□□鼓之□尝□□以资征福。谷浑□方妙□。"每行约十字，共约二十余行，今可辨者不到二十字耳。然极重要。大茹茹即蠕蠕国。这在魏的历史上是极重要的一个发见。茹茹国竟到云冈来雕像求福，这可见此地在当时，便已成为东亚的一个圣地了。

再西为第四大窟。破坏最甚。一大佛盘膝而坐，曝露在天日中。左右有二大佛龛，尚有一二壁的浮雕还完好。因为此处光线较好，故游人们都在此大佛之下摄影。据说，此像最高，从顶至踵，有七十丈以上。

再西为第五大窟，亦有一大坐佛，高约六十丈。东西壁各有一立佛。西壁的一佛已被毁去。

由此再往西走，便都是些小像小龛了：在那些小龛小像里，却不时的可发现极美丽的雕刻。各像坐的姿态，最为不同，有盘膝而坐者，有交膝而坐者，有一膝支于他膝上、而一手支颐而坐者。处处都是最好的雕像的陈列所。惜头部被窃者甚多，甚至有连整个小龛都被凿下的。

到了碧霞宫止，中部便告了段落。碧霞宫为嘉庆十年所修，两壁有壁画，是水墨的，画得很生动。

颇疑中部的第五部分的相连续的五个大窟，便是昙曜最初所开辟的五窟。五尊大佛像是昙曜时所雕刻的，其壁上及前后左右的浮雕及侍像，也许是当地官民及外国人所捐助的。也未必是一时所能立即完全雕刻好。每一个大窟，其经营必定是很费工夫的。无力的或力量小些的人民，便在窟外雕个小龛，或开辟一小窟，以求消灾获富。

西部是从碧霞宫以西直到武州山的尽西头处。山势渐渐的向西平衍下去，最西处，恰为武州河的一曲所拥抱着。

这一路向西走，共有二十多个洞窟，规模都不甚大。愈向西走，愈见龛小，且也愈见其零落，正和东部的东首相同。故以中部的第三部分，假设为昙曜最初所选择而开辟的五窟，是很有可能的。那地位恰在正中。

西部的二十余窟，被古董贩子斫去佛头的不少。有几个较好的佛窟，又都被堵塞住了，而以"内有手榴弹"来吓唬你。那些佛像，有原来的彩色尚完整存在者。坐佛的姿势，隽好者不少。立像的衣褶，有翩翩欲活的。

在中段的地方，一连四个洞，俱被堵塞，而标曰"内有手榴弹"。西部从罅中望进去，那顶壁的色彩是那样的古艳可喜！

西邻为一大窟，土人说，内为一石塔。由外望之，顶壁的色彩也极隽美。再西有一佛龛，佛像已被风雨所侵剥，而龛上的悬帏却是细腻轻软若可以手揽取。

再西的各小窟及各龛则大都破败模糊，无足多述。

这样的匆匆的巡览了一遍，已经是过了一整天，连吃午饭的时间都忘记了。

（本文略有删节）

大乘起信——释氏篇

范　曾

一

　　在深山古寺，云荒石老，松高猿藏。如果这猿又性慈寿永，神话也便随之而出。《春秋繁露》载："猿似猴，大而黑，长前臂，所以寿八百。"《抱朴子》更神其说："猿寿五百岁则变为玃，千岁则变为老人。"此把达尔文《物种起源》所计算从猿到人的速度加快了一万倍。然而猿的寿命不会很短，则是当然的。

　　古寺中的高僧与猿们共同呼吸着天地清气，

相逢机会必然很多。《高僧传》记载："刘宋时钱塘释智一者，善长啸，于灵山涧养一白猿，有时蓦山逾涧，久而不还。智一张口做梵声呼之，则猿至矣。"凭猿的智力是十分容易和人沟通的，它们的记忆力很好，能够学习与模仿人的动作，进而解决问题。也许它们不甚知其所以然，但久之，会学得很像，如叩首拜佛之类。

　　然而画家不会满足于猿们低层次的智力，在我的笔下，猿和人的界限只限于外表。严羽讲："诗有别趣，非关理也。"在理之外，才有文艺存在的特殊地位；同样，在理之外，也才是驰骋遐想的广阔天地。亦可以认为文艺，譬如绘画、诗歌正是由于与科学求索不同，才可能插上浪漫之翅，才可能翱翔于枯索无味的、爬行的写实主义之上。

　　我特别欣赏佛教六道众生平等的思想。天庭的神仙、人间的男女老少、修罗道的魔鬼、地狱中的被刑戮者、饿鬼道的饥者，以及禽兽，都是有情的、有意识的，它们都可以由于证得菩提而成佛。在佛的面前，他们一律平等，不分贵贱贤庸。佛本生故事中的鹿、鸽都是深具佛性的生命，它们都是佛的前生。

　　在这大德高僧前匍匐而祷的老猿，必有它自己艰难苦恨的身世。高僧那洞察万类、看破红尘的眼神，正与那老猿深悟佛法、自见本性的眼神相遇。画笔微妙之处在于挥写之际，已自营造佛教思想中般若（智慧）波罗蜜多（超度）的根本思想。

　　我曾经年养猴，将其关于牢笼之中，每天欣赏其跳腾嬉戏。虽为宠物，实为囚徒。我不是高僧，自己都不能做到心珠独朗，何能超度宠物，使它皈依佛法？一日读唐诗中有曾麻几放猿诗云："孤猿锁槛岁年深，放出城南百丈林。绿水任从连臂饮，青山不用断肠吟。"这一点曾公至少知道锁槛孤猿是一种束缚其天然情性的恶业。把它放归青山，正如庄子所谓"以鸟养养鸟"而不"以己养养鸟"。又有吉师老放猿诗云："放尔千山万里身，野泉晴树好为邻。啼时莫近潇湘岸，明月孤舟有旅人。"这不仅让它回归到自然，而且临别赠言，倾注其对漂泊他乡、羁身孤舟的游子的关爱。这两首诗其情也真，故其感人也深。倘使我早能读得此诗，或许早就将我所养的两只巴西小猴放归山林。

"宠物"云者，本应爱其生命，听其自然。然而人类的贪欲，必以动物痛苦的代价愉己，那么无论如何的宠爱都无异于戕害。庄子《达生》篇有云："昔有鸟止于鲁郊，鲁君悦之，为具太牢以飨之，奏九韶以乐之，鸟乃始忧悲眩视，不敢饮食。"庄子以为鲁君应使其栖之深林、浮之江湖，还其鸟的自然之用。这一点，我与上述两位诗人相悖而与鲁君相侔。对于所饲的巴西小猴饲以果品甜点，洒以香水，然而不到三年，它们先后死去。镇江有相传晋人所刻《瘗鹤铭》，视仙鹤为友，悼词悱恻。而我在巴西小猴死后所撰《瘗猴铭》，悲凉悔恨而已。

一日与赵忠祥于饭店就宴，捧上地龙（穿山甲）一盘，赵忠祥坚拒之。今每听赵君于电视解说《动物世界》，声调和缓、慈祥，情动于中，有由然也。

二

天地间大块文章，象其一也。其性平和，自古视为祥瑞；力大无匹，威而不猛，震慑狮虎，怜悯蝼蚁。《伽蓝记》《佛国记》《西域记》所载其事甚多。法显曾见群象以鼻取水濯地，取杂花香草而供养佛塔舍利。《唐书》记载南方诸国若文丹、周澄、南蛮、蓝莫皆曾贡献大象于大唐。唐时亦有以作大驾卤簿（帝王行仗）之前导者。

　　唐人作《缋象赋》云："动高足以巍峨，引修鼻而嘘吸。尘随踪而忽起，水将吸而回入。牙栉比而糁糁，眼星翻而熠熠。驱之则百兽风驰，玩之则万夫云集。"这是一篇绘神绘影的描述。

　　象有灵性。《西域记》曾记载一则神话，谓有一僧遇群象，上树避之。象将树拔起倒地，负此僧人至林中。有一病象足生疮而卧，象将此僧人之手引向患处，乃一大竹刺。僧人为其拔去，将僧袍撕裂裹伤。稍待片刻，一象持一金盒授予病象，病象转授予此僧人，打开一看，乃是佛牙，其神奇灵慧若此。

　　倘有一象亡，则众象举鼻仰天长叹悲呼，声动林莽，惨怆怛悼，有无可告慰者。而雌象猝亡，幼象不知，以为酣睡，久之不醒，则幼象哀号，若人之失恃。众雌象亦爱抚劝慰之，幼象则择一雌象为母，雌象爱之若己出，其深情厚谊若此。

　　象有此仁慈秉性，又多生于佛国，故传说甚多。上古之世，中原树木丛生，百草丰茂，犀象之属繁衍。《孟子》载周公驱犀象而远之，天下大悦。更早的记载则见于《帝王世纪》："禹葬会稽，祠下有群象耕田。"我想这是中国古代以象农耕的最早记载，《帝王世纪》则将其神化耳。今既画一象，觉空其所向，乃作佛，全凭想象而成《神象礼佛图》，不期其意与法显亲眼所见相合。艺术家往往驰骋其思，空所依傍，以为出人意表，讵知现实有更神异而匪夷所思者，真想象力之不足恃也。

四

当释迦拈花、迦叶微笑的瞬间，奠定了禅宗修持"微妙法门，不立文字"的宗旨。此后古德高僧不断弘扬"自见本性""心外无佛"的大义，"得大自在"成为佛门大德的最高境界。

六界众生本来都具一颗孤明如灯的心灵，这就是本性。只是由于蒙上妄念的尘垢，而坠入迷障。于是禅的修炼不过是使众生回归它那无尘垢的本心，"即时豁然，还得本心"（《净名经》）。那就必须"死却心猿，杀却意马"，远离颠倒梦想，此时方能做到妄息心空，真知自现。

那么，参禅是什么？即回归和护持孤明历历、本来自在的平常心。什么是平常心？那便是没有妄念烦恼，不续前念、不引后念的虚灵寂照之心。

马祖有一次问慧藏禅师："做什么？"慧藏答："牧牛。"马祖又问他："如何牧？"回答说："一回入草去，便把鼻拽来。"这实际是讲参禅要保持无念，不让牛群犯人苗稼（杂念已生），立时拉回（消除杂念），此正是禅定"念起即觉，觉之即无"的形象说明。

心可为地狱，如果你被无明烦恼所困扰，内心枝杈横生、妄念不断，那就是一片黑暗；心可为天堂，如果你断欲去痴、斩除贪嗔，内心一念不生，颠倒意绝，那就是一片光明。净土就在脚下，大地皆为蒲团。黄龙死心禅师说："此身不向今生度，更向何生度此身。"黄檗断际禅师说："不是一番寒彻骨，怎得梅花扑鼻香。"可见"即心即佛"（这颗心就是这尊佛）"无心是道"（心中断熄一切杂念，就是修禅法门）这八个字，应是参禅者最初的方便法门。

再进一步，同安察祖《十玄谈》中说："莫谓无心便是道，无心犹隔一重关。"表面上在否定"无心是道"，实际上是一声棒喝，告诉人们一心想着那无心，便是有心。这两句诗是极而言之，唯恐学人执迷死法，和"无心是道"没有任何矛盾。这是大德高僧解粘去缚、抽钉拔楔的妙悟之言。

因之，禅既是自证本心，而本心之中原来空无一物，只有那孤明历历的寂照。禅与佛的真实相是什么？你说像什么都不是。所谓"道个佛字，拖泥带水；道个禅字，满面惭愧"。一切言语都是多余的。向心外求佛，永远得不到佛，永远不会理解实相无相的真谛。佛果真是那寺庙里泥塑的偶像、相片中虚构的幻影吗？

画中这托钵微笑的高僧，真正做到了达摩对慧可的要求："外息诸缘，内心无喘。心如墙壁，可以入道。"（译为口语是："断绝那身外的一切因缘，平息那内心的所有躁动，那宁寂的心宛如筑起了外物莫侵的墙壁，只有道可进入，只有佛是心中唯一的存在。"）你看他忘境忘心，内无所欲，外无所求。佛教的《起信论》的要旨便是离开一切言说和实相证得本心，处处无碍，事事通达，心头永呈一片光明，这便是大自在的境界。我正是力图表现这片心中的光明。

我作此画时心中了无烦躁，泼墨明净无垢，加上人物意态上的无矫造，隐现了内心的无尘垢。作完此画，真宛若醍醐灌顶，证得了菩提。

石恪的《二祖调心图》画二祖伏于虎身，皆入无梦之睡，实在令人钦佩立意不凡。而梁楷的《六祖劈竹》则略类表面文章，不见慧能"本来无一物"

的无上智慧。当然，梁楷此画超绝的才艺是毋庸置喙的。

　　泼墨简笔描之难，在于它和禅家一样重心悟而离言说，在技法上的"妙悟者不在多言"也与禅理相通。请记住上面黄檗断际禅师的名言："不是一番寒彻骨，怎得梅花扑鼻香。"艺术家达到禅境之不易亦如是。

旅晋五记（选三）

施蛰存

五台赞佛记

清初诗人吴梅村有一首《清凉山赞佛诗》，清凉山就是山西的五台山，吴梅村所赞的佛，是指在五台山出家做和尚的顺治皇帝。这是清史上的大疑案，当时有此传说，不知真相如何。不过康熙、雍正二代皇帝屡次到五台山去朝参进香，这就恐怕"事出有因"了。

今年八月十三日，我有机会到五台山去旅游二日，虽然走马看花，也总算到过五台山，在中国大地上，增添了我的一处游踪。

五台山并不是一座山，而是五座山，分别称为东台、西台、南台、北台、中台。整个地区，周围数十里，山上山下，大大小小，有一百多所佛寺，有和尚寺，也有尼姑庵。我只看了四五个最著名大寺，已经尽了我的脚力，因为大寺多半在山顶上。

一到五台山，就觉得清凉山这个名词很不错。这个地区，清凉得怪。我穿一件衬衫，觉得有些冷，加一件羊毛衣，暂时和暖一下，过一会儿就又有些冷了。说冷也不是令人发抖的冷，只是有些寒意。如果不加羊毛衫，也不会很冷，不过年轻人挡得住，我却非加羊毛衣不可了。我看到和尚都穿棉裤，大概长住在这里的人，反而要对这样的清凉气候具有戒心。

大显通寺是最大的佛寺，是一所黄教的喇嘛庙。有一座白塔，比北京北海的白塔大得多。还有一座西藏式佛殿，门锁着不让进去参观，大约是雍和宫之类的密宗秘宫。大殿上二十多尊金身佛像，是我生平所见最壮丽的佛像，真可以说是"妙相庄严"。每一尊佛，坐像也有一丈多高，金光灿烂，完全像新塑的样子。但殿前有一块碑，立于康熙七年（一六六八年），碑文说，这二十多尊佛像是在北京塑造，跋涉四千余里，运到五台山供养的。这是多么巨大的工程！当然，为了几句碑文，不知流了多少劳动人民的血汗，甚至牺牲了多少生命。我在三百年后，居然还有幸能来瞻仰这些雄伟庄严的塑像艺术，却也得感谢这些胼手胝足的劳动人民。

五台山区大小寺院的佛像，似乎都没有在十年内乱中被毁坏。寺院的建筑物，也都好好地保存着元明清代的原样，这使我有些诧异。但司机同志给我解释：当年这里的"造反派"，也都是信佛的。原来如此，阿弥陀佛。

回沪以后，朋友们要我谈谈五台游兴，我就写了这一段《五台赞佛记》。我所赞美的，不是顺治皇帝，也不是教主释迦牟尼，而是作为塑像艺术品的古代佛像。

山西的唐塑

江浙一带的佛寺里，塑的全是佛像。山门里总是笑呵呵的弥勒佛，后面是韦驮菩萨，两旁是四大天王。大雄宝殿上，塑的是释迦牟尼、文殊、普贤，或者旁边加一尊观音，两旁是十八罗汉。或者另外造一座罗汉堂，塑五百罗汉，包括济颠和尚在内。规格大致相同，总而言之，都是佛像。

山西的佛寺却有一个特点。佛像之外，还有侍女像。这是北魏遗留下来的习俗。从北魏到隋唐，造像石刻，在佛龛左右，都刻有侍佛像，都是捐钱造像的人，把自己的像也刻上去，并且还要刻上一行字：某某人侍佛时。这些侍佛像有男的，也有女的，前面也有刻着领导他们礼佛的比丘或比丘尼。这是在云冈、龙门、敦煌等石窟里随处可以见到的。

唐宋以后，泥塑像代替了石刻像，木结构的佛寺代替了山上的石窟，因此，在西北一带的佛寺里，佛像以外，还有侍佛像。不过，男的侍佛像少见，大多是女像，所以一般都称为女侍，或侍女。五台山有两所唐代建筑的佛寺：佛光寺和南禅寺。这两座寺里都还保存着唐代塑造的佛像和侍女像。佛光寺大殿上三尊大佛前，各有三四个侍女，可惜我没有机会去亲眼欣赏，只看到过图片。从五台回太原的路上，听说南禅寺离公路不远，就请司机同志转入一条小路，行驶了十多分钟，到达南禅寺门口。南禅寺本来是个大丛林，现在只剩一座大殿。这座殿是全部木结构的屋顶，除四壁以外，没有一根柱子支架。这座古建筑，至今还保持着唐代的原样。经著名建筑师梁思成鉴定，认为是东亚第一古建筑，列入全国重点保护文物。大殿上的佛像及侍女像也都是唐代遗物。这个佛殿与众不同。踏进殿的门槛，不到二尺地，就是一座大坛，左右及后面，离墙也只有二尺余地。就是说，这个大佛坛只比大殿的全面积小二尺。坛高大约四尺，坛上正中塑着如来佛，左右是骑象的文殊佛，骑狮的普贤佛，都是很高大雄伟，占了后半个坛。狮象各有一个驭者，姿态亦极有精神，的确不是一个马夫。前半个坛上塑的都是侍女，还有一个孩儿。如来佛像也是女身，项颈里戴着璎珞。我们如果不把这里看作佛殿，就可以说她们是唐代巧工塑造的一群半裸女体像。这个佛坛就好比展览馆里陈列造像的座子，善男信女没有跪拜的地方，坛前也不设供桌，没有一切佛殿的陈设物。

唐人对于妇女的审美标准是要求丰肥健美，所以杨贵妃是个肥硕的女人。唐人画的仕女，龙门山宾阳洞的石刻女像，都是躯体丰满圆润的。南禅寺和佛光寺的唐塑女像，也无不如此。晋祠圣母殿两旁的侍女，就显得瘦小了。看来，林黛玉型的美人，只是近代的审美观念，我以为是不健康的。

艺 术 与 宗 教

前几天我写了三段小文，记录我在山西所见到的优美塑像。这些塑像都属于宗教艺术，我非佛家，也不是道家，自然不免会有外行话。有一位"居士"来信指教，说我把文殊普贤的坐骑弄错了，应该是文殊骑狮，普贤骑象，这一点我应该承教改正。居士又指出我把文殊普贤菩萨误称为佛，这一点也可以承教。我知道佛是佛，菩萨是菩萨，不过，在一般人语汇里，往往都用一个佛字来概括。记得小时候听老太太念《佛名经》，也有"南无文殊师利佛"，可知这个佛字是通称了。

我说南禅寺的如来佛像塑成一个女身，居士对此大不高兴，说我"侮辱佛门"。这个问题，牵涉到佛教艺术造型的历史。我猜想，唐代以前的佛教造像，不论是石刻还是泥塑，都有印度的影响。一切佛像，包括释迦如来在内，大多是袒胸露臂，面如满月，项悬璎珞，宛然是个半裸的女像，和宋以后的近代造像，确有不同。佛经说，佛有种种相；又有说，佛有八十相，可知各处石窟和梵寺中的佛像，可以各具一相。所以观世音菩萨也有雕塑为男身的。

前年，我曾写过一段随笔，讲到欧洲中古时代，有许多女体画，都因为画的是宗教题材，避免了顽固派的指斥，得以保留下来。中国古代的女体塑像，看来也是如此。如果把她们单独塑造在一个花园里，说是一个某某美女像，早已被古代的卫道者砸烂了。

居士又说，如来佛像"非同希腊的维纳斯等光身的雕像"，我以为，从某一角度来看，也未尝不可以说是相同的。现存的希腊维纳斯像，有一个是以当时著名妓女普拉克西代斯为模特儿的。艺术家雕的是这个妓女的裸体像，但标题却是维纳斯。维纳斯是希腊的神，这座像供在神祠里，就没有人敢砸烂她了。

　　我把山西佛寺里的塑像看作"一群半裸体女像"，认为是唐代造型艺术精品。这个看法，其实是恢复她们的本质，非但没有"侮辱佛门"，反而是感谢佛门，把她们保护到今天。

最美的就在这儿

舒乙

　　看过法海寺的壁画之后，第一个感觉是：北京人白当了！

　　那里有顶精致、顶豪华、顶完整的明代大幅壁画。最美丽的存在原来就在这儿！

　　早闻其名，始终没有看过，不知道其真面目和它的厉害。一看，震惊了。真正的稀世珍宝就在身旁，过去竟然不知。走出寺门，自谴之心一时甚至远远胜过惊喜之情，痛感自己的寡闻，相识太晚啊。

　　法海寺，其实，距城挺近，在京西磨石口内，只是不靠大路，离著名的京西皇家园林也还有一段距离。它单独躲在小山腰的绿树丛中，自成格局，不易找着，也就避开了都市的喧闹和人流。这也是它的万幸，不然，盛名之下，被盗被毁的厄运一定躲不掉。

大壁画保存得相当完好，恐怕还有一条原因：殿内奇黑，采光极差，又无天窗，几乎什么也看不见。佛寺荒废之后，殿内住过军队，住过学生，住过贫民，甚至有时还生火煮饭，昏昏然。壁画近在咫尺，多少年来却视而不见，没有大伤害。真是一大奇迹。

和著名的敦煌壁画、芮城永乐宫壁画相比，依我之见，法海寺壁画有它的"三绝"。

一绝：它是最精细的。道理很明白，因为它最"年轻"。莫高窟壁画是四世纪到十四世纪的；永乐宫壁画是元代的，建于十三至十四世纪；而法海寺是明代的，建于一四三九年，距今五百五十多年。艺术往往随着时间走"粗—细—粗"的路，三者皆美，但风格相差极大。法海寺壁画达到了精细的顶端，在壁画史中占了一个独一无二的位置。壁画的一角画有一只小兽，颇像一小犬，逆光而立，耳朵竖着，上面的微细的血管脉络清晰可见，真是一个自然写实的精品。

二绝：它是最艳丽的。道理也很清楚。法海寺是皇家寺庙，档次高，由宫廷的工部营缮所主建，壁画作者全是画师，非同一般。用料也豪华，画中七十六个人物的衣服图案统统描金，每一平方寸都有极细极工的描金服饰花团。每一条轮廓线都是小手指粗细的极工整的"浮雕"线，而且是沥粉贴金。如果有光线射去，一定是一片金碧辉煌！

三绝：它是最民族化的。佛教本是外域传来的，以北线而论，越靠西部，时间越早，外国味也越多。法海寺几乎是最东边的，时间最晚，外国味差不多全无。人物，不论是老者、是观音、是小孩，还是护法天王们，已经是地道的中国人的形象了。尤其是女人的鼻子，男人的胡子，一派东方韵味。法海寺壁画恰是由西到东、由古到今的佛教逐渐民族化、国产化的变化线的终点。

法海寺壁画与其他中国佛教壁画还有一种重大不同点：它有作者，或者说，它的作者不是"无名氏"，而是有名有姓的。法海寺有一座一四四四年立的经幢，上面记载画是由画士官宛福清、王恕，和画士张平、王义、顾行、李原、藩福、徐福林等八人完成的。这样，这批壁画就有"主儿"了，可以称为"宛福清、王恕壁画"了，像说"达·芬奇的蒙娜丽莎"一样。

现代，对保护法海寺壁画立下大功的，有两个名字是不能不提的。一位是徐悲鸿先生，他多次请求政府保护壁画，甚至为壁画上的几颗钉子写了报告。另一位叫吴效鲁，是一位看庙老人，"文革"初期他智勇双全地阻止过"红卫兵"的破坏。没有他，也许，这些举世无双的大壁画早已荡然无存。将来或许有人专门写写这位可敬的老人。他们二位的名字应当刻在碑上，绝对功不可没。

法海寺应当成为和敦煌、永乐宫齐名的观光胜地，它完全有资格。虽然，它和故宫、长城、天坛一样，已列为全国文物重点保护单位，也正式对外开放了，但是由于宣传不够还鲜为人知，游客不多。应该双管齐下，一方面大力研究如何保护好它，成立保护基金会，成立保护研究所，召开学术研讨会；另一方面要开展一系列宣传工作，印画片、印画册、印邮票、办展览、写文章、开辟旅游专线，郑重其事有根有据大张旗鼓地为它叫好，推向世界！

托尔斯泰书桌上方挂着一幅意大利拉斐尔的《西斯廷圣母》的复制品，他认为这是世上最美的画。

法海寺里的水月观音就是中国的西斯廷圣母！宛福清、王恕就是中国的拉斐尔！法海寺壁画也是世上最美的图画之一！

说来也巧，宛福清、王恕和拉斐尔差不多是同期人，画的中心也都是顶好看的妇人，和蔼可亲，完全世俗，西方的光着脚，东方的裸着肩，连构图都像，站在一旁的都是一位白胡子老头，意大利的叫西斯廷教长，中国的叫"月下老儿"。世上就有如此的妙事。

眼下，您要去法海寺观画，可千万别忘了带上多节电池的大手电棒，那时，将由黑暗中走出一大群出类拔萃的精灵，给你永世难忘的激动。

生活禅语

净慧

生活禅开题

在 生 活 中 修 行

经常有信徒向我提问：我们应该怎样把学佛、修行落实到实处？我说：应该把学佛、修行与生活有机地结合起来，在生活中落实修行。

学佛的目的就是因为我们生活在世间，有许多迷惑的问题要求得到解决，所以要学佛法；修行的目的就是因为我们生活中有种种烦恼、种种痛苦要求得到解脱，所以要修行。离开了每个人具体的生活环境，不断除每个人当下的无明烦恼，学佛、修行都会脱离实际，无的放矢。所以我经常强调，我们学佛、修行的人必须把佛法净化人生（利乐有情）、净化社会（庄严国土）的精神，完整地落实在生活中，落实在工作中，落实在做人的分分秒秒中；要使佛法的精神具体化，要使自己的思想言行与自己的信仰原则融为一体，实现法的人格化，在生活中修行，在修行中生活。我们每个佛弟子能够如是学，如是修，自行化他，令未信者信，已信者增长，就能够使正法住世，佛日增辉，法轮常转。我们之所以要提倡生活禅，其原因即在于此。

禅天禅地

所谓生活禅，即将禅的精神、禅的智慧普遍地融入生活，在生活中实现禅的超越，体现禅的意境、禅的精神、禅的风采。提倡生活禅的目的在于将佛教文化与中国文化相互熔铸以后产生的具有中国文化特色的禅宗精神，还其灵动活泼的天机。在人间的现实生活中运用禅的方法，解除现代人生活中存在的各种困惑、烦恼和心理障碍，使我们的精神生活更充实，物质生活更高雅，道德生活更圆满，感情生活更纯洁，人际关系更和谐，社会生活更祥和，从而使我们趋向智慧的人生，圆满的人生。

生活的内容是多彩多姿的，禅的内容同样是极为丰富圆满的，而禅与生活（或生活与禅）又是密不可分的。这种密不可分的关系，既反映了二者的实在性，同时也展现了二者的超越性；而人们面对生活进行禅的体验所介入的对象又是无所不包的。正因为如此，我们只有从多角度透视禅的普遍性，才能真正认同生活禅这一法门的如实性和可行性。从自然现象来说，满目青山是禅，茫茫大地是禅；浩浩长江是禅，潺潺流水是禅；青青翠竹是禅，郁郁黄花是禅；满天星斗是禅，皓月当空是禅；骄阳似火是禅，好风徐来是禅；皑皑白雪是禅，细雪无声是禅。从社会生活来说，信任是禅，关怀是禅，平衡是禅，适度是禅。从心理状态来说，安详是禅，睿智是禅，无求是禅，无伪是禅。从做人来说，善意的微笑是禅，热情的帮助是禅，无私的奉献是禅，诚实的劳动是禅，正确的进取是禅，正当的追求是禅。从审美意识来说，空灵是禅，含蓄是禅，淡雅是禅，向上是禅，向善是禅。当然，还可以举出更多现象来说明禅的普遍性，但仅此我们就可以发现禅作为真、善、美的完整体现，它确实是无处不在的。

运水搬柴

我们的生活充满着禅意和禅机，所谓"神通及妙用，运水与搬柴"。但大多数人由于自我封闭，意识不到他本身具有体验禅的潜能，这就叫作"百姓日用而不知"。这里我们不妨拈两则古人以日常生活为契机而说禅、悟禅和行禅的公案，应该有助于加深对生活禅的理解。

晚唐时期有一位龙潭和尚，他的师父是天皇道悟禅师。他在师父身边待了很长时间，天天侍候师父。他觉得日子一天天过去了，师父并没有给他指示禅机心要。有一天，龙潭和尚向师父发问道："某自到来，不蒙指示心要。"他师父却说："自汝到来，吾未尝不指示心要。"龙潭问："何处指示？"师父说："汝擎茶来，吾为汝接；汝行食来，吾为汝受；汝和南时，吾便低首，何处不指示心要？"龙潭听了师父的开导，低头良久不语。师父说："见则直下便见，拟思即差。"龙潭在师父逼拶的这一瞬间，不容思量卜度，当下心开意解，悟道见性了，于是他又进一步请教师父："如何保任？"师父说："任性逍遥，随缘放旷，但尽凡心，无别胜解。"

这则公案清楚地告诉我们这样一个事实：作为禅者的生活，它处处都流露着禅机，学人只要全身心地投入进去，处处都可以领悟到禅机，处处都可以实证禅的境界。同样重要的是，这则公案还告诉我们悟后的保任功夫是"但尽凡心，无别胜解"。

在生活中体验禅的关键所在是要保持一颗平常的心，所谓"平常心是道"。下面的一则公案所包含的深刻内容，对怎样在生活中保持平常心或许会有所启发。

有源律师问慧海禅师："和尚修道还用功否？"师曰："用功。"曰："如何用功？"师曰："饥来吃饭，困来即眠。"曰："一切人总如是，同师用功否？"师曰："不同。"曰："何故不同？"师曰："他吃饭时不肯吃饭，百种须索；睡时不肯睡，千般计较。所以不同。"禅者的吃饭、睡觉与一般人的吃饭、睡觉有着这样大的差距，这就是我们还不能在穿衣吃饭的日常生活中体验禅的根本症结所在。我们如果去掉吃饭时的"百种须索"和睡觉时的"千般计较"，我们当下就可以与历代祖师同一鼻孔出气。

满天星斗

生活中的禅是如此灵动和现成，自然界又何尝不是呢？如果满天星斗不是禅，释迦牟尼佛就不可能因睹明星而觉悟成佛；如果潺潺流水不是禅，洞山良介禅师就不可能因过小溪睹水中影而打破疑团；如果郁郁黄花不是禅，灵云禅师也不可能因见桃花而开悟。大自然到处都呈现着禅的空灵与恬静，悠远与超越，真实与现成，所以陶渊明能留下"采菊东篱下，悠然见南山"的千古绝唱，苏东坡能留下"溪声尽是广长舌，山色无非清净身"的禅苑清音。

在中国古典诗词的汪洋大海中，深含禅意的佳篇名句俯拾即是。像王维的："行到水穷处，坐看云起时。"宋代一位比丘尼的悟道诗："尽日寻春不见春，芒鞋踏破岭头云。归来偶拾梅花嗅，春在枝头已十分。"特别是苏东坡的《琴诗》，直接就是老僧谈禅，空灵绝妙："若言琴上有琴音，放在匣中何不鸣？若言声在指头上，何不于君指上听？"天公造物，缘灭缘生，无处不呈现着禅的生命。

昔有座主问南阳慧忠国师："古德曰：'青青翠竹，尽是真如；郁郁黄花，无非般若'。有人不许，是邪说；亦有人信，言不可思议。不知若何？"师曰："此盖是普贤、文殊大人之境界，非诸凡小而信受。皆与大乘了义经意合。故《华严经》云：'佛身充满于法界，普现一切众生前，随缘赴感靡不周，而恒处此菩提座。'翠竹既不出于法界，岂非法身乎？又《摩诃般若经》曰：'色无边故，般若无边。'黄花既不越于色，岂非般若乎？此深远之言，不省者难为措意。"在禅者的心目中宇宙是完整的，精神与物质是一体的。所以禅者认为"何处青山不道场"，四时美景充满禅机："春有百花秋有月，夏有凉风冬有雪，若无闲事挂心头，便是人间好时节。"

　　我们的生活到处充满着禅意与禅境，我们每个人本来都应该生活得非常轻松愉快、潇洒自在，但我们大多数人并没有这种感受，相反地，都觉得生活很累，很累。是什么原因呢？实在是我们的"闲事"太多太多了，所以才觉得"人间"没有"好时节"。如果我们从生活中找回禅的精神（其实它从来没有离开过生活），让生活与禅打成一片、融为一体，我们的生活便如诗如画，恬适安详了。

禅与现代人的生活

星云

　　禅，是人间的一朵花，是人生的一道光明；禅，是智慧，是幽默，是真心，是吾人的本来面目，是人类共有的宝藏！

　　禅，虽然是古老的遗产，但更是现代人美满生活的泉源，因为禅的功用可以"扩大心胸、坚定毅力、增加健康、启发智慧、调和精神、防护疾病、净化陋习、强化耐力、改善习惯、磨炼心志、提起理解、清晰记忆"。

　　尤其禅能令我们认识自己，所谓"明心见性，悟道归源"，"若人识得娘生面，山花野草总是春"。兹以"禅与现代人的生活"为题，分四点说明，就教各位！

一、禅的人间社会性

禅，不是什么神奇玄妙的现象；禅，也不是佛教专有的名相；可以说人间处处充满了禅机，大自然无一不是禅的妙用。禅，像太阳的热能一样，像发电厂的光电一样，只要有心，到处都有自己的热能。

说禅有人间的社会性，因为禅不是少数人的，禅是人间的，禅是社会大众共有的。佛陀在灵山会上，把禅法传给了大迦叶，但把禅心交给了每一个众生。

禅的光明照耀着人间；禅，沟通了人我的关系，沟通了心物的关系，沟通了古今的关系。禅者与禅者之间的接心、印心，处处都说明了禅的人间社会性，禅门一千多则的传灯公案，不但玄奥，而且美丽。那些禅话里，处处都说明了禅者从矛盾中，见解如何去统一；从差别中，思想如何去融和；从分离中，精神如何去相依；从人我中，两心如何去相通！

僧问洞山禅师："寒暑来时，如何躲避？"

洞山答说："何不向无寒无暑处去？"

僧再问："如何是无寒无暑处？"

洞山道："寒时寒杀阇黎，热时热杀阇黎。"

僧反驳道："你不是说到一个既不寒又不热的地方，为什么又寒杀热杀呢？"

洞山终于进一步地说道："寒冷时用寒冷来锻炼你自己，热恼时用热恼来锻炼你自己！"

所以禅者不逃避人间，永远活跃在社会每一阶层，在寒暑冷暖、荣辱苦乐、贫富得失、是非人我中不动心。"犹如木人看花鸟，何妨万物假围绕"，这就是禅者人间的社会性格。

"春城无处不飞花"；同样的，"人间到处有禅机"。从许多禅的名称，可以看出禅的社会性，如禅食、禅衣、禅床、禅座、禅灯、禅味、禅话、禅行、禅悦、禅喜、禅友、禅眷、禅用、禅心、禅人等等，人间社会里，哪里没有禅呢？

真正的禅者，山林水边，陋巷闹市，不分僧俗，不计男女，人人可参禅，人人可问道，所谓"一钵千家饭，禅僧万里游"。禅者的云游行脚，就是那么人间化、生活化、社会化！

禅者的社会，亦即是禅者所住的禅林，他们对工作和合分工，他们在同道间参访互助；他们修持中严格精勤，处众时上下平等，生活里朴素无华，心地上统一归真。今日人间社会上，流行着不少的病态，如紧张、功利、自私、狭窄、执著、暴力、虚伪、傲慢等，急需要禅者安详、放下、大公、宽广、空无、慈悲、统一、集中的良方来对治，这有赖各位学者专家推动，方始为功！

二、禅的时空普遍性

所谓禅，就如"万古长空，一朝风月"。在禅里，没有时间的长短，没有空间的远近，没有人我的是非，没有现象的变化。禅是刹那之中有永恒，一念之中有三千。"心中有事虚空小；心中无事一床宽。"因为禅者对时空有普遍性的悟入。

禅者的修证，不重成佛，只重开悟；千年闇室，一灯自明，只要你一悟，何愁大道不办？所以禅者修证悟道以后，你挂念他年老，他说没有时间老；你要他旅行游览，他说法界皆在他的心中。因为禅者一悟以后，就能泯灭时空内外、自他对待。其实内外、对待，实皆一如也。

兹举如下数则诗偈，皆可明禅定皆一：

> 吾有正法眼藏，涅槃妙心（内定）；
>
> 拈花微笑，付嘱摩诃迦叶（外禅）。
>
> 应无所住（内定），
>
> 而生其心（外禅）。
>
> 溪声尽是广长舌，山色无非清净身（内定）；
>
> 夜来八万四千偈，他日如何举似人（外禅）。
>
> 犹如木人看花鸟（内定），
>
> 何妨万物假围绕（外禅）。
>
> 稽首天中天，毫光照大千（外禅）；
>
> 八风吹不动，端坐紫金莲（内定）。
>
> 尽日寻春不见春，芒鞋踏破岭头云（内定）；
>
> 归来偶把梅花嗅，春在枝头已十分（外禅）。

　　说到悟，那不是语言文字所能形容的，但悟必然是透过禅定可以体验的，可以说悟才是参禅入定的真正目的。因为悟，可以领略到时间的永恒，可以体会出空间的无边。悟，在人我里完全"生佛平等"，在时空里完全法界一如。

　　智通禅师半夜忽然起床大叫："我开悟了！我开悟了！"一寺大众都被他吵醒，归宗禅师严肃地问他："你悟的什么？"

　　智通毫不迟疑地回答道："我悟的道理是：师姑原来是女人做的！"

　　这样的回答，实在太妙了！师姑是女人，是多平常的事，但真正的懂是证悟诸法普遍平等，才真正的了然。石头希迁的"未到曹溪亦不失"，惟宽禅师的"道在目前"，都是说明禅的时空是普遍性的。

　　沩山告诫石霜："莫轻一粒，因为百千万粒皆从此一粒生！"

三、禅的自尊规范性

　　禅，是绝对的超越，绝对的自尊，在禅者的口中"魔来魔斩，佛来佛斩"，丝毫不留一点情面；"佛之一字，永不喜闻"；黄檗禅师的"不着佛求，不着法求，不着僧求"；以及临济的"既不礼佛，又不礼祖"，好像佛祖和他有什么仇恨。其实有这种"虽千万人吾往矣"的自尊精神，才能和大觉世尊的禅道相应。

　　禅者虽重视师承，但六祖大师的"迷时师度，悟时自度"，更为所有禅者效法。盖禅者直下承当，以表示对自我的尊重。诗云："赵州八十犹行脚，只为心头未悄然；及至归来无一事，始知空费草鞋钱。"由此可见一个参禅者为了求真的精神，虽然八十岁的高龄，也要靠自己去找到他要的答案。

大凡一个禅人，他的修行，应该注意下列四点：

自我观照，反求诸己；

自我更新，不断净化；

自我实践，不向外求；

自我离相，不计内外。

我们这个时代，大多数人好像迷失了自己，只一味地乞求于别人的帮助；一旦失去了指引，自己就好像不能独立担当。对这种"自家宝藏不顾"、抛家散走的人，禅者自我尊重，应是现代人的一帖良方。

禅者也非常重视自我的约束，自我的规范。自从六祖大师的行化大开以后，马祖创建了丛林，百丈建立了清规。千余年以来，没有一个禅者不守清规的。下列原则，是他们最重视的规范：

自食其力维持生活

不可伤害修道禅人

不坏团体家风信誉

不自宣说自我成就

每日必有发心作务

修福修慧感恩知足

物质生活越淡越好

重视师承竖立宗风

因为禅者重视生活规范，从不到处生是弄非，今日这个脱序的时代，应该学习禅者的榜样！

四、禅的生活实践性

我们本次会议的主人翁惠能大师，就是一个从生活中修行成功的人。

惠能八月春碓，亲自作务，实为他进入悟道的不二法门。离开了生活，固然没有禅；离开了作务，更无法深入禅心。自古以来，像百丈的务农、雪峰的煮饭、杨岐的司库、洞山的香灯、圆通的悦众、百灵的知浴、道元的种菜、临济的栽松、沩山的粉墙……等等，处处都说明禅者非常重视生活的实践。

有人问赵州禅师："什么是禅法？"赵州指示他去洗碗。再有人问什么是禅法？赵州告诉他去扫地。因此学者不满，责问赵州难道洗碗扫地以外没有禅了吗？

赵州不客气地说道："除了洗碗扫地以外，我不知道另外还有什么禅法？"

有源律师请教大珠慧海禅师道："如何秘密用功？"

大珠道："饥时吃饭，困时睡觉。"

有源不解地说道："那每一个人每天不都在修行？"

大珠道："不同！别人吃饭，挑肥拣瘦，不肯吃饱；别人睡觉，胡思乱想，万般计较。"

现代人的生活，普遍地追求感官的刺激，以为快乐，其实闭起眼睛来的观照禅心，那才是快乐的泉源。

今日社会，每个人都想发财升官、娶妻生子，但升了官发了财，他过的生活并不快乐，有夫妻儿女，烦恼更大。还有不欢喜别人的拥有，不爱见别人的快乐，成为最大的生活上的苦恼。如能实践禅的自我淡泊的生活，实践禅的服务喜悦的生活，则当下就是一位真正的禅人了。

禅与现代生活

圣严

若要使得人类的生活环境不被污染，最重要的根本，是在人类的心念，除了少欲知足之外，还当用禅修的方法，随时保持安定、平静的心灵。

禅是智能的、安定的、清净的。智能是不被环境所困扰，安定是不被环境所混乱，清净则是内心不随外境的杂乱而杂乱，不随外境的污染而污染。

禅修与忙碌的现代生活：忙而不乱，享受呼吸

现代人是非常忙碌的，除了街头的流浪汉以及闲在家里的懒散者之外，大家都在忙碌过日子。

忙碌的原因是什么？多数人只是为了个人糊口，或为家庭生计，少数有理想抱负的人，几乎都是为社会大众的安全幸福而忙。不仅是为目前，也为未来。

我是一个非常忙的人，但不会忙得心头发慌，心慌则烦乱，心乱即烦恼。从禅的立场来看，如果处理得当，忙也是可以当作消除烦恼的修行方法。所以菩萨越忙，道心越高。一般人在不忙的时候，或觉空虚无聊，或者胡思乱想。如果使你忙得头昏眼花，甚至忙得手忙脚乱，那也不好，当你忙得起了烦恼时，最好用禅修的基本方法，放松身心，注意你的呼吸从鼻孔出入的感觉，享受呼吸、体验呼吸，没有多久，你就能够心平气和，头脑清醒了。

禅修与紧张的现代生活：放松身心，体验感受

现代人的生活，无时无刻、无方无处，不是在紧张中度过的。不论是吃饭、睡觉、逛街、去超级市场，甚至到海滩游泳、去山上度假，都是紧紧张张的。

前几天我在飞机上去洗手间，才进去不久，就被敲了三次门，我相信敲门的人一定是很急很急了。可是，我还没有结束啊！

最近我也去了一趟罗马，吃午饭时，由于要赶时间，必须在半小时内，进出餐厅、点菜、吃饭。然而等饭菜都到齐之后，时间已所剩无几，只得草草了事地将食物往嘴里塞，那已经不是在咀嚼欣赏品味，而是囫囵吞下肚子里去。

容易紧张的人很可怜，而每个人只要事情稍多，时间较少，或者工作较重而所知不多，就会开始紧张了。

禅修的基本功能，是帮助人们将全身放松，包括头脑放松、心情放松。然后使用方法、体验方法。事实上，紧张也是很好的经验，由于知道紧张，才觉得需要放松。在现代人的社会，需要看心理医生的人愈来愈多，其原因就是使人紧张的情况太多了。譬如说，在家族之间的关系是轻松的时间少，紧张的时间多；在工作的场合、社交场合，与人相处的关系也是轻松的时间少，紧张的时间多；即使在休闲活动时，出外旅行时，随时随地都让人担心安全没有保障，可能会遇到喝醉酒的人驾车撞上了你，一个不小心，你的皮包也可能被人抢走了。人与自然、人与社会、人与家族、乃至人与自己身心状况的不平衡，都会造成身心的紧张，轻者觉得无奈无助，重者变成焦虑恐惧，躁郁症的精神病现象，便很普遍地发生了。

有了精神病倾向的人，很难放松他们的身心，不论白天或夜间，都是紧绷着的，一般人只能靠镇静剂来帮助头脑暂时得到舒缓，此外别无办法。若依禅修者的忠告，则是当你发现有紧张状况时，最好随时要将头脑放松、肌肉放松；假如无法放松身心时，最好将你放在客观的立场，体验身体的情况，感受心念的状况，也可达到放松的目的。

禅修与快速的现代生活：赶而不急，动中有静

现代人的生活，样样都是快速的。乘的是快速度的飞机、船只及车辆，用的是快速运作的工具、机械及生产线，吃的是速制速食的快餐，连结婚离婚也都是闪电式的。

记得我年轻时，曾学习打篮球，可是每次球到我面前，还在想是否该由我来接下时，球已经被人抢走；同样的，往往在分糖果、分糕饼、分馒头时，我还没有伸手拿我的那一份时，已经被人家抢走了。所以命中注定，像我这个样样都快不起来的人，是要做和尚的。否则在这竞争激烈的环境中，大概活不下去了。

"快"究竟对不对呢？也不能说它全是错的，但是一般人在赶快工作的时候，一定是紧张的、忙碌的，便会失去自我主宰而变得随风飘动，只知道跟着环境的人事物，快！快！快！但是并未思考为什么要跟着大家那么快。当然，工作的效率快，竞争力就高，但在快速之中，可能也会很急，心情一急，容易情绪失控，变成生气，一生了气，就很可能捅出娄子来了。

但是，人在一生之中，纵然活到一百岁，也仅三万六千五百天，在一天之中，最多工作十多个小时，想把工作做得既多且好，不快不赶是不行的。不过计划明确、步骤清楚地赶工作，就不会紧张；毫无头绪，急急忙忙地抢时间，就会紧张。因此我主张：应当忙中有序地赶工作，不可紧张兮兮地抢时间。禅修者的生活态度是精进不懈、为法忘躯的，愿度无边众生，愿断无尽烦恼，愿学无量法门，愿成无上佛道，哪得不赶、不忙、不快！只是必须经常保持轻松愉快。

例如我有两位性格完全不同的弟子。一位是慢手慢脚慢脾气，不论是双手的动作及走路的动作，都是慢慢吞吞的，永远不急也不生气，但是，他的工作效率并不差。另一位弟子则是整天看他忙东忙西，忙得团团转，而且老是在埋怨着说他只有两手两脚，工作又这么多！因此，经常是又焦急又生气，工作品质也很普通。第一位是采用的禅修者的心态和方法，另一位对禅修方法，尚未用上力。

我的建议是，能够做到赶和快而不着急，当然很好，否则宁可工作效率低些，也要保持身心的轻松愉快。

禅修与疏离的现代生活：人人是佛，血肉同体

疏离，就是人与人之间的距离很远，彼此互不关心、不相往来。譬如说，现代家庭的夫妇，从事不同行业的工作，孩子在不同程度的班级读书，甚至各人都在外地就学，不仅白天不易见面，连睡觉或休息的时间，也有差异，一天之中夫妻俩可能讲不到半句话。父母跟幼小的儿女之间，也好不了多少，把孩子送到托儿所，或由保姆照顾，能每天早晚相聚已很难得，有的在一星期之中仅见数面。至于住在高楼公寓中的现代人，隔壁的邻居是谁，漠不关心，能于上下电梯中相见打一声招呼，已觉得多余，彼此姓什么？做什么的？无暇知道。古代守望相助的邻里感情已不再见。

最近我在乘飞机的途中，有一位服务了十二年的空中小姐，希望我替她算算命，让她知道什么时候可以结婚。她是找错人了，但是我问她说："你

天天在飞机上飞来飞去，有那么多的客人，怎么会碰不到一位可以嫁的人呢？"其实，她每天服务的对象虽然不少，却都是陌生人，没有一位是她认为可以接近和谈心的人。

若以禅修的立场来看，应该体验人与人之间的关系，就像在佛国净土中的菩萨和佛的关系一样。虽然有认识及不认识的不同，但是互动的关系是非常密切的，共同生活在同样的地球世界，连彼此的呼吸都是息息相关的，各人的身体虽不是血肉相连，却是声气相通的。如果有了这样的亲切感时，接触到任何一个人，岂非都好像是自己的亲戚和朋友呢？再进一步，若用禅修的经验来体验，从小我体验到大我，是共同的世界、共同的身体，所有的人，都是跟自己密切结合不可分的，那么，对任何人都不会觉得是那么地陌生了。

禅修与物质的现代生活：需要不多，知足常乐

现代人的物质生活是非常丰富的，而我们的生活环境，都是由于物质的丰富而变得极为复杂。物质愈丰富，人类的欲望就愈强烈，那就是见到人家有的，自己也希望拥有；已经便利的，希望更便利。这些欲望，使得我们的生活被物质所引诱，而丧失了独立自主的判断力和自信心。

有人形容物质与科技的发明，是和人的欲望在竞争。就像一个人骑在老虎背上，下不来，因为一下来就会被老虎吃掉，他只能骑在虎背上赶快走、赶快走；老虎跑得愈快，骑在虎背上的人也愈紧张，无论如何紧张，也不

敢让老虎的脚步停止下来。其实，作为现代人，随时都是处于如此的心情中。

如果用禅修的观念来过生活，就不会由于物质环境的影响而产生苦恼。因为禅修的目标，是重于精神的自在和解脱，不会以追求物质的享受，作为生活的指针。如果能从精神的自在和解脱获得平安，便不会以追求物质的享受，作为生活的指针；如果能从精神面去多深入、多体验、多努力，对于物质条件的诱惑，便有免疫的能力了。

我曾说过"想要的很多，需要的不多"这二句话，想要是贪欲的烦恼，需要只是生存的最低条件。想要的可以不要，需要的不是问题。禅修的人因为内心不会感到空虚不安，欲望必定减少，就能"少欲知足，知足常乐"了。对物质丰富的现代环境，不是努力抗拒，而是不受诱惑。

记得在十多年前，我于台北出席一项会议，与会的人士都是有钱的商人及有地位的官员，开完会之后，服务人员来问我："请问法师，您的车子停在哪儿？我们代您把司机请来。"我说："我的车子停得蛮远的，你叫它来，它是不会来的，因为那是公共汽车！"这位服务人员替我委屈地说："法师！您怎么没有自己的车子啊！"当时如果我真的认为参加这样的会议，非要有一辆自己的车子不可，这岂不就是受了环境所影响，让人失去了自我了吗？

禅修与污染的现代生活：知福惜福，净化环境

大家都希望这个世间的环境，能愈来愈安静、愈来愈清净、愈来愈稳

定、愈来愈有安全的保障，然而，由于大家只知道追求个人的环境要美好，却忽略了全体地球的环境正在急速地遭受到破坏。事实上，愈是只追求自己环境的清净，这个环境会愈乱，愈没有安全感。有一些专家说，由于地球上的人口愈来愈多，制造出来的垃圾也愈来愈多，适于居住的环境却愈来愈少。是否最好的办法就是减少人口，或者早一点把人移到其他的星球去呢？这种想象，对现实的人间来讲是不切实际的。

生活环境的污染来自四个源头：1、每个家庭每天都要制造很多的垃圾；2、医院的医疗设备处理下来，也会有很多的垃圾；3、为了农产品的化肥、用药及养殖，使得土地环境受到污染；4、工业生产的科技开发，使得地球世界的地下资源、空气资源、水资源等，都受到严重的污染。许多人都知道这些问题必须改善，可是到目前为止，似乎还是束手无策，纵然改善，其改善的速度远不如破坏的速度快。

以禅修的立场来讲，就可从人的根本来改善环境的污染，那便是先有惜福及俭朴的观念。生活过得愈单纯，享受的物质愈少，心灵受到的污染也愈少，环境受到的污染也愈少，这就是禅修的基本精神。

现在很多的餐厅，或者是大众的集会场合，都用免洗餐具，以及各种商品的包装袋子，用过一次就丢了。有些垃圾本身会自行分解，有些却是不会恢复自然的。丢掉的垃圾，如果还有残余的食物及化学原料留在上面，就变成污染环境危害人类生命的根源。

一九九七年九月二十一日，在台北的"国父纪念馆"广场，法鼓山办了一个五六万人的园游会，主要是提供自然而健康的食物信息，并且教人耕种栽培，制作成可口而又营养的食物，怎么吃法，如何在吃了之后，又不制造不能再生的垃圾。

至于那天活动的现场，我们希望达成环境零污染的程度。初听起来，这似乎是神话，但是经过几位菩萨的用心设计及周延规划，经过一天下来，五、六万人的餐饮活动，会场内仍然是干干净净、清清爽爽。

其实，若要使得人类的生活环境不被污染，最重要的根本，是在人类的心念，除了少欲知足之外，还当用禅修的方法，随时保持安定、平静的心灵。心不平衡，身体及语言的动作就会变得暴躁粗鲁，自伤伤人，像一颗定时炸弹，道德观念模糊，做人没有准则，厌恶家属，仇视社会，若非自暴自弃，便成厌世疾俗，困扰家人，破坏社会。不仅为社会环境带来污染，也为他们自己带来毁灭性的灾难；就像在饥饿的鸡犬群中，忽然闯进一群饥饿的狼，弄得鸡飞狗跳，人心惶惶，不可终日。

可见，人口愈多，人间愈需要用禅修的精神和工夫来帮助我们每一个人，使人人都能生活在安定的、平衡的、清净的环境之中，那就是人间净土。

禅修与焦虑的现代生活：本来无事，万事如意

由于现代人的信息快速，以致造成焦虑的梦魇也相当多，为自己、为家族、为社会、为国家、为政治、为经济生活、为宗教信仰，只要社会中、世界上、国际间，有些风吹草动，不论直接间接，牵连到自身安危利害得失成败的状况，都无法高枕无忧。

昨天有位先生来见我，他的焦虑很多，起先只是因为夫妻感情不和睦，

为了他的太太而焦虑，后来太太带着孩子不辞而别，他又为孩子的平安焦虑，弄得每晚整夜失眠，白天心神恍惚，接着开始为他的情绪陷于失控而痛苦，担心如果连工作都做不好，出了问题怎么办？真是屋漏偏逢连夜雨，使他焦虑的事愈来愈多，所以来看我，希望我能帮助他些什么。

前天接到一封信，一位太太的先生过世不久，独生的女儿又被不良青年诱拐跑掉了，同时她自己最近身上长了恶性肿瘤，必须及时开刀，可是她原来上班的公司老板希望她马上回去复职，否则工作位子就保不住；但是医生也告诉她，如果不赶快开刀，病情会愈来愈严重，若开刀，又无医疗保险可付，虽然她手上还有些股票，然而现在正是股票下跌到了停板的当口，又舍不得把仅有的股票卖掉，况且医生告诉她说，开刀也只有一半痊愈的机会，于是她非常的焦虑，写了一封信来向我求救。

常常会有这种困在火急之中的人，来向我求救。请问诸位，我该如何来帮助他们呢？我只懂得禅修，我只倾听他们的问题，知道他们的焦虑点是什么。我却不会将他们的焦虑，变成我自己的梦魇。我给他们的建议有一个原则：对付感情的问题，宜用理智来处理；对付家族的问题，宜用伦理来处理；发生了不得了的事，宜用时间来让你知道什么是最好的答案；如果已是无法避免的倒霉事，那只有面对它、接受它；事实上，能够面对它、接受它，就等于是在处理，既然已经处理了，也就不必要再为它担心了。

如果用情绪来处理感情的事，用理论来处理家族的事，假如用刚克刚，则如以火救火，事情愈弄愈糟。处理人际问题之时，必须要有一点慈悲心，要多为对方设想，否则，不但把人得罪，连自己都无路可走。处理事物问题之时，要有一点智能心，对它多几分客观化，困难的问题出现时，不要老是想着："我怎么办！要我怎么样？"而是睡觉时照样睡觉，吃饭时照样吃饭。

困难的问题，光是急也无用，客观化了之后，才能看清如何处理才是最好的。如果鱼与熊掌只能选其一，应先把轻重缓急弄清楚了。

佛法的基本道理是：诸法虚幻，无自性故；舍除我执，无常故空。禅法即是佛法，以禅修的方法观照，便能超越自我的执著，也超越空有的对立。故能帮助自己，也会帮助他人。当你会用禅修的观点和禅修的方法时，便能觉察到，天下本来没有什么事可让你忧虑的，能知本来无事，便知万事如意！

静思语（节选）

证严

时　间

佛说："命在呼吸间。""人"无法管住自己的生命，更无人能挡住死期，让他永住人间；既然这么来去无常的生命，我们应该好好地爱惜它、利用它、充实它，让这无常——宝贵的生命，散发它真善美的光辉，映照出生命真正的价值。

人间寿命因为短暂才显得珍贵。难得来一趟人间，应问是否有为人生发挥自己的功能，而不要一味求长寿。

　　一个人几十年的生命，真正做人做事的时间实在很少，再勤劳的人也只做了三分之一而已。

　　平常无所事事，让时间空过，人生就在懈怠睡眠中慢慢地堕落，良知良能就这样睡着了一辈子——如此的生命只能叫作"睡中人"。

　　圣人与凡夫的境界，最大的差异在于圣人可以自我掌握时空。

　　生命非常短暂，所以要加紧脚步，快速前进，不可拖泥带水，切勿前脚已经落地了，后脚还不肯放开。"前脚走，后脚放"意即：昨天的事就让它过去，把心神专注在今天该做的事上。

　　不论在人间付出多少心血、多少辛苦，切莫将心念停留于过去的成就；不论施人多少，切莫讨人情、求报酬。过去的留不住，未来的难预测，守住现在，当下即是。

　　时时好心就是时时好日；时时保持心中的正念，任何时间、任何方向与地理都是吉祥的。

慈 悲 喜 舍

　　慈悲喜舍这四个字，分开来说，慈喜是予乐，是教富；而悲舍是拔苦，是救贫。

　　慈就是爱，是清净的爱。

　　无缘大慈，是指没有污染的爱：他与我虽然无缘无故，而我却能爱他；爱得他快乐，我也没烦恼。这就是最大最清净的爱。

悲即是同情心。能互相宽谅、容忍，表现一分宽心、爱心，即是悲心；人生最幸福的就是能宽容与悲悯一切众生的人。

众生与我无缘无故，他的苦就是我的苦，他的痛就是我的痛。苦在他的身，忧在我的心；伤在他的身，痛在我的心，这就是"同体大悲"。

不辞劳苦的付出便是大慈悲。

付出劳力服务，又服务得很欢喜，便叫作喜舍。

要慈眼视众生，要把无形化作有形，把理论化成行动；要时时刻刻拿出一分"我们不去救他，谁去救他"的大慈大悲的济助精神；能如此，举世亦可成为净土。

慈悲是救世的泉源，但无智不成大慈悲，有了智慧才能发挥无穷的毅力与慈悲。如此亦符合佛法中的"悲智双运"。

谦　虚

佛陀常常警惕弟子，即使已经智慧圆融，更应含蓄谦虚，像稻穗一样，米粒愈饱满，垂得愈低。真正的智慧人生，必定有诚意谦虚的态度；有智慧才能分辨善恶邪正，有谦虚才能建立美满人生。

修行最重要的目标即是无我。因为你能缩小自己、放大心胸、包容一切、尊重别人，别人也一定会来尊重你，接受你。

无　我

　　众生有烦恼，是因为我执的关系。以"我"的自私心理为中心，以自我为大，不但使自己痛苦，也影响周围的人群跟着争执痛苦。忘我，才能于修身养性中，造就身心健康、幸福的人生观。

忍　辱

　　爱是人间的一分力量；但是只有爱，还不够，必须还要有个"忍"——忍辱、忍让、忍耐，能忍则能安。要做个受人欢迎的人，做个被爱的人，就必须先照顾好自我的声和色。面容动作、言谈举止，都是在日常生活中修养忍辱得来的。修行者的本分事是忍耐和付出，因为修养原是个人的行为。

亲切与真实 林谷芳

道不远人的亲切

体得无情说法，禅者处处都见诗意，但法的体会何只在山河大地，语默动静、行住坐卧都应是法的直接呈现，而这"运水搬柴，无非大道"也是禅特别迷人之处。

宗教都讲超凡入圣，这是生命的追求，超越是宗教的原点，凡夫在此似乎只能崇敬与膜拜，但佛法不然，人人可以成佛，而宗门更往前一步，它要"不二""无别"，毕竟，只有向上一路，超圣回凡，才能凡圣而忘，因此若不能道在日常功用间，就无须谈禅。

　　"平常心是道"语出南泉普愿。赵州有次问南泉："如何是道？"泉云："平常心是道。"州云："还可以趣向不？"泉云："拟向即乖。"不拟向就不会起圣凡之别，南泉的弟子长沙景岑讲得更直接——

　　问："如何是平常心？"

　　师曰："要眠即眠，要坐即坐。"

　　曰："学人不会。"

　　师曰："热则取凉，寒则向火。"所谓平常心不是日常浮动的心，是不起分别的平，不随物转的常，当下就是绝对，因此才能在日常机用中具现禅机。赵州从谂把这发挥到极致，人家问他："万法归一，一归何所？"他回答："老僧在青州作得一领布衫，重七斤！"同样家风更在他的"吃茶去"中——

　　师问新到："曾到此间么？"曰："曾到。"

　　师曰："吃茶去。"又问僧，僧曰："不曾到。"

　　师曰："吃茶去。"

　　后院主问曰："为什么曾到也云吃茶去，不曾到也云吃茶去？"师召院主，院主云："喏喏！"师曰："吃茶去。"

　　后世谈禅门接引中的名则有"德山棒，临济喝，赵州茶，云门饼"，这"吃茶去"就成了其中的一则，它不只拈提出平常心是道，还具体成就了茶禅一味的茶道。

　　茶禅一味常被人讲得很诗意、很极致、很玄，但对日本茶圣千利休而言，所谓茶道却仅仅是"夏凉之，冬暖之，炭煮水，茶好喝，尽在其中"，重要的是这些能否都在三昧中进行。所以利休以此话答问者，问者以为“这些谁不知道！”利休乃说：“那就请你试试，如果行，我做你徒弟。”

的确，禅者生命风光所夺人眼目的不尽是诗境的意象、杀活的凛然，在平常事物中具现的三昧，往往如一缕幽光般让人不自觉地入于当下，而禅师以日常事务接引，更让人觉得法本亲切，道不远人，可机用却尽在其中，例如：

> 池州嵇山章禅师，曾在投子作柴头。投子吃茶次，谓师曰：“森罗万象总在这一碗茶里！”师便覆却茶，云：“森罗万象在什么处？”投子曰：“可惜一碗茶！”

这故事让我想起年轻时在禅寺的一段经验，当时每天早上四、五点就得起来铲竹笋，汆烫开水后下饭吃，吃前当然得合十念佛。有次我就直接对此提出异议，以为笋既为自己辛苦所铲，何必谢佛，但和尚的回答则是：

“哪里在谢佛！？合十一念，正是要一念地享受此餐。”

覆茶、吃饭，果真道不远人！

简单中的真实

佛法入中国至唐而大盛，其时八宗齐弘，但宋后，则由禅与净土共分天下，净土以其较普罗的性格广摄大众，禅则在文人阶层引领风骚。不过，净土虽普摄群根，却始终以宗教的面貌为人所认知，而禅则"大化无形"地沁入了文化的各领域，发展至后来，它作为修行法门的原点甚至还因此之湮没不彰。

禅能"大化无形"，一来是因为它那"没有立场"的立场，所以能"不着一字，尽得风流"，另外，则更由于禅者生命风光朗然恰足以济寻常人的偏枯，因此，不信佛、不知禅者仍难免对其悠然神往，不知不觉间禅就沁入了他的生命。

禅的不拘立场，让人有抖落的释然，抖落可以是一拳粉碎乾坤的气魄，可以是超越惯性的跳跃，也可以是有缘即住无缘去的不忮不求，但无论如何就是不能叠床架屋、头上安头。因此不管机锋如何，"简单过日子"确是宗门的共同道风，一般人既颠倒于治丝益棼中，对此境界自悠然神往。

简单过日子的生涯是随缘的生涯，所以百丈怀海有诗云："幸为福田衣下僧，乾坤赢得一闲人，有缘即住无缘去，一任清风送白云。"

所谓随缘，关键就在这"任"字，有了这"任"，自然得闲。这"任"并非无所作为的自然外道，是体得因缘的随缘作主。人间事本多的是自以为是，自取烦恼，所以云盖智本才会说：

一年春尽一年春，
野草山花几度新。
天晓不因钟鼓动，
月明非为夜行人。

　　的确，天该晓即晓，与更鼓摧不摧无关；月该明即明，与人夜不夜行无涉。如此，体得天道无亲，就不会无端作意，自寻烦恼，而在这天道无亲的体得中，禅者乃更能领略世事的浮沉尽为假象，就如山茨通济所说的：

　　　　春回幽谷见梅新，
　　　　雪水煎茶乐不胜。
　　　　谁道夜深年是尽？
　　　　晓来依旧日东升。

　　有了这种体认，即使处在红尘，自然也"百花丛中过，片叶不沾身"，一身朗然，什么事对自己重要就有不同的体会，没有葛藤缠身，生命的风格与风骨自能具现，就能在简单中体现令人心动的生命风华。

　　更有进者，人也只有在这种简单的生活中才能体会到何谓物自性，因为此时山河大地、草木虫鱼都将"直接"现前，所以"掬水月在手，弄花香满衣"，这是连诗人也难得的诗境。的确，禅者的生命常带有寻常诗人难得的诗意，因为诗正是当下的意象对应，而又有谁能较禅者更活于当下呢？

　　禅者的诗，禅者的当下，是抖落后的自在，是无心体道的显现，简单的日子，简单的风格，却像一泓清流般涤尽凡夫的复杂与颠倒，而当人能体会下面一首句子的"真实"时，禅其实也已在你身上显现了：

　　　　午后的钟上，
　　　　一只蝴蝶。

声　明

《我的禅》是一本很有意义的书，也是编务繁重、工作难度很大的一本书。在编选时，为尊重文化名家的作品原貌，对于1949年以前作品中的部分字词，保留原样，未按当前的规范用法进行统一。特此说明。

经过选编者、本书责任编辑的努力，已经和入选本书的绝大部分作者和家属取得了联系。为免遗珠之憾，未能联系上作者或家属的几篇作品，不忍割爱，我们也选入书中。因此，敬请未联系上的作者或家属予以谅解，并及时与中国青年出版社联系，以便支付稿酬、寄发样书。

（京）新登字 083 号

图书在版编目（CIP）数据

我的禅：文化名家话佛缘／马明博，肖瑶选编 .
—北京：中国青年出版社，2012.9
（文化名家系列）ISBN 978-7-5153-1008-4

Ⅰ . ①我… Ⅱ . ①马… ②肖… Ⅲ . ①散文集—中国—现代 ②散
文集—中国—当代 Ⅳ . ① I 266
中国版本图书馆 CIP 数据核字（2012）第 192447 号

责任编辑：李　凌
装帧设计：瞿中华

出版发行 中国青年出版社
社址：北京东四 12 条 21 号
邮政编码：100708
网址：www.cyp.com.cn
编辑部电话：（010）57350520
门市部电话：（010）57350370
印刷：三河市君旺印装厂
经销：新华书店

开本：700×1000　1/16
印张：22.75
插页：9
字数：220 千字
版次：2012 年 9 月北京第 1 版
印次：2012 年 9 月河北第 1 次印刷
定价：36.00 元